팔레스타인의 양치기 소녀

The Shepherd's Granddaughter

팔레스타인의 양치기 소녀

| 앤 로럴 카터 지음 | 박미낭 옮김 |

파라주니어

마음을 키우는 문학여행 5
팔레스타인의 양치기 소녀

2009년 10월 5일 초판 1쇄 발행
2010년 3월 20일 초판 2쇄 발행

지은이 | 앤 로럴 카터
옮긴이 | 박미낭
펴낸이 | 김태화
펴낸곳 | 파라북스

주 간 | 이성옥
기 획 | 조은주, 홍효은
마케팅 | 박경만
관 리 | 이연숙

등록번호 | 제313-2004-000003호
등록일자 | 2004년 1월 7일
전화 | 02) 322-5353
팩스 | 02) 334-0748
주소 | 서울특별시 마포구 서교동 343-12
홈페이지 | www.parabooks.com

ISBN 978-89-93212-20-4(43840)

*파라주니어는 파라북스의 청소년 전문 브랜드입니다.
*값은 표지 뒷면에 있습니다.

1장

생전 처음 양떼를 몰고 씨도(할아버지란 뜻—옮긴이)의 봉우리에 오른 날, 아마니는 다시는 산에 오지 못할 줄 알았다. 그동안 엄마는 여섯 살밖에 안 된 꼬맹이가 산에 가는 건 위험하다며 산에 가겠다는 아마니를 한사코 말렸다. 하지만 아마니는 할아버지의 뒤를 이어 양치기가 될 생각이었다. 그리고 그 소원이 이루어진 날이 바로 그날 아침이었다. 할아버지가 아마니를 산에 데려가기로 한 것이다.

수천 년 동안 아마니네 집안에는 대대로 양치기가 있었다. 양치기의 일은 대개 아들 가운데 하나가 물려받았는데, 양치기가 된 아들이 낮은 산들을 넘나들며 양떼를 기르는 동안 다른 아들들은 산 아래 좁은 골짜기에서 농사를 지으며 살았다.

씨도의 산으로 오르는 언덕 기슭에는 튼튼한 올리브나무들이 석조로 쌓은 계단식 과수원에서 자라고 있었다. 마을 사람들은 고지대의 샘에서 파이프로 물을 끌어와 이 메마른 골짜기에서 채소나 포도 따위의 농작물을 키웠다.

그날 아침도 할아버지는 아침을 먹은 뒤 올리브 과수원을 지나 작은 언덕 꼭대기로 양떼를 몰고 갔다. 오아시스에 도착해서는 2개의 관개수로관 사이에 있는 마개를 열어 처음에는 양들의 물통에 물을 넣은 다음, 양치기 개 사헴의 물그릇과 아마니와 자기가 마실 물통에 물을 채웠다. 오늘도 할아버지는 물을 마시기 전에 오른손과 왼손을 번갈아 씻은 뒤 알라께 감사 기도를 올렸다.

"비슴 알라 알-라흐만 알-라힘(Bism Allah al-rahman al-raheem, 가장 온유하고 자비로운 알라시여)!"

이로써 두 사람은 산꼭대기로 이어지는 가파른 언덕을 올라갈 채비를 마쳤다.

할아버지 뒤에서 숨가쁘게 구불구불한 산길을 오르던 아마니가 마침내 정상에 도착했다. 산 아래쪽을 내려다보니 아까 봤던 관개수로관이 아빠의 휴대전화만큼이나 작아 보였다. 게다가 포도밭의 푸른 이파리들이 얽혀 있는 모습이 마치 흐르는 강물 같았다.

골짜기의 반대편, 즉 지금 아마니가 서 있는 곳의 맞은편 비탈의 포도원 위쪽으로 작고 하얀 네모 모양의 뭔가가 덩그러니 놓여 있었다. 애개! 저게 우리 집이야? 그럼 저기로 나왔다

들어갔다 하는 건 뭐지? 자세히 보니 엄마였다. 엄마가 카펫의 먼지를 터느라 집으로 들어갔다 나왔다 하는 모습이었다.

그 순간 아마니의 머리가 핑 돌았다. 세상 꼭대기에 서니 엄마가 개미처럼 조그맣게 보였다.

아마니는 어지러움을 피하려고 고개를 돌리면서 넓은 하늘을 인 씨도의 봉우리에 첫발을 디뎠다. 바위 주변에는 솔트부시와 엉겅퀴들이 자라고 있었다. 할아버지가 몰던 100여 마리의 양들은 기다렸다는 듯 아마니를 지나쳐 풀이 있는 곳으로 잽싸게 달려갔다.

"양치기란 모름지기 자기 양떼를 보호해야 한단다."

할아버지가 지팡이에 몸을 기댄 채 아마니를 내려다보면서 말했다. 양떼의 낮은 웅얼거림 속에서 할아버지의 단호한 목소리가 아마니의 귀를 사로잡았다. 아마니는 70여 년 동안 지중해의 햇볕에 그을릴 대로 그을린 할아버지가 그곳에 서 있는 모습이 올리브나무 같다고 느끼며 말없이 고개를 끄덕였다.

"양은 단순한 동물이란다. 그래서 한 눈으론 양떼를 지켜보면서 다른 눈으로는 양떼 주변을 살피는 걸 게을리 해선 안 돼. 특히 이 남동쪽 모퉁이는 사고가 많이 일어나는 곳이니까 늘 주의 깊게 봐야 한단다."

할아버지가 가리킨 쪽에 가파른 절벽이 있었다. 양이든 어린 여자아이든 자칫 한눈을 팔았다가는 낭떠러지로 떨어져서 아래쪽 바위에 부딪혀 죽고 말 게 뻔했다. 그 모퉁이의 다른 쪽에는 집으로 가는 길이 나 있었다.

"아마니, 지금부터 봉우리 주변을 돌면서 양떼를 먹일 테니 너는 양들이 절벽 쪽으로 가지 못하게 잘 살펴봐야 한다, 알겠지?"

"네."

애걔걔! 왜 이렇게 시시한 일을 시키시는 거지? 그런 일이라면 아기도 다 할 수 있겠네, 뭐. 하지만 곧 아마니는 큰엄마와 여섯 명이나 되는 사촌 언니들이 산 위에 무서운 동물이 있다면서 수군거리던 일을 떠올렸다.

"뭘 지켜봐야 해요, 할아버지? 혹시…… 늑대요?"

아마니의 물음에 껄껄 웃는 할아버지의 눈 주위로 부채 모양의 주름이 자글자글 잡혔다.

"아마니, 지금은 이 언덕에 늑대 같은 건 없어. 물론 네 아비가 태어나기 전에는 늑대가 많았지. 그런데 사람들이 늑대를 얼마나 무서워 했던지 많이들 잡아 죽였단다. 게다가 이스라엘이 이곳을 점령한 1967년 이후에는 늑대가 아예 이곳에 발붙일 수 없게 됐어."

이 말을 할 때 자기를 쳐다보던 할아버지의 눈빛을 아마니는 이해할 수 없었다.

"어쨌거나…… 대부분의 늑대가 말이다."

아마니는 아무 말도 하지 않았지만 궁금한 건 어쩔 수 없었다. 그럼 지금은 늑대가 있다는 말이야, 없다는 말이야?

"늑대에 관한 이상한 소문을 들은 모양이다만 다 지어낸 이야기니까 너무 무서워 마라. 이야기란 대개 무언가 한창 번성하던 시절이 지난 뒤에 많이 나오는 법이란다. 할아버진 네가 덩치 크고 고집 센 숫양 심술이를 맡아서 지켜 주면 고맙겠구나. 오후쯤 되면 이 녀석이 목이 말라서 기회만 있으면 오아시스로 가려고 할 게다. 하지만 양들이 양치기의 허락도 없이 제멋대로 움직여도 된다고 생각하게 해선 절대로 안 돼. 내 말 알아들었지?"

멀리 마을의 사원에서 기도 시간을 알리는 소리가 들려오자 할아버지가 손가락으로 골짜기를 가리켰다.

"저 들판을 볼 때마다 할아비는 알라께 기도할 때 까는 매트가 생각나는구나. 아마니 네 눈에도 그렇게 보이지? 자, 기도하자."

할아버지가 남동쪽을 향해 무릎을 꿇었다.

"알라께 경배드릴 마음의 준비를 해라. 네 할미가 부엌 바닥에서 먼지를 쓸어 버리듯 화를 다 쓸어 내고……."

아마니는 화낼 일이 뭐가 있다고 저런 말을 하는지 의아했다.

양떼가 매에 울며 풀을 뜯어먹느라 연신 고개를 까닥거렸다. 아마니는 히솝풀의 달콤한 향기를 맡으며 기도를 올렸다.

아침나절 내내 양떼는 씨도의 산 북쪽 비탈을 내려가며 풀을 뜯었다. 씨도의 산은 그쪽에서 다음 골짜기까지 부드럽게 경사를 이루었다. 골짜기 저 멀리에는 베두인들의 텐트가 펼쳐져 있었다. 텐트 주변에는 화려한 색상의 빨래들이 널려 있고, 키 작은 나무 아래에선 흰 염소들이 풀을 뜯는 중이었다.

씨도의 봉우리로 되돌아왔을 때에야 비로소 아마니는 자기가 할 일이 뭔지를 떠올렸다. 그 뒤로는 오후 내내 할아버지가 위험하다고 한 길을 감시하는 일을 게을리 하지 않았다. 사헴 덕택에 다행히도 그쪽으로 가는 양은 눈을 씻고 찾아봐도 없었다. 사헴은 장군처럼 우렁찬 소리로 짖으며 양들이 할아버지가 명령한 장소에서 단 한 발짝도 벗어나지 못하게 했다.

할아버지가 집에 갈 시간이라고 말할 때까지 모든 일이 순조로웠다. 아마니는 할아버지와 바위 위에 나란히 앉아 어미 양들이 새끼 양을 불러 모으는 소리를 듣고 있었다. 그런데 뭐가 이상했는지 할아버지가 갑자기 일어나더니 양떼를 죽 훑어보았다.

"새끼를 밴 어미 양이 안 보이는데?"

아마니도 자리에서 벌떡 일어섰다.

"어떡해요? 그럼 집에 못 가는 거예요?"

"당연하지! 양이 한 마리라도 없어지면 양치기는 그 양을 찾을 때까지 자리를 떠나지 않는 법이다. 혹시 양 한 마리가 저 길 근처로 가지 않더냐?"

아마니가 고개를 가로저었다.

"아니오. 제가 죽 지켜봤는데 없었어요."

할아버지가 사라진 양을 찾느라 계속해서 고개를 두리번거렸다.

"그럼 봉우리 어딘가에 있겠구나. 새끼를 낳으려고 조용한 곳을 찾아간 게지."

바위 위로 올라선 아마니는 눈 위에 손을 대고 눈부신 햇빛을 가렸다. 언덕에는 털로 뒤덮인 양떼의 등이 하얀 바다를 이루고 있었다.

그 암양이 절벽에서 떨어졌으면 어떻게 하지? 아마니의 마음속에 불쑥 죄책감이 치솟았다. 계속 절벽 쪽을 감시하긴 했지만 중간에 한 번, 아니 어쩌면 여러 번 사헴에게 한눈을 팔았기 때문이다. 사헴을 보면 절로 웃음이 나왔다. 사헴은 다리가 달린 갈색 울타리나 다름없었다. 어찌나 부지런히 양떼를 쫓아다니며 꼼짝 못하게 하는지 그 모습을 보면 웃음이 나오지 않는 게 이상할 정도였다.

아마니는 양들의 울음소리에 귀를 기울였다. 양들이 이루는 하얀 바다 너머 남동쪽 방향에서 신음소리 같은 게 들렸다.

"저쪽이에요, 할아버지!"

아마니가 그쪽을 가리키며 소리쳤다.

아마니 앞에서 급하게 달려가는 할아버지의 머리 뒤로 두건이 바람에 날렸다.

그 한 살배기 양은 새끼를 낳을 적당한 장소를 찾아 앞발로 깨끗하게 정돈해 놓은 뒤 절벽 바로 앞에 옆으로 누워 있었다. 할아버지와 아마니가 다가가자 양이 등을 구부린 채 일어서려고 버둥거렸지만 그대로 주저앉고 말았다. 엉덩이에는 물 같은 게 담긴 붉은 풍선 모양의 주머니가 매달려 있었다. 잠시 뒤 주머니가 터지며 땅이 흠뻑 젖었다.

할아버지는 그 곁에 쭈그리고 앉아 낮고 부드러운 목소리로 양을 달랬다.

"자, 자. 괜찮아. 네 새끼가 나오려고 그러는 거야. 우리가 도와줄 테니 하나도 걱정 마라."

순간 맞은편에 앉아 있던 아마니의 얼굴이 벌겋게 달아올랐다. 할아버지가 '우리'라고 말한 걸 들은 것이다.

어미 양이 몸에 힘을 주더니 머리를 앞으로 숙인 채 눈을 크게 뜨자 엉덩이 쪽의 분홍색 구멍에서 털로 뒤덮인 젖은 코가 나타났다. 아마니도 양 우리에서 어미 양이 새끼를 낳는 건 본 적 있지만 이런 곳에서 새끼를 낳는 모습을 보게 될 줄은 몰랐다. 아마니는 흥분으로 가슴이 터질 것 같았다.

"머리부터 나오면 못쓴다. 그건 신이 금하신 일이니라. 발부터 나오는 게 순리지."

할아버지가 커다란 손으로 밖으로 나오려는 축축한 코를 안으로 밀어 넣었다. 할아버지의 팔이 산도(태아가 나오는 통로—옮긴이) 속으로 사라졌다.

"자, 착하지. 부드럽게 밀어 넣어 주마. 다치면 안 되니까 살살."

아마니는 할아버지의 말과 행동을 하나하나 마음에 담아 두었다.

"새끼의 앞발이 어디 있나? 여기 있구나! 자, 이제 다른 쪽 발은 어디에 있을까? 아, 찾았다. 봐라, 아마니!"

굳은살이 박인 할아버지의 손가락 사이로 2개의 하얗고 자그마한 발굽 끝이 보였다. 아마니도 거들고 싶은 마음이 굴뚝같았다. 그때 할아버지가 아마니의 마음을 읽기라도 했는지 이렇게 말했다.

"한쪽 발을 잡고 있다가 내가 일러 주면 부드럽게 끌어당기도록 해라."

어미 양이 다시 힘을 주자 아마니가 조심스럽게 발굽을 잡아당겼다. 마침내 반짝이는 검은 발굽과 깡마른 다리에 이어 아까 밀어 넣은 털북숭이 코가 빠져나왔다. 푸른색 혀는 한쪽으로 축 늘어지고 귀는 머리에 납작 달라붙어 있었다.

아마니가 자리에서 물러나며 외쳤다.

"새끼가 나와요! 나오고 있어요!"

곧이어 새끼의 기다란 목과 어깨가 나타났다. 어미 양이 다시 힘을 주자 이번에는 엄청난 양의 액체가 쏟아지며 새끼의 몸 전체가 쑥 빠져나왔다. 가느다란 탯줄은 이미 끊어졌고 몸의 뒷부분은 노란빛을 띤 주머니 속에 담겨 있었다.

새끼는 꿈쩍도 하지 않았다. 아마니는 새끼가 숨을 쉬려면 어미가 새끼를 핥아 주어야 한다는 걸 알고 잠자코 기다렸다. 하지만 어미 양은 홀딱 젖은 새끼는 본 척도 않고 한사코 일어서려고만 했다.

"왜 그러는 거야? 할아버지, 왜 어미가 새끼를 도와주지 않는 거예요?"

아마니가 울먹이며 물었다.

"새끼를 처음 낳아서 그럴 게다. 저도 많이 놀란 모양이구나."

할아버지는 긴 손가락으로 새끼의 입과 코에 붙은 끈적끈적한 점액을 떼 냈다.

"어미가 이걸 빨리 핥아 주지 않으면 새끼 양은 숨이 막혀 죽고 만단다. 그럴 때는 양치기가 그 일을 대신 해 줘야 해."

새끼 양이 재채기를 하더니 마침내 첫 숨을 쉬었다. 그러고는 다리를 버둥거리면서 주머니에서 빠져나왔다. 무거운 짐을 훌러덩 벗어 버린 어미 양은 옆으로 풀쩍 뛰더니 저쪽으로 가 버렸다.

“아, 안 돼! 그러면 안 돼, 이 녀석아!”

할아버지는 소리를 지르면서 일어나 어미 양을 잡으러 갔다.

아마니는 흠뻑 젖은 새끼 양 곁에 머물렀다. 새끼 양이 일어서려고 안간힘을 쓰는데도 힘이 없는 다리는 곧게 서는 대신 자꾸만 옆으로 벌어졌다. 아마니가 다리를 가운데로 모아 주자 새끼는 눈을 깜빡거리더니 불안한 눈빛으로 다리를 밀고 당기다가 마침내 혼자 힘으로 일어서는 데 성공했다. 무섭게 입을 벌린 가파른 절벽이 새끼 가까이 있는 걸 보고서 아마니는 새끼 양이 아직 힘도 없고 제대로 서지 못하는 게 오히려 다행이라고 생각했다.

아마니는 새끼 양의 어깨를 껴안으며 첫인사를 건넸다.

“만나서 반가워.”

그런데 인사를 마치고 양을 놓아 준 순간 최악의 상황이 벌어졌다. 새끼가 절벽 쪽으로 한 발, 또 한 발을 뗀 것이다.

아마니가 재빨리 뛰어가 새끼 양과 낭떠러지 사이에 서서 새끼 양이 절벽으로 떨어지는 걸 막았다. 이제 문제는 아마니였다. 아마니의 뒤꿈치가 가파른 낭떠러지 끝에 걸린 것이다.

“아이고, 그쪽이 아니다! 자, 네 엄마 여기 있다. 엄마한테 돌아가야지!”

어미 양을 질질 끌고 오며 새끼에게 소리치던 할아버지가 갑자기 아마니 쪽을 두려운 표정으로 쳐다보았다.

"조심조심, 아마니. 내 쪽으로 한 걸음, 또 한 걸음! 이제 됐다! 이제 새끼 양을 이리로 데려 오너라. 젖 빠는 법을 가르쳐야지. 제 어미 목소리도 알려 줘야 하고."

아마니가 할아버지가 시키는 대로 조심조심 발을 옮기자 비로소 굳었던 할아버지의 얼굴과 목소리에서 긴장이 풀리는 게 느껴졌다. 할아버지는 젖이 돌아 분홍색으로 부풀어 오른 어미 양의 젖에 새끼의 머리를 들이밀었다. 할아버지가 어미 양의 젖꼭지에 붙어 있던 분비물을 떼 주자 새끼가 들러붙더니 힘차게 젖을 빨기 시작했다.

그런 다음에야 할아버지는 고개를 돌려 다른 양들을 둘러보았다. 아마니도 할아버지를 따라 했다.

심술이가 또 남동쪽 모퉁이 쪽으로 가고 있었다.

"저렇게 제멋대로 했다가는 바비큐 신세가 되는 줄 모르는 모양이다. 저 녀석, 내가 정신없는 틈을 타서 몰래 오아시스로 빠져나가려는 것 좀 봐라."

"제가 못 가게 막을게요."

"놔둬라. 오늘은 사헴에게 맡겨 두자꾸나. 숫양을 다루려면 덩치도 더 커야 하고, 양치기의 지팡이도 있어야 하는 법이다."

할어버지가 단호하게 말했다.

그때 할아버지와 아마니가 나누는 이야기 소리에 정신이 산만해진 어미 양이 다시 탈출을 시도했지만 할아버지가 재빨리 잡는 바람에 새끼 양은 별 탈 없이 어미젖을 빨 수 있었다. 아마니와 사헴과 성질 고약한 심술이를 등진 채로.

심술이는 오아시스 쪽으로 정신없이 뛰었다. 그 길을 따라가면 자기가 원하는 물이 있다는 걸 아는 듯 잽싼 몸놀림이었다. 사헴은 도대체 어디 있는 거지? 양치기개 사헴은 다른 쪽으로 달려가는 암양을 쫓고 있었다.

이제 아마니가 움직일 차례였다. 아마니는 무작정 할아버지가 땅 위에 내려놓은 지팡이를 집어 들었다.

길 꼭대기 근처에 이르자 그 덩치 큰 숫양이 속도를 늦췄다. 심술이의 덩치는 아마니보다 세 배는 더 컸고, 뿔 아래의 두 눈은 악의로 똘똘 뭉쳐 있었다.

"야!"

아마니는 지팡이가 너무 무거워서 들어 올리지 못하고 질질 끌며 심술이를 향해 덤벼들었다.

"저 쪽으로 가! 이 길이 아니야!"

숫양은 옆으로 한 걸음 물러나서 거대한 머리를 숙이는가 싶더니 그 길로 아마니를 받아 버렸다.

2장

아마니는 올리브 자루처럼 절벽 옆으로 풀썩 나가 떨어졌다. 심술이의 머리에 받힌 가슴께가 아픈가 싶더니 뿔이 스쳐 지나간 팔 언저리가 시큰거렸다. 더 큰 문제는 손가락에서 나오는 벌건 피였다. 피를 보고 놀란 아마니는 아무 생각 없이 옷에 피를 쓰윽 닦았다. 그러고는 1초도 안 돼 자기가 큰 실수를 저질렀음을 깨달았다.

그러잖아도 여섯 살밖에 안 된 아마니가 양떼를 따라 산에 오르는 걸 못마땅하게 여기던 엄마가 옷에 묻은 피를 발견하면 다시는 산에 가는 걸 허락하지 않을 게 틀림없었다. 그걸 생각하자 머리끝까지 화가 치민 아마니는 앞으로 한 바퀴 굴러 다시 심술이를 향해 덤벼들었다.

그때 어디서 많이 본 팔이 쑥 내려오더니 발버둥을 치는 아마니를 위로 들어올렸다. 할아버지는 절벽에서 한참 떨어진 곳에 아마니를 내려놓았다.

"숨을 크게 들이마시고 내뱉고……. 아마니, 진정하고 내 말 잘 들어라."

할아버지는 아마니의 어깨를 붙잡은 채 아마니의 얼굴과 팔을 자세히 살펴보면서 아마니가 진정하기를 기다렸다.

"너 하는 짓이 나 어렸을 때랑 똑같구나. 언젠가는 너도 나처럼 양치기가 될 날이 올 게다. 하지만 지금은 배워야 할 것이 아주 많아. 양치기가 되는 건 아주 힘든 일이다. 그래도 하고 싶은 게냐?"

아마니는 고개를 끄덕이긴 했지만 머릿속은 심술이를 공격해야겠다는 생각으로 꽉 차 있었다.

"심술이에게 그렇게 달려들면 큰일 난다. 모든 동물이 다 그렇지만 특히 숫양에게는 네가 뭘 원하는지 보여 주는 게 더 중요해. 네 팔과 목소리, 영혼으로 이끌 수 없다면 그 녀석을 굴복시킬 생각일랑 아예 하지 않는 게 좋아. 그러려면 아마니, 영혼으로 그 녀석에게 말을 걸 줄 알아야 한다."

아마니는 몸부림을 멈추고 할아버지의 이야기에 귀를 기울였다.

"자, 이 작은 막대기를 오른손에 쥐어라. 나는 큰 막대기를 사용하마. 우선 저 녀석의 자존심을 세워 줘야 해. 저 녀석이 자기 스스로 그 길을 선택했다고 생각하게 만드는 거지. 그런 다음 네가 생각하는 안전한 길을 보여 주면 그대로 따르게 돼 있다."

할아버지와 아마니는 한 사람처럼 움직였다. 엄마가 피아노를 연주할 때 두 손이 움직이는 것처럼. 심술이는 화가 난 듯 킁 소리를 내면서 머리를 세차게 흔들긴 했지만 뒤돌아가 버리지는 않았다.

할아버지는 아마니 뒤에 서서 아마니의 팔목을 단단히 잡았다. 그런 다음 심술이에게 언덕 쪽을 향해 든 팔로는 문이 열려 있다는 사실을 알려주고, 막대기로 아래쪽을 가리키며 물과 집으로 가는 가파른 길은 허락하지 않는다는 것을 표시했다.

이 길이 아니야. 막대기가 명령했다.

이 길이야. 할아버지와 아마니가 만든 문과 영혼의 목소리가 재촉했다. 올라가.

마침내 심술이가 울타리를 펄쩍 뛰어넘어 다른 양들이 있는 곳으로 되돌아갔다.

"자, 이제 돌아갈 시간이다."

갓 태어난 새끼 양을 들어 올린 할아버지는 사헴이 나머지 양들을 아마니 뒤로 데려오는 동안 굴곡이 심한 길을 앞서 내려갔다.

할아버지가 관개수로 옆에서 새끼 양을 내려놓더니 막대기로 동쪽을 가리켰다.

"너한테 이야기를 하나 해 주겠다고 했지? 저 길에 뭐가 있는지 아니?"

아마니가 동쪽을 쳐다봤다. 씨도, 즉 할아버지의 산에는 봉우리가 2개 있다. 하나는 오늘 양떼에게 풀을 뜯겼던 크고 평평한 봉우리고, 또 하나는 오아시스 위로 탑처럼 불쑥 솟아오른 바위 봉우리였다. 두 봉우리는 메마른 협곡을 사이에 두고 분리되어 있었다.

"낙타의 혹 말이에요?"

"그 너머에 말이다."

낙타의 혹이라고 부르는 바위 봉우리 너머로 가 본 사람은 없었다. 심지어 열 살이나 된 아마니의 오빠 오마르조차 그곳에 가 보지 못했다.

거대한 바위 하나가 낙타의 혹 아래쪽을 따라 벽처럼 죽 이어졌다. 그 위의 비탈은 커다란 바위 무더기로, 발목을 삐거나 뱀을 맞닥뜨리기에 딱 알맞은 장소였다.

할아버지는 관개수로관 꼭지를 열고 결례(거의 모든 종교에서 부정함과 죄를 씻는다는 의미로 시행하는 의식. 대개는 물로 손이나 몸을 씻는다—옮긴이)를 거행했다. 오른손과 왼손을 차례로 씻은 다음 알라께 감사를 올리는 것이다.

"우리 조상들이 저 담을 쌓기 전엔 저 너머로 올라갔던 양치기 중 살아 돌아온 사람은 아무도 없단다."

양들은 서로 먼저 물을 마시겠다며 치고 박고 난리를 피우고 있었다.

"물이 없어서요?"

"아니. 그곳이 늑대들의 영토라서."

아마니가 목소리를 낮추어 말했다.

"큰엄마가 그러시는데요, 늑대가 집을 떠나 혼자 돌아다니는 아이들을 잡아먹었대요."

이 말에 할아버지는 한참 뜸을 들인 후에야 대답했다.

"다들 그랬듯이 네 큰엄마도 늑대를 무서워하도록 교육받았단다. 하지만 네 큰엄마가 틀렸어. 늑대는 사람을 잡아먹지 않거든."

"그럼 양은요?"

"양을 잡아먹는 건 우리도 마찬가지 아니냐? 늑대는 양떼 가운데 약하고 늙은 것만 잡아먹는단다. 그게 알라께서 세상을 만든 섭리이기도 해."

오아시스가 끝나는 곳에서부터 시작된 올리브 과수원의 제일 높은 단 위에서 자라는 나무들을 본 순간 아마니의 귀에는 할아버지의 말이 들려오지 않았다. 저 과수원을 통과해야 우리를 지나면 바로 할아버지 집이 나온다. 그건 이제 얼마 안 있으면 아마니가 피 묻은 옷을 입은 채 엄마를 만난다는 뜻이다.

아마니는 피 묻은 팔과 손을 들어 올렸다.

"왜 그러냐? 뭐가 잘못됐니?"

"오늘 아침에 할아버지가 엄마한테 뭐라고 했는지 기억 안 나세요?"

아마니가 울먹이며 물었다. 날이면 날마다 양을 치러 가게 해 달라고 엄마를 얼마나 졸랐던가.

"오늘은 할아버지랑 함께 가도 돼요, 엄마?"

"아마니, 넌 매일 아침 같은 걸 묻지만 내 대답도 매번 똑같을 수밖에 없구나. 산꼭대기에서 양떼를 쫓아다니는 건 어린 여자애한테는 너무 위험한 일이야. 넌 이제 겨우 여섯 살이잖니? 안 된다, 아마니. 엄마랑 집에 있는 게 더 안전해."

오늘 아침, 할아버지 집으로 들어가는 계단에 오마르와 사촌들이 마을에 가서 과자를 사 먹을 용돈을 받기 위해 줄지어 서 있었다. 그때 사촌 언니 와르데가 다 알고 있다는 투로 아마니를 향해 손가락질하며 말했다. 아마니보다 세 살 많은 와르데는 다섯이나 되는 자기 언니들에게 들볶이며 자란 탓인지 아마니에게 이래라저래라 잔소리하는 걸 좋아했다.

"넌 학교에 다니질 않아서 너무 무식해. 아마니, 여자가 양치기가 되는 거 봤어? 여름이 끝나고 학교에 다니면 양치기가 되겠다는 생각은 깡그리 사라질 테니 두고 봐."

"절대 안 그래! 난 양치기가 되고 말 거니까! 오늘 당장!"

아마니의 이런 마음을 알아주는 사람은 세상에 단 한 사람, 할아버지뿐이다. 할아버지는 벌써 정원에 들어서서 양 우리로 가고 있었다. 할아버지는 가족들이 말다툼할 때 끼어드는 법이 거의 없었다. 아들들이 싸우기라도 할라치면 보청기의 스위치를 꺼 버리곤 했다.

아마니는 앞베란다에서 폴짝 뛰어내려 할아버지의 뒤를 쫓아갔다.

"할아버지 오늘은요? 같이 가면 안 돼요, 네? 제발요!"

할아버지의 눈썹이 쑥 올라갔다.

"전 양치기가 될 거란 말예요! 그런데 와르데 언니는 제가 여자라서 양치기가 될 수 없대요."

할아버지는 생각하느라 그런지 얼굴을 찡그렸다.

"산에 너 혼자 올라갈 수 있겠어? 할아버진 너무 늙어서 널 안고 갈 힘이 없거든."

"그럼요!"

할아버지가 한 손을 내밀자 베란다에 있던 엄마가 소리를 질렀다.

"안 돼요, 아버님! 다치면 어떡해요?"

아마니는 얼른 할아버지가 뻗친 손가락들을 꽉 붙잡았다. 그 말에 혹시라도 할아버지 마음이 바뀔까 봐.

"약속하마, 로즈. 아마니가 다치지 않게 잘 보호하마. 집까지 안전하게 데려올 테니 두고 보렴. 혹시라도 다치거든 그 뒤로는 더 자랄 때까지 집에 꼭 붙들어 두면 되지 않겠냐?"

아마니는 할아버지가 엄마에게 했던 약속이 떠올라 피가 묻은 옷자락을 잡아당기면서 울지 않으려고 안간힘을 썼다.

"엄마가 핏자국을 보면 다시는 양을 치러 가지 못하게 할 텐데……."

"음, 깨끗이 씻으면 되지 무슨 걱정이냐?"

할아버지가 아마니를 자세히 살펴보더니 여기저기 말라붙은 피를 다 떼어 낸 뒤 아마니의 팔과 손을 씻기고 상처를 스펀지로 부드럽게 닦아 주었다.

"상처가 그리 깊지 않아 다행이구나. 금방 딱지가 생겨서 며칠이면 없어지겠어. 옷에 묻은 피는 어떻게 할지 좀 더 생각해 보자꾸나."

할아버지가 휘파람으로 사헴을 불러 양들을 몰아서 올리브 과수원을 통해 양 우리로 데려가게 했다. 아마니는 뒤처져서 무거운 발걸음을 옮겼다. 이제부터는 언제 엄마를 만나게 될지 알 수 없다. 그리고 엄마가 셔츠에 묻은 피와 팔에 난 붉은 상처를 보는 건 시간문제였다.

하지만 다행히 엄마와 마주치는 일은 일어나지 않았다. 대신 마당에 있는 빨랫줄에서 마른 빨래를 걷은 후 젖은 빨래를 널고 있던 할머니를 만났다.

"로즈는 어디 갔소?"

할아버지가 할머니에게 나지막이 물었다.

마른 빨래를 담은 바구니 옆, 등받이가 없는 부서진 의자 위에 토마토 8개가 놓여 있었다. 요즘 들어 기억을 잃어 가는 할머니를 위해 가족들이 자신의 행방을 알릴 방법으로 생각해 낸 것이 바로 이것이었다. 토마토를 물끄러미 내려다보던 할머니가 대답했다.

"파티마랑 손녀 여섯이랑 온실에 토마토를 따러 간다고 한 것 같은데……."

"여보, 난 오늘 우리 일곱 번째 손녀에게서 아주 놀라운 걸 발견했지 뭐요. 아마니가 날 쏙 빼다 박았습디다. 아마니가 양치기의 피를 타고났더란 말이오."

아마니의 마음속에 두려움과 희망이 오락가락했다.

"엄마한테 혼나면 어떡해요, 할아버지?"

할아버지가 입술에 손가락을 갖다 댔다.

"내가 네 엄마한테 한 약속을 잊진 않았지? 널 무사히 데려다 준다는 약속 말이다. 그리고 이렇게 무사히 데려왔으니 된 거 아니냐?"

가만히 듣고 있던 할머니가 혀를 찼다.

"환상의 커플이구랴. 산에서 태어난 한 쌍의 양 같수. 어서 아마니가 입을 새 옷이나 찾아봐요."

할아버지가 빨랫줄에서 긴 소매 셔츠를 하나 찾아내자 아마니가 얼른 옷을 갈아입었다.

"난 이 핏자국을 씻어 낼 궁리를 해야겠구랴. 아무도 눈치 채지 못하게."

할머니 말처럼 그 후로 이 일을 눈치 챈 사람은 아무도 없었다.

3장

여름방학의 마지막 날이 벌침에 쏘인 듯 순식간에 다가왔다. 아침 식사 때 파티마가 와르데가 전에 입었던, 푸른색과 흰색이 뒤섞인 낡은 교복을 들어 올리면서 아마니를 보고 씽긋 웃었다.

아마니는 큰엄마와 눈이 마주치지 않기 위해 고개를 푹 숙였다. 여름이 계속될 줄 알았는데…….

"자, 아마니. 한번 입어 볼래?"

큰엄마가 꿀처럼 달콤한 말투로 말했다.

"큰엄마가 너한테 딱 맞게 고쳐 주마."

아마니가 일어나서 손을 내밀었다.

"봐, 내 말이 맞지, 양치기 소녀? 너도 학교에 가야 한다고 했잖아."

와르데가 아마니의 귀에 대고 소곤거렸다. 그 말에 아마니의 몸이 뻣뻣하게 굳었다. 그렇게 하면 교복이 자기 몸에 닿는 걸 막을 수 있는 것처럼.

교복을 입어 본 다음에는 연달아 안 좋은 일만 일어났다. 할아버지가 감기에 걸려서 오마르한테도 산에 가자고 청한 것이다. 올리브 과수원의 제일 윗단에 도착했을 때 할아버지는 가던 길을 멈추고 천 년이나 된 고목 주위에 빙 둘러 놓은 낮은 의자에 주저앉아 버렸다.

"난 여기서 잠깐 쉬고 있으마, 아마니. 햇빛 때문에 눈이 너무 아파서 더 갈 수가 없어. 오마르랑 갔다 오너라."

아마니는 할아버지 생각이 뭔지 종잡을 수 없었다. 오마르 오빠는 요즘 양이 아니라 과학에 빠져 있었다. 그런 오빠가 양떼나 자기 보고 이래라저래라 참견하면 어쩌라고 같이 가라고 하시는 거지?

하지만 아마니의 걱정과는 달리 오마르는 돌로 쌓은 담 위에 조용히 앉아 전기에 관한 책을 읽을 뿐이었다. 사헴이 움직이라고 짖어대지 않았다면 하루 종일 그렇게 앉아 있었을지도 모른다.

아마니는 양떼를 데리고 산꼭대기 주변을 빙빙 돌았다. 마을의 사원에서 두 번째 기도 시간을 알리는 소리가 들려왔다.

"알라후 아크바르(Allahu Akbar, 알라는 위대하시다)."

무에진(이슬람 사원에서 하루에 다섯 번씩 기도 시간을 알리는 사람—옮긴이)이 외치는 소리였다.

아마니가 오빠에게 다가가 물었다.

"오빠, 무에진은 거인이야?"

오마르가 고개를 들더니 신나게 웃어댔다.

"무에진은 사람이야, 이 바보야."

"그런데 목소리가 왜 저렇게 커?"

"확성기 때문에 그래. 사원의 지붕에 확성기가 달려 있어서 음파를 멀리 내보내거든."

오마르가 여전히 킬킬거리며 대답했다.

"음파? 음파가 뭔데?"

아마니는 바보라는 소리를 들은 게 기분이 나빴지만 다시 묻는 수밖에 없었다.

"있잖아, 소리가 나면 그게 파도와 같은 원리로 공기를 밀어서 우리 귀까지 들려오는 거야. 그걸 음의 파도, 즉 음파라고 해. 소리는 1초에 300미터 정도 움직여."

아마니는 공중에 팔을 휘휘 저어 보았다.

"어디에? 음파가 어딨어?"

오마르는 읽고 있던 책을 덮고 아마니를 향해 손가락을 흔들었다.

"잘 들어 봐. 일단 무에진은 사람이야. 무에진은 하루에 다섯 번씩 확성기에 대고 기도 시간을 알리는 소리를 외쳐. 그러면 목소리가 음파를 타고 골짜기 전체로 퍼져 나가는 거야. 네가 내일부터 학교에 다니게 된 건 정말 잘된 일이야. 여기서 날마다 양하고만 지내면 양처럼 바보가 되고 말 테니까."

이 말에 아마니가 가까스로 참았던 울음을 터트리고 말았다. 아마니는 울면서 비탈을 뛰어 내려가 오아시스를 지나 올리브 과수원까지 내처 뛰었다.

"왜 그러냐, 아마니?"

그늘진 나무 의자에서 아마니를 지켜보던 할아버지가 손을 내밀었다.

눈물을 닦고 고개를 푹 숙인 채 할아버지에게 다가가던 아마니는 할아버지의 흙투성이 발이 보이자 그 자리에 멈췄다.

할아버지는 발끝을 모아 땅을 툭툭 찼다. 아마니가 고개를 숙이고 있을 때 쓰는 아마니와 할아버지의 인사법이었다.

"옆에 와 앉아라, 아마니."

할아버지 말이 끝나자마자 아마니는 그 품으로 파고들었다.

"무슨 일이 있었니?"

"오마르 오빠가……."

할아버지는 아마니를 안고 부드럽게 몸을 흔들었다.

"이 할아빈 형제들 틈에서 자랐는데, 형제들끼리 허구한 날 싸웠단다. 그래도 네 아비랑 네 큰아비만큼 심한 건 아니었지. 그래서 말인데, 네가 내 나이가 되면 보청기를 끼는 게 얼마나 큰 복인지 알게 될 거야. 듣기 싫은 소리가 들리면 보청기를 꺼 버리면 되니까 말이다."

아마니가 코를 훌쩍거렸다.

"올리브 냄새 나지?"

아마니가 고개를 끄덕였다.

"팔레스타인에서 이보다 더 좋은 냄새는 없어. 나는 이 냄새가 파티마의 장미향보다 훨씬 더 좋더구나. 내가 이렇게 말했다고 설마 큰엄마한테 고자질하는 건 아니겠지?"

아마니가 웃으면서 할아버지의 어깨에 얼굴을 푹 파묻었다. 할아버지 품엔 올리브오일 비누, 할머니의 오븐에서 나는 나무 연기, 집에서 짠 양모 냄새가 뒤섞여 있었다. 이게 바로 할아버지 냄새야.

"학교에 안 다니면 안 돼요?"

할아버지가 아마니를 살살 흔들던 동작을 멈췄다.

"왜? 오마르처럼 똑똑해지고 싶지 않아?"

아마니가 고개를 저으며 대답했다.

"전 할아버지처럼 양치기가 되고 싶은걸요."

아마니는 자신을 두른 할아버지의 팔에 힘이 들어가는 걸 느꼈다.

"넌 여자아이다. 언젠가는 네 큰아비가 가족들에게 필요한 결정을 내리게 될 텐데, 큰아비는 양치기가 되려는 네 마음을 이해하지 못할 거야."

하지만 할아버지는 그렇지 않다. 아니 적어도 아마니의 마음을 이해하는 것처럼 말했다.

"지금 당장 너에게 그렇게 하라고도, 반대로 안 된다고도 말할 수 없는 할아비 심정을 이해해 주려무나. 나에게 생각할 시간을 좀 다오."

그날 저녁 가족 전체가 이른 저녁을 먹으려고 할아버지 집 앞베란다에 모였다. 큰집이 할아버지 집 바로 옆에 붙어 있는데도 그 집 딸들이 가장 늦게 나왔다. 아마니의 사촌 언니들은 학교 이야기를 하며 재잘거렸다.

아마니는 할아버지를 주의 깊게 살펴보았다. 내일은 어느 길로 갈까? 할아버지랑 양을 치러 갈 수 있을까? 아니면 골짜기 반대편에 있는 집 너머 사촌 언니들과 오빠가 다니는 학교로 가야 하는 걸까?

할아버지가 감사 기도를 올린 뒤 음식을 먹기 시작했다. 다들 상당히 배가 고팠던 모양이다. 먹는 데 너무 정신이 팔려서 한참 동안 아무도 말이 없었다. 느닷없이 엄마가 이런 말을 꺼낼 때까지는.

"아마니의 양치기 노릇은 오늘로 끝이에요, 아버님. 내일부터는 학교에 보낼 거니까요."

"아마니는 학교에 안 간다."

할아버지가 조용히 말했다.

모두 낮은 식탁 위, 김이 모락모락 피어오르는 채소를 담은 그릇으로 뻗던 손을 딱 멈췄다. 아마니는 할아버지와 엄마를 번갈아 쳐다봤다. 엄마가 뭐라고 하실까? 그런데 정작 말을 꺼낸 것은 엄마가 아니라 큰아빠 하니였다.

"아이들은 모두 학교에 다녀야 해요, 아버지."

"난 이제 늙었고, 언젠가는 아마니에게 양치기의 일을 물려줄 생각이다. 아마니를 내 제자로 키우고 싶구나."

"팔레스타인 사람에게 양치기라니요! 당치도 않은 말씀 마세요."

화가 난 큰아빠의 얼굴이 벌게졌다.

아마니의 아빠 아레프 역시 화가 난 표정으로 거들었다.

"교육도 받지 않고 아마니가 어떻게 좋은 직장을 얻을 수 있겠어요? 전 오마르처럼 아마니도 학교에 보낼 겁니다."

엄마와 큰엄마 역시 그 말에 고개를 끄덕였다.

"아마니의 사촌 언니들도 다 학교에 다녔고 마을의 여자애들도 모두……."

"난 마음을 정했다."

할아버지가 딱 잘라 말했다.

"아레프와 로즈가 매일 저녁 아마니에게 읽고 쓰는 법을 가르쳐 줘라. 그리고 오마르 넌 수학하고 과학을 맡고. 아마니는 머리가 좋아서 빨리 배울 게다. 너희들이 제대로만 가르친다면 다른 아이들에게 뒤처지지 않을 게야."

아마니는 수탉처럼 힘차게 소리를 내지르고 싶었다. 할아버지는 이 집안의 가장이다. 가족 중에 할아버지의 말을 거역할 수 있는 사람은 아무도 없다. 그건 큰아빠도 마찬가지였다. 큰아빠는 커피를 마시는 내내 할아버지에게 불만이 가득한 눈빛을 보냈지만 그 결정을 바꿀 수는 없었다.

저녁 식사가 끝난 뒤 와르데가 포도밭에서 숨바꼭질을 하자고 했다. 아마니는 사촌 언니들을 지나쳐서 할아버지 집 앞 진입로를 거쳐 자기 집 쪽으로 가는 골짜기를 가로지르는 농로로 냅다 뛰었다. 그 길 양쪽으로 키가 큰 포도나무들이 푸른 이파리에 감싸여 터널을 이루었다. 그 그늘 속에 익어가는 포도송이가 주렁주렁 매달려 있었다. 몸을 숨기기에 이보다 좋은 장소는 없었지만 실망스럽게도 숨바꼭질은 한 번으로 끝나 버렸다. 언니들이 내일 개학에 맞춰 교복을 준비한다며 집으로 가 버렸기 때문이다.

오마르 오빠와 집으로 돌아오는 길에 아마니는 돌을 하나 집어 들었다. 저 앞에 할아버지 집이나 큰집과 똑같이 생긴 자기 집이 보였다. 세 집은 모두 흰색 단층집으로 시멘트 블록으로 만든 것까지 똑같다. 단 하나, 자기 집에는 앞베란다가 없다는 것만 달랐다.

"돌을 좀 더 찾아 오면 과학을 가르쳐 줄게. 크기가 다른 돌을 골라 와야 해."

아까 싸운 뒤로 오빠는 아마니에게 지나칠 정도로 친절하게 굴었다. 뭔가 재미있는 일이라는 느낌에 아마니는 오빠가 시키는 대로 하기로 마음먹었다. 주머니를 돌로 가득 채운 아마니는 오빠를 따라 엄마의 채소밭 옆에 있는 우물로 갔다.

"돌들을 가장 큰 것에서부터 가장 작은 것까지 나란히 세워 봐. 이게 실험이라는 거야."

"그게 뭔데?"

"과학자들이 하는 거. 실험은 먼저 질문에서 시작하는 거야. 그 다음엔 관찰을 하고 결론을 찾아내는 거지."

"알았어. 질문이 뭔데?"

"파동이란 무엇인가? 돌을 내려놓고 가장 큰 것부터 우물에 던져 봐. 그런 다음 네가 관찰한 걸 하나도 빼놓지 말고 말하는 거야."

가장 큰 돌이 퐁 소리를 내며 우물 속으로 사라졌다. 물 위에 크고 어두운 동그라미가 줄줄이 퍼져 나갔다. 아마니는 세워 놓은 순서대로 돌을 하나씩 집어 던졌다.

"동그라미가 점점 더 작아지고 있어."

오마르가 아마니를 보고 활짝 웃었다.

“그걸 파동이라고 해. 파동을 작게 만드는 게 뭘 것 같니?”

“음…… 돌이야. 돌이 작아질수록 파동이 더 작아지는 것 같아.”

오마르가 박수를 쳤다.

“이젠 알겠지? 이 정도면 너도 훌륭한 과학자야.”

오마르가 과학을 왜 그렇게 좋아하는지 아마니는 알 턱이 없었다. 하지만 자기 행동이 오빠를 기쁘게 하는 것 같아 나머지 돌들을 계속 던지면서 같은 결론을 되풀이했다. 돌이 가벼울수록 파동이 점점 더 빠르게 사라졌다.

저녁 식사 때 할아버지가 했던 말이 아마니의 생각 속으로 물결처럼 끊임없이 밀려왔지만 오빠에게 그 사실을 말하지 않았다.

할아버지가 자기는 이미 늙었다고 했는데 그게 무슨 뜻일까? 언젠가는 내가 할아버지 일을 이어받아야 한다고 했는데 그건 또 무슨 말이지? 할아버지가 곧 돌아가신다는 걸까? 그건 상상만으로도 끔찍했다.

아마니는 마지막으로 콩알만큼 작은 돌을 집어 던지며 이 돌과 함께 그 무서운 생각도 우물 속으로 깊이 가라앉기를 빌었다. 돌은 흔적도 없이 사라졌다. 물 위에는 아주 미세한 일렁임조차 없었다.

4장

1년이 지났다. 아마니의 가장 큰 사촌 언니 나흘라가 고등학교를 졸업한 후 알칼릴의 젊은 남자가 나흘라와 결혼하고 싶다며 할아버지 집을 찾아왔다. 일주일 동안 이어진 나흘라의 결혼식 축하연과 함께 여름이 끝나고 나흘라는 남편의 가족들과 살기 위해 알칼릴로 떠났다.

개학하기 전날 저녁을 먹기 위해 할아버지 집 베란다에 모든 가족이 모였을 때 그 수는 열셋으로 줄어 있었다.

큰아빠 하니가 커피를 마시기 전에 손가락으로 아마니를 가리키며 말했다.

"학교가 너에게 좋은 영향을 미칠 텐데 정말 갈 생각이 없는 거냐, 아마니? 네 인생도 나흘라처럼 잘 풀리기를 바라는 마음이 하나도 없는 거야? 잘 자란 무슬림 딸들의 행동을 보고 배울 수 있는 곳이 학교인데도?"

"결혼을 잘하기 위해 학교에 가야 한다는 거예요?"

하니가 풍선에서 바람이 빠지는 것처럼 한숨을 푸 내쉬었다.

"아니! 순종하는 법을 배우란 얘기다. 양들 꽁무니나 쫓아다니는 건 여자아이한테 맞지 않아. 양이나 치는 여자애하고 결혼하려는 남자가 세상천지 어디에 있겠냐?"

엄마가 밥을 먹던 손을 멈췄다.

"여자아이도 많은 걸 꿈꿀 수 있어요, 아주버님. 결혼이 전부는 아니잖아요."

"그만해라."

할아버지가 대화를 중단시켰다.

"내가 살아 있는 동안 아마니에게 내 일을 가르치기로 마음먹었으니까."

그래도 큰아빠는 주장을 굽히지 않았다.

"그럼 아버지가 돌아가신 뒤에는요? 그때가 되면 우린 양을 기르지 않을 텐데 아마니를 저대로 그냥 두란 말입니까?"

할아버지가 웃음을 터트렸다.

"양을 왜 안 키워? 고기를 먹지 않겠단 말이냐?"

"농사짓고 점령군과 싸우는 것만으로도 힘에 부칠 테니까요."

"너희들이 점령을 당해 봤으면 얼마나 당해 봤다고 그런 소릴 하는 게냐? 알면 나보다 더 잘 알겠어? 결국엔 이스라엘이 포기하고 우리 땅을 떠나게 될 게다."

"이번에는 아니에요. 이스라엘은 정착민에게 알칼릴에 있는 건물들을 차지하게 하고는 군대를 보내 정착민을 지키고 있어요. 군인들이 슈하다 가를 폐쇄하고 검문소도 더 많이 설치하고 있어요. 그 도시는 해가 갈수록 점점 더 위험해지고 있단 말입니다. 상점들은 문을 닫고 많은 사람이 떠나고 있어요. 이번 가을 추수 때는 아이들을 데리고 그곳에 갈 수 없을지도 모른단 말입니다."

알칼릴에 우릴 데리고 가지 않는다고? 어떻게 그런 말을 할 수 있지? 온 가족이 추수 때 트럭에 올라타고 알칼릴에 가는 걸 얼마나 눈이 빠지게 기다리는지 모르시진 않을 텐데……. 아마니는 큰아빠가 원망스러웠다.

기억력이 깜빡깜빡한 할머니도 그날만큼은 손꼽아 기다렸다. 사람들로 붐비는 시장에서 쇼핑을 하고 친척들을 방문하는 것만큼 신나는 일은 없었다. 올리브기름을 짜러 가는 날이면 올리브를 기름 짜는 집에 맡긴 뒤 온 가족이 피자를 먹고 밤이 이슥할 때까지 그곳에 머물다 돌아오곤 했다.

그런데 정말로 헬멧을 쓴 군인들이 총을 겨누면 어떻게 하지? 아마니는 엄마의 손을 힘껏 쥐고는 어른들이 했던 말을 되뇌었다. 어른들은 그럴 때 절대로 몸을 움직이면 안 된다고 했다. 군인들이 시키는 대로 해라. 그들이 움직여도 좋다고 할 때까지 길 위에서 조용히 기다려라.

"도시라는 데가 다 그렇지 뭐."

할아버지가 어깨를 으쓱하며 대꾸하자 큰아빠가 주먹을 흔들며 더 강하게 이야기했다.

"이제 이스라엘이 북쪽에 있는 골짜기를 몰수했단 말입니다. 그들이 목초지를 뺏는 마당에 아버진 어떻게 그 엄청난 양떼를 먹일 생각이세요?"

아마니도 그 말은 이해했다. 그날 아침 일찍 할아버지가 아마니더러 양떼를 산의 북쪽 비탈로 몰고 가지 말라고 말했기 때문이다.

"그곳엔 더 이상 가지 마라. 이스라엘이 그곳을 안전지대(이스라엘 마을을 팔레스타인의 공격에서 보호하기 위해 이스라엘이 정한 구역—옮긴이)로 선포했단다."

할아버지가 엄한 표정으로 말했다.

그때 아마니는 동쪽에 있던 베두인족 캠프를 쳐다보았다. 텐트도, 화려한 색의 옷이 널려 있던 빨랫줄도 온 데 간 데 없었다. 아카시아 나무 아래 있던 동물도 자취를 감추었다. 베두인족이 떠난 것이다.

할아버지는 하루 종일 아마니에게는 스스럼없이 드러냈던 슬픔을 자신의 큰아들 앞에선 감추었다.

"내겐 아직도 산과 골짜기가 많이 남아 있다."

미소를 짓는 할아버지의 눈초리가 올라가는 걸 아마니는

놓치지 않았다.

"몇 년 동안이나 양떼를 줄이라고 날 들볶은 걸 잊은 건 아니다, 하니. 지금이 적기인 것 같구나. 양을 20마리쯤 팔아서 너하고 아레프하고 늘 노래 부르던 새 온실을 지으려무나."

그 후 몇 년 동안 아마니 집안에는 씨도의 봉우리로 가는 양떼처럼 행복한 시간이 이어졌다. 그동안 아마니의 사촌 언니들은 거의 다 고등학교를 졸업하고 이제 집에 남은 건 와르데뿐이었다. 아마니에게는 속상한 일이었다. 게다가 와르데가 아마니에게 붙인 별명이 마을 전체로 퍼져 나간 뒤 양치기 소녀 아마니는 또래의 모든 놀이와 수다에서 따돌림을 당했다.

하지만 아마니는 별로 신경 쓰지 않았다. 할아버지에게 양이 새끼를 낳다 문제가 생겼을 때 어떻게 해야 하는지, 양떼를 어떻게 돌봐야 하는지 배우는 데 온 마음을 쏟고 있었기 때문이다.

아마니가 열두 살이 된 어느 봄날 밤, 새끼 양 한 마리가 들끓는 구더기 때문에 우리 안에서 죽고 말았다. 아마니와 할아버지는 양 우리 앞에 서서 파리떼로 뒤덮인 시체를 바라보았다. 새끼 양의 시체 옆에서 어미 양이 울부짖고 있었다.

"네 아비나 큰아비를 불러와라. 새끼 양을 우리에서 얼른 끌어내야겠다."

아마니는 병이 퍼지는 걸 막으려면 시체를 되도록 빨리 처리해야 한다는 사실을 알고 있었지만 잠시 망설였다. 뻣뻣하게 굳은 시체를 만지는 건 생각만 해도 오싹했으니까.

가만히 기다리고 있던 할아버지가 조용히 말했다.

"양들도 사람처럼 같은 무리의 양이 죽으면 저렇게 슬퍼한단다. 훌륭한 양치기라면 양들의 감정도 존중하고 슬픔을 극복하도록 도와야 하는 법이다."

아마니는 우리 속에서 들려오는 양들의 울음소리를 들었다. 몇몇 양들이 슬픔에 잠긴 어미 양을 둘러싸고 위로했다.

"장갑 좀 주세요. 저도 할 수 있어요."

마침내 아마니가 결단을 내렸다.

5장

아마니의 열세 번째 여름에는 중요한 변화가 세 가지나 찾아왔다. 맨 처음에 온 것은 몸의 변화였다. 몇 달 동안 와르데는 무슨 권리라도 되는 것처럼 "그거 시작했어?"라는 질문을 거듭했다. 아마니가 고개를 끄덕이기만 하면 기다렸다는 듯 충고를 할 태세였다. 그래서 아마니는 이번에 와르데가 물었을 때 마침내 그렇다고 대답할 수 있어서 얼마나 기뻤는지 모른다.

"엄마가 어떻게 해야 할지 다 가르쳐 줬어. 언니, 그보다 양들이 발정하는 것에 대해 듣고 싶지 않아?"

천만에! 와르데가 그런 것에 관심 있을 리가 없었다.

그런데 몸의 변화보다 훨씬 더 아마니의 흥미를 끌었던 건 수의사를 찾는 일이었다. 할아버지가 양을 70마리 정도로 줄였기 때문에 남은 양을 지키는 건 아마니에게 아주 중요했다.

"양을 돌보는 방법을 알려 주는 책이 학교에 있을까?"

아마니가 오마르에게 물었다.

"아부시 선생님에게 물어 볼게. 수의사는 찾아본 거야?"

이 말에 할아버지가 눈썹을 치켜 올렸다.

"수의사라니? 낯선 사람이 내 양에 대해 뭘 안다고?"

오마르가 도서관에서 빌려다 준 책을 읽은 뒤 아마니는 새로운 방법을 알아냈다. 아마니는 목초지를 돌려가며 먹이는 법이며 전염병을 막기 위해 골짜기에 사는 모든 동물에게 예방접종을 해야 한다는 내용들을 오빠에게 큰 소리로 읽어 주기도 했다. 오마르도 깊은 인상을 받은 듯 계속 고개를 끄덕였다. 그래서 아빠가 회의에 참석하러 알칼릴에 갈 일이 생겼을 때 오마르는 아마니와 함께 동문 근처에 있는 PC방 앞에 내려달라고 졸랐다.

"슈하다 가 근처예요. 아마니는 제가 잘 볼게요."

오마르는 아마니가 정부의 수의사를 찾아 이메일을 보내도록 도와주었다. 아마니의 나이와 아마니가 튼튼한 양을 기르는 데 관심이 있다는 사실을 접한 수의사는 가을에 아마니의 양떼를 방문하기로 약속했다.

게다가 아마니가 팔레스타인 지역에서 가장 나이 어린 양치기라는 걸 알고 놀란 수의사는 아마니에게 자기가 진행하는 실험에 참여하도록 권했다. 아마니도 적극 찬성했다. 그런 뒤라 아마니는 수의사가 오면 놀라운 일이 벌어질 거라는 기대에 부풀었다.

그런데 그 일에 깊이 빠진 나머지 아마니는 세 번째 변화를 눈치 채지 못했다. 그 변화는 할아버지에게서 일어났다. 할아버지가 오래된 올리브나무 아래 의자에 앉아 있던 그 첫날을 빼고 아마니는 할아버지의 변화를 잘 느끼지 못했다.

8월, 엄청나게 뜨거운 날이었다. 밤이 돼도 골짜기에 낮의 뜨거운 열기가 그대로 남아 있었다. 간밤에 아마니의 가족은 할아버지 집 넓은 앞베란다에서 큰집 식구들과 함께 잤다. 다들 한숨도 못 자고 바람이라도 한 점 불기를 기다리며 이리 뒤척 저리 뒤척이며 밤을 새우다시피 했다.

"오늘은 너 혼자서 양떼를 몰고 가야겠다, 아마니."

아침에 아마니를 깨운 할아버지가 말했다.

"머리 아프세요?"

"아니, 피곤해서 그런다. 소란 떨지 마라. 식구들이 들을까 무섭구나."

하지만 그 다음 날도 할아버지는 올리브나무 아래 의자에 앉아 있었고 그 이후로 계속 그랬다. 따가운 햇살 때문에 할아버지의 눈이 아프기도 했지만 봉우리로 올라가는 길이 너무 멀어서 할아버지에겐 무리이기도 했다.

아마니는 할아버지에게 양떼를 먹일 초지를 순환시켜야 한다고 말했다. 이제 씨도의 봉우리도 휴식이 필요했다. 할아버지는 고개를 끄덕였다.

"그렇게 하렴."

이제 아마니는 자기가 가고 싶은 곳으로 양떼를 몰고 갈 수 있었다. 할아버지는 여전히 올리브나무의 그늘에서 쉬고 싶어 할 뿐이었다.

개학 전날 밤 아마니는 큰엄마를 도와 부엌에서 커피를 나르고 있었다. 그때 큰아빠 하니가 한 말을 들은 아마니가 들고 있던 쟁반을 꽉 쥐었다.

"이스라엘 사람들이 이곳에 새로운 정착촌을 만들고 고속도로를 짓는답니다. 그 고속도로가 우리 마을을 지나갈 가능성도 있어요. 만약 그게 사실이라면 마을 한가운데를 관통하게 될 겁니다."

아마니의 손이 떨리는 바람에 커피가 쟁반 위로 쏟아졌다.

"이스라엘이 어떻게 우리 땅에 고속도로를 지을 수 있죠?"

아마니에게서 쟁반을 받은 큰엄마가 물었다.

"법에 어긋나는 거 아니에요?"

"온 팔레스타인에 벌어지고 있는 일인데 법이 무슨 소용이야? 이스라엘이 계속 정착촌을 건설하고 있지만 누구도 막을 수 없어. 이제 우리에게 달렸어. 더 늦기 전에 싸워야 해."

아빠가 고개를 가로저었다.

"무기를 들고 싸워선 안 돼, 형."

아마니의 손이 심하게 떨렸다. 고속도로가 우리 땅을 관통한다고? 싸워야 한다고?

오마르는 잔뜩 긴장해서 앉아 있었다. 눈은 아빠와 큰아빠에게 옮겨 다니고 있었는데 묘한 흥분으로 들뜬 것 같았다.

엄마가 아빠 팔에 손을 올려놓았는데도 아빠는 입을 다물지 않았다.

"이럴 땐 시위를 하는 게 제일 좋아. 팔레스타인과 이스라엘 양쪽에 평화운동가들이 있고, 우리가 폭력 없이 저항하는 걸 도와줄 국제 조직도 있으니까 그들의 도움을 받으면 돼."

"그런 방식으로는 어림도 없어! 이스라엘 사람들은 자기들이 원하는 걸 가지기 위해서라면 군대까지 동원하는 판국이야. 얼마나 많은 마을이 파괴되어야 네가 나랑 같이 싸우겠다는 말을 할지 모르겠다!"

큰아빠가 팔을 앞으로 쭉 뻗었다. 조금만 더 뻗으면 아빠의 귀를 비틀 수 있을 정도였다.

"우리 마을은 안 돼! 내 땅도! 난 무기에는 무기로 맞설 테니 그리 알아라."

엄마가 손뼉을 짝짝 쳤다.

"두 분 다 그만해요! 아버님이 피곤해하시는 거 안 보여요?

아버님 말씀 좀 듣자고요."

할아버지가 힘없이 손을 들어올렸다.

"로즈 말이 맞다. 너희들이 떠드는 소리 때문에 피곤해 죽겠구나. 이런 때일수록 평소 하던 일을 계속하며 살아야 한다. 너희들은 땅을 갈고, 아마니랑 나는 양떼를 치면서 말이다."

하지만 하니는 그렇게 쉽게 입을 다물 사람이 아니었다.

"이스라엘 놈들이 우리가 예전처럼 살아가도록 내버려 둘 것 같습니까? 그들은 우리 땅과 우리 물을 원해요! 그걸 가지기 위해선 수단방법을 가리지 않을 거라고요. 군인을 데리고 와서 우릴 위협하고 감옥에 집어넣을걸요? 정착민이 우리의 삶을 너무 비참하게 만든 나머지 결국 우리 스스로 고향을 떠나게 해 달라고 간청할 날이 올 거란 말입니다!"

할아버지가 큰아빠의 말을 잘랐다.

"난 아레프 말이 맞다고 본다. 폭력으로 평화를 얻을 순 없어. 그들이 우릴 신뢰하지 않을 게다."

"그들을 신뢰하지 않기는 저도 마찬가지라고요."

커피에 손을 대는 사람은 아무도 없었다.

"올리브 과수원에서 쉬고 계시던데 어디 아프기라도 하신 겁니까?"

"피곤하구나. 그것뿐이다. 너도 내 나이 먹어 봐라. 쉬고 싶을 테니."

"그게 아니에요, 아버지!"

큰아빠가 잠시 말을 멈췄다.

"아마니가 양이나 쫓아다니면 뭘 배우겠습니까? 눈앞에서 할아버지가 죽어 가는데도 모르고. 아마니에게 진실을 외면하는 법이나 가르치실 생각입니까?"

갑자기 베란다에 침묵이 찾아왔다.

아마니는 물끄러미 할아버지를 바라보았다. 죽는다고? 할아버지가? 말도 안 돼! 큰아빠는 왜 이런 식으로 우리를 놀라게 하는 걸까? 답은 하나뿐이야. 그렇게 해서 자기 뜻을 관철시키려는 것이겠지. 가족을 자기 맘대로 하려고.

6장

올리브가 가을비를 맞으며 수확을 기다리고 있을 무렵 정부에서 파견한 수의사가 도착했다. 아마니는 좋아서 어쩔 줄 몰랐다. 할아버지도 마찬가지였다. 그때만은 모든 마을 사람들의 관심이 온통 수의사에게 쏠렸다.

할아버지 집 앞베란다에서 큰아빠와 아빠가 다툰 이후 큰엄마와 와르데의 입을 통해 할아버지가 위독하다는 소문이 마을에 쫙 퍼졌다. 그 후 두 달 동안 할아버지 집에는 마을 사람들의 방문이 끊이지 않았다.

"많이 아프세요?"

"오늘은 기분이 좀 어떠세요?"

하지만 할아버지는 다투는 것만큼이나 엄살 부리는 걸 싫어했다.

아빠와 큰아빠는 할아버지를 알칼릴에 있는 병원으로 모시

길 원했지만 그건 너무 위험했다. 알칼릴 거리에서 이스라엘과 팔레스타인의 싸움이 시작되었기 때문이다. 설상가상으로 새로운 정착촌을 위한 고속도로가 건설되고 있었기 때문에 여행은 전보다 훨씬 더 어려워졌다.

이스라엘 사람들이 알칼릴로 가는 옛날 도로에 콘크리트 블록을 설치해서 팔레스타인 차량은 동문을 통과해 알칼릴로 들어갈 수 없었다. 그 도시로 가는 유일한 길은 언덕들을 넘어 가는 우회로뿐이었는데, 길이 얼마나 험했는지 그 길을 황천길이라고 부를 정도였다.

볼 때마다 휴대전화를 붙들고 있던 아빠의 노력 덕택에 드디어 이동병원이 마을에 들르게 됐다. 큰아빠도 그 일에 대해서만은 아빠에게 고마워하는 기색이 역력했다. 문에 붉은 초승달이 그려진 하얀 밴이 도착하더니 검사를 목적으로 할아버지의 피를 뽑아 갔다.

그러던 차에 수의사가 도착해서 아마니는 할아버지에 대한 걱정을 잠시 잊을 수 있었다. 수의사는 아마니에게 선물을 가져왔다.

"루마니아 종은 다른 종에 비해 고기 양도 많지만 새끼도 많이 낳는단다. 이 양을 네게 선물로 주는 대신 넌 이 양이 낳은 새끼들, 또 매년 봄마다 그 새끼들이 낳은 새끼 양들에 관해 정확히 기록해서 내게 보고하면 돼."

아마니는 무릎을 꿇고 작지만 튼튼하고 잘생긴 양을 황홀한 듯 바라보았다.

"널 이제 루마니아라고 부를 거야."

아마니는 환영의 표시로 그 양을 꼭 안아 주었다. 다 자란 양은 대부분 낯선 사람을 보면 경계하게 마련인데 루마니아는 아마니의 뺨을 혀로 핥았다.

"조심하는 게 좋을 거야."

울타리 너머로 그 모습을 쳐다보던 수의사가 경고했다.

"그게 그 녀석 장기거든. 아주 버릇이 없어. 다음에는 너희 집 안방을 자기 방으로 내 달라고 할 테니 두고 보렴. 좀 더 엄하게 대하는 게 좋을걸?"

하지만 아마니는 못 들은 척 루마니아를 다시 껴안았다.

아마니가 수의사와 이야기를 나누는 동안 할아버지는 등받이 없는 의자에 앉아 있었다. 아마니는 수의사에게 울타리 기둥에 몸을 비비고 있는 새끼 양을 봐 달라고 부탁했다. 꼬리 아래쪽 털이 번들번들하고 악취가 났다. 골짜기에 엄청난 비가 내린 뒤 젖은 풀을 먹는 바람에 설사가 난 것이다. 아마니가 꼬리 아래쪽 털을 밀었는데도 수많은 파리떼가 새끼 양의 엉덩이에 진을 치고 있었다.

"구더기를 빨리 제거하지 않으면 이 양은 얼마 안 돼 죽을 거야. 꽉 붙잡고 있어라."

아마니가 양이 꼼짝 못하게 붙잡고 있는 동안 수의사는 검정색 가죽 가방을 열고 울부짖는 새끼 양의 목에 물약을 조금 들이부었다.

"파리떼가 낳은 알에서 깨어난 구더기들은 닥치는 대로 먹는 습성이 있단다. 구더기떼가 엉덩이를 물어대니 너무 간지러워서 또 다른 상처를 내는 줄도 모르고 저렇게 긁어대는 거야. 그런데 새로운 상처는 다시 구더기의 밥줄이 돼서 상황이 점점 더 나빠지는 거란다."

수의사가 잠깐 말을 멈췄다.

"구더기가 다시 생기지 못하게 하려면 상처 난 엉덩이를 깨끗하게 씻어 줘야 하는데 할 수 있겠니?"

아마니는 꿈틀거리는 누런 구더기가 끔찍하게 싫었지만 거부할 수는 없었다.

"예."

수의사는 아마니에게 가위를 건네면서 양의 엉덩이 부위 털을 어떻게 잘라 내는지 직접 보여 주었다. 아마니가 털을 자르는 동안 털 속 깊이 묻혀 있던 구더기들이 도망가려고 버둥거렸다.

아마니가 새끼 양에게 부드럽게 말했다.

"이제 구더기는 없으니까 걱정 마."

구더기한테 물어 뜯긴 부위의 털을 몽땅 잘라 가느다란 흰 꼬리 주변에 동그랗게 분홍색 살이 드러났을 때에야 비로소 수의사가 이제 됐다고 말했다.

"다음엔 테라마이신이다."

수의사가 아마니에게 스프레이를 건넸다.

"따끔할 테니 이번엔 요 녀석을 내가 붙들고 있으마."

아마니가 밝은 파란색 항균제가 든 통을 단단히 붙잡고 뿌리는 동안 새끼 양은 고통스러운지 몸부림을 쳤다.

"자, 이 마지막 과정을 거치면 어떤 파리알도 살아남지 못할 거야. 약 기운 때문에 며칠 동안 파리도 얼씬 못할 거고."

수의사가 플라스틱 통의 뚜껑을 제거한 뒤 아마니의 코 밑에 갖다 댔다. 신 냄새가 코를 찌르는 바람에 아마니는 자기도 모르게 입을 틀어막고 뒷걸음질을 쳤다.

수의사가 씩 웃었다.

"파리떼도 너처럼 그래야 할 텐데. 이걸 새끼 양의 엉덩이하고 뒷다리 쪽에 발라 주렴. 넌 아주 대단한 양치기다, 아마니."

아마니는 수의사가 모는 자동차의 옆자리에 타고 마을의 다른 양치기들에게 그를 소개했다. 다들 이 손님을 반겼다. 수의사는 브루셀라병을 비롯한 다른 전염성 질병에 감염되지 않도록 양들에게 예방주사를 맞췄다. 아마니는 수의사가 자기 할아버지도 모르는 것까지, 정말 모르는 게 없다는 사실을 깨달았다.

수의사가 일을 마치자 아마니가 트럭에 짐 싣는 것을 도우며 저녁 식사에 초대했다. 하지만 그는 길이 폐쇄될지도 모르기 때문에 그럴 수 없다며 거절했다.

"내년 봄에 다시 오실 수 있나요?"

"봄에는 예약이 꽉 차서 좀 어렵지만 일정을 한번 잡아 보마. 하지만 약속은 못 해. 물어 볼 게 있으면 이메일을 보내렴."

집 뒤에 있는 부엌에서 아마니는 신선한 요구르트 샐러드에 오이를 썰어 넣고 엄마는 최근 연습 중인 새로운 곡을 흥얼거리면서 냉장고에서 남은 펠라펠(콩으로 빚어서 튀긴 음식으로 중동 지역에서 인기 있는 패스트푸드다. 그냥 먹기도 하고 채소나 소스를 올려 먹기도 한다—옮긴이)을 꺼냈다. 그런 다음 두 사람은 포도밭이 내다보이는 창이 있는 방으로 저녁 식사를 날랐다.

마을에 순식간에 밤이 찾아왔다. 날이 춥고 축축했지만 아마니 가족은 난로도 켜지 않고 저녁을 먹었다. 연료가 워낙 비싸서 더 추운 날에 쓰려고 난로를 꺼내 놓지도 않았기 때문이다.

아마니가 몸을 씻는 동안 엄마는 가족에게 입힐 두툼한 스웨터를 꺼내 놓았다. 각자 집에서 저녁을 먹은 뒤 다 함께 할아버지 집에서 커피를 마시기로 했다.

아마니는 밖으로 걸어 나갔다. 셀 수 없이 많은 별들이 하늘을 밝히고 있었다. 오마르 뒤를 따라가던 아마니는 추위를 견디려고 포도밭 사이를 뛰어다녔다. 큰집 가족은 벌써 떠났는지 할아버지 집의 왼편에 있는 집이 컴컴했다. 할아버지 집 창문에서 빛이 새 나왔다.

오마르를 따라 할아버지 집으로 들어갔을 때 거실의 텔레비전 소리가 아마니의 귀를 사로잡았다. 큰엄마와 큰아빠, 와르데가 소파에 앉아 뚫어져라 뉴스를 보고 있었다. 오마르는 흔들의자에 앉았다. 할머니는 고양이처럼 작게 웅크린 채 길고 육중한 소파 끝에 잠들고, 할아버지는 그 반대편에서 담요를 두르고 앉아 있었다. 할아버지가 아마니를 보더니 고개를 끄덕이며 옆에 와 앉으라고 눈짓을 했다.

방 안에 긴장감이 돌았다. 화면을 보기도 전에 아마니는 좋지 않은 소식이라는 걸 알아차렸다. 팔레스타인 전역은 이스라엘의 점령에 넌더리를 내고 있었다. 그 결과 많은 팔레스타인 사람들이 폭동을 일으키거나 항의하다 이스라엘의 총에 쓰러졌다.

텔레비전 화면으로 눈을 돌린 아마니는 토할 것 같았다. 사람들이 틈이 크게 벌어진 시커먼 건물 옆이나 피로 물든 인도 위에 서서 울부짖고 있었다. 뉴스가 이스라엘에서 일어난 자살 테러에 관해 상세하게 설명을 반복하는 동안 아마니의 부모님은 아무 말도 하지 않았다.

"……어젯밤 늦게 예후다 거리에서……."

엄마가 신음소리를 내뱉었다.

"예루살렘이다."

"……사람들로 북적거리는 이 쇼핑센터에서 두 발의 폭탄이 터져서 열네 살에서 스물한 살에 이르는 11명의 젊은이가 그 자리에서 숨졌습니다. 20분 뒤에는 주차된 차 안에서 또 다른 폭탄이 터져……."

아빠가 화를 삭이지 못하고 소리를 질렀다.

"아무 죄도 없는 아이들이 죽었어! 도대체 무엇 때문에?"

큰아빠가 질세라 맞고함을 쳤다.

"우리한테서 빼앗은 집과 땅에서 살고 있기 때문이지, 왜 죽었냐니! 그걸 몰라서 물어? 우리가 그것까지 걱정해야 되는 거냐? 400만이나 되는 팔레스타인 사람들을 난민으로 만들어 놓고 자기 민족의 안전이 걱정된다고? 우리 땅을 뺏고 우릴 감옥에 처넣은 자들이 도대체 누군데? 우린 자유를 위해 투쟁했을 뿐이야."

오마르가 앉았던 흔들의자가 거칠게 삐걱거렸다.

"폭탄을 터트린 사람들은 순교자예요!"

"그런 식으로 말하지 마라. 그런 걸 어디서 배웠냐? 코란에서 무고한 시민을 죽이라고 가르치던?"

아빠의 거친 말에 큰아빠가 주먹을 불끈 쥐고 자리에서 벌떡 일어섰다.

"아무 죄가 없다고? 이스라엘 사람 중에 무고한 사람은 아무도 없어! 그들이 평화롭게 살도록 우리가 왜 가만히 내버려 둬야 하는데? 그들에게 그럴 자격이 어디 있지?"

"그렇게 말도 안 되는 소리가 어디 있어? 사람이라면 누구에게나 평화롭게 살 자격이 있는 거 아냐? 그러니 저 사람들이 우릴 믿지 못하는 거 아니야!"

아빠가 울면서 인터뷰 중인 죽은 젊은이들의 어머니를 가리켰다.

"저 여자가 전에도 우리에게 관심이 없었다는 걸 어떻게 증명할 수 있지? 하지만 이런 일이 벌어지면 이제 어떻게 우릴 좋아해 달라고 할 수 있느냐고!"

갑자기 텔레비전 화면이 팍 꺼졌다. 텔레비전 곁에 선 할아버지가 전원 버튼에서 막 손가락을 뗀 참이었다.

"피곤하다. 이제 저녁 기도 시간이야. 다들 집으로 가거라. 가서 기도하는 법이나 배우는 게 낫겠다."

엄마가 아빠를 쳐다보면서 재빨리 문 쪽으로 향했다. 집으로 가야 한다. 지금 당장.

아마니는 부모님 뒤를 따라 포도원 사잇길을 오빠와 함께 걸었다. 아빠는 집으로 가는 내내 욕지거리를 내뱉었다. 큰아빠랑 다투다니 아빤 바보야.

엄마가 쾌활하게 말했다.

"이럴 땐 우리 집이 골짜기 반대편에 있다는 게 좋지 않아? 가족 사이에도 약간의 거리가 필요하다니까. 이제부터 집에서 뉴스를 보면 되지, 뭐."

아마니는 집으로 들어가기 전에 골짜기를 내려다보았다. 달빛 속에서 포도밭이 어두운 강물처럼 일렁였다. 계단식 과수원이 언덕마다 높이 솟아 있었다. 아마니는 몇 백 년 묵은 수백 그루의 올리브나무들이 여러 나라의 침략을 견뎌 내고 우뚝 서 있다는 사실을 기억했다. 그렇다면 이번 침략도 견딜 수 있을 거야. 인샬라(Insha' allah, 신의 뜻대로—옮긴이).

다음 날 정착촌을 위한 고속도로 건설이 느닷없이 중단되었다. 비가 심하게 퍼붓는데도 아마니의 부모님은 마을회의에 참석한다며 빗속을 걸어갔다. 골짜기 위에서 무장한 이스라엘 정착민들이 일하고 있던 팔레스타인 농부들을 과수원에서 쫓아내고 집도 몇 채 불살랐다고 했다.

그동안 하이파에서 자살 폭탄 테러가 또 일어났다. 그 뉴스를 보려고 오마르가 텔레비전을 켰는데, 지지직 소리와 함께 화면이 제대로 뜨지 않았다.

"비 때문인가?"

아마니가 물었다.

"아니. 우리한테 벌을 준답시고 이스라엘이 전원을 대부분 차단해서 그래. 야세르가 어떻게 됐는지 말해 줄까?"

부모님이 나가고 없는 틈을 타 오마르는 알칼릴에 있는 친구들 얘기를 거리낌 없이 털어놓았다. 친구 중 많은 수가 거리 투쟁에 참여하기 위해 저항운동에 가담했고, 그중 둘은 붙잡혀서 감옥에 갔다고 한다.

"누가 야세르를 고발했는지 어젯밤에 이스라엘 정보부가 야세르를 잡으러 왔대. 야세르가 어딘가로 가 버렸기에 망정이지 큰일 날 뻔했어."

"어디로 갔어? 오빠는 알아?"

오마르가 고개를 끄덕였다. 두 눈이 흥분으로 들떠 있었다.

"너도 내가 학교에서 돌아오지 않으면 이스라엘 놈들하고 싸우러 간 줄 알아."

"학교는 어떡하고? 과학자가 된다며?"

"자유를 잃으면 그 모든 게 무슨 소용이냐?"

다음 날 알칼릴에 사는 할아버지의 단 하나뿐인 동생 문드허가 올리브 수확을 도우러 왔다. 그에게서 알칼릴에 관한 가장 최근 소식을 전해 들을 수 있었다. 통행금지 때문에 알칼릴은 감옥처럼 변했는데 잠시 통행금지가 풀린 틈을 타 그가 검문소를 빠져나온 뒤 다시 길이 막혔다고 했다.

이스라엘 탱크가 도시 안으로 들어오고, 팔레스타인 저항

군이 숨어 있는 동네에는 총소리가 그치지 않았다. 헬리콥터들이 집과 가게 위를 요란한 소리를 내며 날아다니고, 이스라엘 군대의 지프들이 확성기로 문이나 창문을 열면 누구든 총을 쏘겠다고 경고하며 돌아다녔다.

아마니가 여섯 살일 때는 낭떠러지가 있는 씨도의 봉우리 남동쪽만 조심하면 됐지만 이제는 사방에서, 심지어 하늘에서조차 위협이 몰려들고 있었다.

7장

첫 번째 기도 시간을 알리는 소리에 잠에서 깬 아마니는 두툼한 옷을 걸치고 양 우리로 가는 골짜기를 뛰어 건넜다. 몇 주 만에 처음으로 할아버지가 먼저 아마니를 기다리고 있었다.

"어서 오너라. 더 늦기 전에 할 이야기가 있어서 기다렸다."

"오늘은 어디로 갈 건데요?"

"오아시스로."

할아버지가 양 우리의 문을 열었다.

아마니는 할아버지의 느린 걸음에 보조를 맞춰 천천히 걸으며 올리브나무 사이를 지나 산으로 올라갔다. 마지막 나무들을 지나 오아시스에 도착했을 때 할아버지가 낮은 돌담 위에 쓰러지듯 주저앉았다. 할아버지의 두 눈은 작은 동굴처럼 푹 꺼져 있었다. 오랜 세월 동안 시달린 피부에서 여름의 흔적이라곤 찾아볼 수 없었다. 차가운 겨울처럼 메말라 보일

뿐이었다.

저런 해골 같은 표정을 어디서 본 것 같은데…… 생명이 다해 가는 동물의 얼굴. 아마니는 얼굴이 눈물로 범벅이 된 채 동물들의 물통에 물을 채우러 달려갔다.

아마니가 돌아오자 할아버지가 서쪽을 가리켰다.

"점령 얘기는 네 큰아빠 말이 맞더라."

"우린 다른 전쟁 때도 살아남았다면서요."

아마니는 엄마가 아빠에게 말하는 것처럼 짐짓 쾌활한 척했다.

"어려서 알칼릴에서 자랐는데 이웃에 좋은 이스라엘 가족이 살았단다. 그런데 이번 정착민들은 달라. 세상이 많이 달라지기도 했지만."

할아버지는 슬프다는 듯 머리를 휘휘 저었다.

"그 시절에 우리는 도시에서 살다가 봄과 여름에만 이 골짜기로 내려왔단다. 우린 조상들이 하던 대로 추수가 끝날 때까지 우리 땅 가까이의 동굴에서 베두인처럼 야영 생활을 했지."

아마니는 할머니의 부엌 뒤쪽 언덕에 있는 동굴을 떠올렸다. 가족들은 아직도 차나 설탕, 밀가루, 초절임한 채소와 시럽에 담근 과일, 올리브기름 등의 필수품은 물론 이런저런 물건들을 그곳에 저장했다. 시원한 바위 동굴에서 잠을 잤다니 얼마나 굉장했을까?

"가을이 돼서 도시로 돌아가는 게 어찌나 싫던지……. 나는 이상하게도 이 언덕에 남아 양을 치고 싶지 뭐냐? 열다섯 살 때였던가? 도시로 돌아가기 전날 우리 아버지, 그러니까 네 증조할아버지가 날 카이로에 있는 가장 좋은 사립학교에 보내기로 했다고 말씀하시더구나. 날 사업가로 만들 작정이셨던 게지. 난 아버지와 크게 다툰 뒤 한밤중인데도 양떼를 몰고 이곳으로 와 버렸단다."

할아버지가 오아시스를 가리켰다.

"아버지의 마음을 바꿀 방법이 없다고 생각하니 절망해서 눈물밖에 나오지 않더구나. 그런데 그때 놀랍게도 늑대가 날 보고 울지 뭐냐."

순간 아마니는 마음이 얼어붙는 것 같았다. 몇 년 동안 할아버지에게서 이런저런 이야기를 많이 들었지만 이 이야기는 처음이었다.

"그러더니 그 늑대가 글쎄 내게 숨겨진 풀밭으로 가는 길을 가르쳐 주더란 말이다. 내가 퍼두스라고 부르는 곳이 바로 거기야. 나는 겨울 내내 양떼와 함께 그곳에서 살다가 봄이 돼서야 집으로 돌아갔단다. 그런데 날 본 아버지가 놀라서 그 자리에 푹 주저앉으시더구나. 다들 내가 죽은 줄 알고 있었던 거야. 죽은 줄 알았던 내가 살아 있었을 뿐 아니라 그 어느 때보다 많은 새끼 양을 거느리고 돌아왔으니 놀랄 수밖에. 아버지는 그 뒤로 다시는 내 미래에 대해 이래라저래라 하지 않으셨다."

늑대라고? 어떤 길을 말하는 걸까? 비밀 장소는 또 어디야? 아마니의 머릿속에 순식간에 많은 질문이 스쳐갔다. 할아버지가 말하는 곳은 낙타의 혹 너머에 있는 산이었다.

돌담 위의 비탈은 수많은 돌들로 이루어졌다. 아마니는 수천 번도 넘게 그랬듯이 이번에도 그 비탈을 유심히 살펴보았다. 하지만 그곳 어디에도 길은 보이지 않았다.

"어디요, 할아버지?"

"그건 내가 너한테 가르쳐 줄 수 있는 게 아니다."

"왜요?"

"그곳은 늑대의 영토거든."

아마니의 팔에 소름이 확 돋았다. 할아버지는 왜 늑대의 영토를 보호하려는 걸까?

"다시 돌아가 본 적은 있어요?"

"아니, 아니다. 그럴 필요가 없었으니까."

올리브 과수원에서 누군가가 부르는 소리가 들렸다. 아빠와 큰아빠가 계단식 과수원의 제일 윗단에서 추수할 채비를 하고 있었다.

"수확이 시작되었구나. 나로선 이번이 마지막이 될 성싶은데, 저기로 갈 수 있게 좀 도와주겠니?"

아빠가 나귀를 끌고 와서 할아버지를 태웠다. 나귀의 양쪽에는 양동이가 종처럼 매달려 달랑거렸다. 오마르가 과수원의 단 사이로 트랙터를 몰면서 식구들과 음식을 태운 수레를 끌었다.

아마니는 양떼를 산꼭대기로 몰고 갔다. 올리브 수확기가 되면 할아버지는 양떼를 몇 시간 정도 사헴에게 맡겨둔 채 추수하는 곳에 가 있곤 했다. 아마니도 그럴 생각이었다.

아빠는 과수원의 제일 윗단에서 첫 번째 나무에 자리를 잡고 손으로 올리브를 따고 있었다. 할아버지는 그 아래에 깐 돗자리 위에 작은할아버지와 나란히 앉았다. 작은할아버지는 한때 혼자서 피자를 여섯 판이나 먹었을 만큼 덩치가 컸다. 오마르는 올해야말로 작은할아버지의 기록을 깨겠다고 큰소리를 뻥뻥 쳤다.

아마니는 올리브에 붙은 잎을 뗀 다음 올리브를 양동이 안으로 떨어뜨렸다. 큰아빠가 쥔 전지가위(가지치기할 때 사용하는 가위—옮긴이)의 날카로운 소리가 공기를 가르며 들려왔다.

가지 끝 이파리 속에 숨겨진 올리브를 따려던 아마니의 몸이 갑자기 흔들렸다. 바로 밑에 할아버지의 허연 머리가 보였다. 아마니는 일부러 올리브를 몇 개 떨어뜨렸다.

"아야!"

할아버지가 머리를 문지르며 외마디 소리를 질렀다.

"나무에 원숭이가 있는 모양이로구나. 문드허, 일어나서 원숭이를 좀 쫓아 주면 안 되겠냐?"

"행운을 보내 드렸을 뿐인데 뭘 그러세요?"

아마니가 맞고함을 쳤다.

"아침밥 준다는 소리라면 모를까 웬만한 소리에 내가 일어나는 거 봤수?"

작은할아버지가 투덜거렸다.

"누가 작은아버님께 아침을 드린다고 했습니까? 우리 먹기도 모자란 판에."

큰아빠가 껄껄 웃으면서 농담을 던졌다.

동이 틀 무렵 첫 번째 나무가 텅 비었다. 플라스틱판의 양 끝을 들어 올렸더니 수백 개의 까만 올리브가 주둥이를 쩍 벌린 깔때기를 통과해 양동이 속으로 투두둑 굴러 떨어졌다.

통행금지 때문에 알칼릴에 발이 묶인 나흘라만 빼고 아마니의 사촌 언니들과 형부들도 전부 와 있었다. 여자들은 아마니의 엄마가 달걀을 삶고 있는 불 곁에 아침상을 차렸다. 와르데는 기다란 은색 커피포트를 들어 작은 컵에 커피를 따르고, 큰엄마는 갓 태어난 손자를 팔에 안고 조심조심 어르는 중이었다.

아마니는 할머니가 갓 구운 빵을 떼서 올리브기름이나 토마토소스에 적셨다가 어두운 파란색의 백리향 가루와 흰 소금을 뿌려 먹었다. 올리브나무 아래서 가족들에 둘러싸여 아침밥을 먹으니 마치 아침 자체를 먹는 것처럼 즐겁고 상쾌했다.

아마니가 양떼를 우리에 넣고 암양의 젖을 짤 무렵 할아버지는 베란다 위에서 곤히 잠들어 있었다. 지친 친척들은 수레를 타고 마을로 돌아가는 참이었다. 엄마는 아마니가 할아버지 집 부엌으로 우유통을 옮기는 것을 거들어 주었다. 할머니는 부엌의 오븐 옆에서 빵을 만드는 데 사용하는 큰 나무그릇을 들고 혼자 우두커니 앉아 있었다.

"엄마는 쿠키를 만들러 집에 갈 건데?"

엄마가 함께 가자는 투로 아마니에게 물었지만 아마니의 몸 구석구석이 쉬고 싶다며 애원했다.

"할머니랑 함께 있을래요. 할머니, 빵 만들고 싶으세요? 밀가루 가져올까요?"

할머니가 일어서면서 고개를 끄덕였다.

"빵 만들려고 나와서는 깜빡했구나."

아마니가 동굴에서 밀가루통을 들고 왔다.

"아침이냐?"

할머니가 그릇에 재료를 넣으면서 물었다.

"아니오. 밤이 다 됐어요."

"베란다에 가서 할아버지 좀 깨워라. 네 할아비도 기억력이 형편없어지는 모양이다. 너도 눈치 챘지?"

아마니가 재료를 힘껏 젓는 바람에 밀가루가 풀풀 날려서 스웨터에 허옇게 앉았다.

"피곤하셔서 그래요. 주무시게 내버려 둘래요."

할머니가 혀를 찼다.

"아침도 아니라면서 우리가 왜 빵을 만들고 있는 거냐?"

"내일은 시간이 없어요. 올리브를 수확하는 날이잖아요. 작은할아버지도 와 계시고. 할아버지 동생 기억하시죠?"

할머니가 소리를 내 웃었다. 기억이 되살아났다는 증거였다.

"세상천지에 문드허를 잊어버릴 사람은 없지. 암, 없고말고. 얼마나 많이 먹는지 혼자서 마을 사람 전체가 먹는 양만큼 먹었을 게다. 게다가 늘 네 할아버지하고 티격태격 싸운 사람인데 어떻게 잊겠니? 싸움의 원인은 대부분 늑대였어. 네 작은할아버진 늑대 사냥하는 걸 즐겼는데, 할아버진 아니었으니까. 네가 태어나던 날 할아버지가 늑대 울음소리를 들었다는 거 알고 있니?"

아마니가 밀가루 반죽을 식탁 위에 얇게 깐 밀가루 위에 내동댕이치며 대꾸했다.

"아, 정말요? 그 이야기 좀 해 주세요."

"네가 태어나던 날 통행금지 때문에 네 어미가 병원에 갈 수 없었단다."

할머니가 아마니가 태어나던 날의 이야기를 노래하듯 들려

주었다.

"할아버지가 네 어미더러 산으로 올라가라고 말하더구나. 산을 오르는 게 출산에 도움이 될 거라면서 말이다. 그래서 네가 산에서 태어난 거야. 네 할아버지와 양들처럼."

밀가루 반죽을 뜯어서 둥글게 빚느라고 할머니와 아마니의 손이 공중을 바쁘게 날아다녔다. 아마니는 둥글게 빚은 반죽을 그릇 위에 쌓은 다음 머리 위에 올려 무게를 가늠해 보았다. 머리가 짓눌렸지만 밖으로 나가 작은 돔 모양의 빵 굽는 오븐 앞에 그릇을 내려놓았다. 오븐은 벽돌로 양쪽 벽을 쌓은 다음 그 위에 오목한 모양의 철판을 놓고 가장자리를 시멘트로 바른 것으로, 밑에서 숯으로 불을 피워 프라이팬처럼 사용했다.

아마니는 오븐 앞에 놓인 등받이 없는 의자에 앉으면서 안도의 한숨을 쉬었다.

"네 이름은 어떻게 지었냐 하니, 가족들이 너에게 바라는 게 모두 다르지 뭐니. 그래서 여러 가지 소원이라는 뜻의 아마니라고 붙인 거란다. 사랑하는 사람의 안전을 기원하는 마음을 모두 담을 수 있으니까. 네 어미와 아비는 네가 자유로운 팔레스타인에서 자라길 빌었고, 네 할아비는 네가 알라를 사랑하기를, 그리고 네 오라비는……."

"오빠요?"

아마니가 갈색으로 익은 빵을 들어 올렸다. 아차, 손가락을 데지 않도록 조심해야지!

아마니가 빵을 빼낸 빈자리에 할머니가 새 반죽을 놓으며 대답했다.

"오마르? 오마르는 네가 남동생이기를 바랐지."

"그러면 할머니는요? 할머니는 뭘 빌었어요?"

"자기 할머니랑 오순도순 쉬라크(돔 모양의 둥근 철판에 얇게 굽는 밀전병 같은 빵—옮긴이) 빵을 굽는 손녀를 원했지."

할머니는 아마니에게 몸을 기울이더니 아마니의 뺨에 입을 맞추었다.

"알라는 참 자비로우시구나. 이렇게 소원을 들어주셨으니!"

접시 위에 쉬라크가 높이 쌓일 때쯤 가족들이 튀긴 생선을 들고 돌아왔다. 베란다 위에서 할아버지가 감사 기도를 올리자 모두 정신없이 먹다가 후식으로 엄마가 대추야자와 견과류를 넣어 만든 쿠키까지 먹어 치웠다.

저녁 식사 후 매트리스와 담요를 펼치니 다들 컴컴한 하늘 아래 그대로 곯아떨어졌다. 입술에 설탕가루가 묻거나 말거나.

계단식 과수원의 나무를 비롯해 좀 더 띄엄띄엄 심어진 나무들에서 올리브를 다 따는 데 무려 3일이 더 걸렸다. 올리브란 올리브는 모조리 자루에 넣어 구형 트럭 뒤에 보기 좋게 정돈해 놓았다.

아마니는 어른들이 어디에서 올리브기름을 짤지 이야기하는 동안 바닥에 드러누워 있었다. 몸이 어찌나 아픈지 꼼짝도 할 수 없었다.

그때 아빠의 전화벨이 울렸다. 병원이었다. 의사들이 할아버지를 만나 검사하고 싶다는 내용이었는데 다행히 알칼릴의 통행금지가 24시간 동안 해제된 상황이었다. 할아버지를 병원에 모시고 가도 될까?

"네 아버지에겐 너무 힘든 여행이 될 텐데."

작은할아버지가 걱정스럽게 말하자 큰아빠가 대꾸했다.

"그래도 병원에 모시고 가야 해요. 올리브기름도 짜야 하고요."

할아버지가 고개를 끄덕였다.

"올리브가 가는 곳이라면 나도 갈 수 있다."

"나도 가고 싶어요!"

"나도요!"

오마르의 말에 아마니도 서둘러 외쳤다. 어렸을 때처럼 올리브기름 짜러 가는 길이 행복한 가족 나들이가 되기를 빌면서.

어른들, 특히 엄마와 큰엄마가 눈짓을 주고받는 게 보였다.

"알라께서 우릴 보호해 주시기를! 그럼 다 같이 가자꾸나."

마침내 큰엄마가 결론을 내렸다.

아마니는 트럭 뒤에 앉아 칠흑 같은 밤을 응시했다. 마을이 트럭 뒤로 점점 멀어져 갔다. 트럭이 갑자기 왼쪽으로 방향을 홱 틀었다. 이스라엘 사람들이 봉쇄장치로 구 도로에 가로놓은 높은 턱 때문이다. 트럭은 골짜기를 가로지르는 농로 위에서 천천히 턱을 넘으며 몇 번인가 더 급회전했다.

얼마 후 차가 부드러운 도로 위를 달리는 게 느껴졌다. 아마니는 차가 어디를 지나는지 보려고 몸을 밖으로 내밀었다. 새 정착촌으로 가는 고속도로를 놓기 위해 깐 자갈길 위였다.

그러다 갑자기 트럭이 멈추고 차문들이 거세게 닫히는 소리가 나더니 자갈길 위를 저벅거리는 거친 발소리가 들려왔다. 달빛 하나 없는 컴컴한 하늘 아래라 소리가 훨씬 더 크게 울렸다.

"……여긴 팔레스타인 땅이야!"

트럭 뒤로 큰아빠의 목소리가 들려왔다.

"고속도로로 가면 10분이면 알칼릴에 도착한단 말이다."

"이스라엘 사람들에게 붙잡히면 트럭이며 올리브며 몽땅 빼앗기고 감옥에 갈 거야. 말도 안 되는 소리 좀 작작해, 형!"

아빠가 딱딱하게 대꾸했다.

여러 겹의 담요로 둘러싸여 형제의 다툼을 지켜보던 할아버지가 마침내 입을 열었다.

"구 도로로 가자. 그 길로 가야 너희 둘 다 알라께 기도하면서 가게 될 것 같구나. 그래야 여행을 한 보람이 있지."

그제야 아마니의 불안한 마음이 가셨다.

이윽고 트럭이 정착민을 위해 닦은 고속도로를 벗어나자 심하게 요동을 치기 시작했다. 큰아빠가 기어를 바꿨다. 아마니는 트럭이 골짜기의 남쪽 비탈을 오르는 동안 난간이 부서질세라 단단히 붙잡았다.

차는 계속해서 거친 길 위를 달렸다. 사실 그건 길이라고 할 수도 없었다. 처음에는 앞바퀴가, 다음에는 뒷바퀴가 번갈아 구멍에 빠졌다가 돌을 박았다가 야단이었다. 그럴 때마다 아마니는 난간으로 곤두박질쳤다. 차가 덜컹거릴 때마다 할아버지는 들릴 듯 말 듯 신음소리를 냈고, 아마니는 이 여행이 빨리 끝나기만 빌었다.

마침내 언덕 꼭대기에 도착했다. 골짜기 건너편 서쪽으로 이스라엘 정착촌에서 전깃불이 환하게 빛나고 있었다. 그 불빛에 푸른 나뭇가지 사이로 높고 흰 벽들과 주황색 타일이 깔린 지붕 꼭대기가 드러났다.

언덕을 내려가니 정착촌이 보이지 않았다. 아마니는 높은 턱이 나올 때마다 열다섯까지 세고, 다시 세기를 반복했다. 내려가는 길이라 속도가 빨라지긴 했지만 그만큼 한 번 덜컹거릴 때마다 고통이 더 컸다. 이까지 딱딱 부딪혀 너무 아팠다. 여행은 끝날 기미가 보이지 않았다. 아마니는 계속 길 위를 가로지르는 턱의 수를 셌다.

언덕을 몇 개 더 오르락내리락한 뒤 마침내, 너무 다행히도 덜컹거림이 멎었다. 모두 안도의 한숨을 내쉬었다. 트럭이 매끄러운 길을 달리자 아마니는 뛰어내려서 길에 뽀뽀라도 하고 싶은 기분이었다.

그러다 갑자기 트럭이 속도를 줄이더니 멈췄다. 차 바깥에서 히브리 말로 떠드는 소리가 들려왔다.

"검문소다!"

오마르가 낮게 내뱉었다.

발소리가 들리는가 싶더니 트럭 뒤에 군인들이 나타났다. 눈이 멀 만큼 강렬한 손전등 불빛에 아마니는 자기도 모르게 눈을 찡그렸다. 눈이 적응된 뒤에 보인 것은 자신들을 향해 겨눈 총부리였다. 아마니의 가슴이 콩닥콩닥 뛰었다. 아빠가 처음에는 히브리 말로 뭐라고 하더니 다시 아랍 말로 바꾸어 말하는 게 들렸다.

"보시다시피 아버지가 검사를 받아야 해서 병원에 모시고 가는 중입니다."

할아버지가 앓는 소리를 냈다. 여기저기로 옮겨 다니던 손전등 불빛이 마침내 올리브 자루에 기댄 채 웅크리고 누워 있는 할아버지에게서 멎었다. 할아버지 곁에 앉아 있던 엄마는 갑작스런 불빛에 눈이 먼 듯했다.

그 불빛이 별안간 오마르에게로 넘어갔다. 오마르는 주먹을 불끈 쥔 채 박자에 맞춰 난간을 두들기고 있었다. 오마르는 눈으로 공격할 기세였다.

아랍 말로 명령이 떨어졌다.

"너, 나와!"

오마르가 난간을 넘어 트럭에서 뛰어내린 그 짧은 시간 동안 히브리 말이 정신없이 오갔다. 두 군인이 오마르의 팔을 잡아끌었다. 아마니가 뭘 어떻게 해야 할지 생각하기도 전에 오마르는 어딘가로 끌려가 버렸다.

아빠가 큰소리로 외쳤다.

"내 아들을 왜 데려가는 거요? 어디로 가는 거요?"

군인 한 사람이 긴 라이플총으로 아빠를 막으며 서툰 아랍 말로 말했다.

"팔레스타인 소년은 도시에 갈 수 없다. 우리는 팔레스타인 소년에게 총을 쏜다. 집으로 돌아갈 때까지 이 초소에 머문다."

"그렇다면 나도 같이 있겠소."

그 군인은 어깨를 으쓱하더니 아빠의 가슴에서 라이플총을 치웠다. 아빠도 이내 군인들과 함께 어딘가로 사라졌다. 이 모든 일이 순식간에 벌어졌다.

"엄마! 이제 우린 어떻게 해요?"

트럭이 다시 출발했을 때 엄마의 목소리는 겁에 질렸다기보다는 피곤한 것처럼 들렸다.

"우선 할아버지를 병원에 모시고 가는 게 먼저야. 아침에 집으로 돌아갈 때 초소에 들러서 두 사람을 데리고 갈 수 있기만 바라야지."

병원에 도착한 할아버지는 몸을 심하게 떨어 걷는 것조차 힘들어했다. 젊은 간호사가 휠체어를 가져다주면서 가족들이 올리브기름을 짜러 갔다 올 동안 할아버지를 돌봐 주겠다고 약속했다. 그 간호사가 입은 하얀 유니폼과 할아버지 몸에 담요를 둘러 주는 손길이 믿음직해 보였다. 간호사는 가족의 허락을 받은 뒤 할아버지를 휠체어에 태우고 큰 건물 안으로 들어갔다.

병원을 나온 아마니 가족은 알칼릴의 혼잡한 거리로 차를 몰았다. 거리에선 다음 통행금지에 대비해 사람들이 물건을 사느라 바삐 움직이고 있었다. 아마니로서는 큰아빠가 번지수도 없는 건물을 찾아다니는 게 신기할 따름이었다.

갑자기 찾던 건물이 코앞에 나타났다. 열려 있는 문 쪽에서부터 거대한 직사각형 모양의 빛이 자갈이 깔린 거리를 향해 퍼져 나오고 있었다. 요란한 소리를 내며 움직이고 있는 기계들 위쪽으로는 주름 잡힌 쇠문이 천장에 부착돼 있었다.

건물 안 사람들과 아마니네 어른들은 이산가족 상봉을 하는 것처럼 서로를 반겼다. 기계 여러 대가 올리브를 씻고 부수고 먹어 치운 뒤 황금색 기름을 분리해 내는 동안 사람들은 이야기를 나누면서 함께 음식을 먹었다. 올리브기름은 팔거나 큰 플라스틱 용기에 담아 집으로 옮길 것이다.

아마니는 올리브 자루 내리는 걸 도우면서 아빠와 오마르 오빠를 생각했다. 올리브기름을 짜러 오는 걸 얼마나 좋아했는데…….

그때 큰아빠가 손에 동전 몇 개를 떨어뜨리는 바람에 아마니의 눈이 휘둥그레졌다.

"와르데하고 꼭 붙어 있어야 한다. 너무 멀리 가지 말고. 언제 통행금지령이 떨어질지 모르니까."

와르데는 자연스럽게 가장 좋아하는 식당으로 발을 옮겼다.

"피자 사서 나눠 먹을래?"

와르데가 식당 문 앞에서 물었다.

"오마르 오빠가 문드허 할아버지의 기록을 깰 거라고 했는데……. 오빠가 여기 같이 왔다면 몇 개나 먹었을까?"

아마니는 금방이라도 울음을 터트릴 것만 같았다. 먹고 싶지도, 수수께끼 놀이를 하고 싶은 생각도 없었다. 오마르 오빠는 무사한 걸까?

와르데가 아마니의 팔에 팔짱을 꼈다.

"오마르 오빠가 군인들한테 맞아서 다쳤을까 봐 걱정되지?"

아마니가 어깨를 으쓱했다. 와르데 언니가 이렇게 다정하게 구는 건 처음이다.

"돈을 모아서 오빠에게 선물을 사 주는 건 어때?"

와르데가 아마니를 가게 쪽으로 끌어당기면서 제안했다.

어떤 선물을 살 것인지는 생각하고 말 게 없었다. 오마르가 죽고 못 사는 게 바삭거리는 달콤한 껍질 안에 땅콩이 들어 있는 사탕이라는 걸 모르는 사람이 없었으니까. 둘은 주저 않고 엄청나게 큰 사탕 봉지를 하나 샀다.

벽에 기댄 채 엄마 옆에 앉아 있던 아마니는 기름 짜는 기계가 돌아가는 규칙적인 소리에 스르르 잠이 들었다.

첫 번째 기도 시간을 알리는 무에진의 소리가 들릴 때쯤 아마니 가족은 할아버지를 병원에서 데리고 나와 아빠와 오마르가 있는 검문소로 차를 몰았다.

"그래서? 어젯밤 어떻게 지냈어?"

트럭 뒤에서 엄마가 오마르에게 담요를 건네주면서 물었다.

"나도 내 친구들이랑 이스라엘과 싸울 테니까 이젠 말릴 생각 하지 마세요!"

아마니는 오마르의 손에 사탕 봉지를 놓았다. 그것이 오마르 오빠를 안전하게 지킬 선물이 되기를 빌면서.

8장

올리브기름을 짠 지 일주일이나 되었을까? 의사에게서 전화가 왔다. 할아버지가 심각한 폐렴 증세를 보이고 있으니 통행금지가 풀리면 바로 병원으로 오라는 내용이었다. 의사는 길어 봤자 몇 개월 정도밖에 살 수 없으니 마음의 준비를 하라는 말도 덧붙였다.

"황천길을 또 가잔 말이냐? 날 정말 죽일 작정이로구나?"

할아버지가 껄껄 웃으면서 농담을 하자 할머니가 할아버지의 손을 잡았다.

"그럼 집에 있읍시다. 병원에 가지 말고."

두 사람은 조용하게 눈짓을 주고받았다.

할아버지와 할머니가 낡은 소파와 담요를 베란다로 끌고 나왔다. 할아버지가 생애 마지막 날들을 올리브 과수원과 골짜기를 바라보며 지내길 바랐기 때문이다. 또다시 할아버지 집에 마을 사람들의 방문이 이어졌다. 사람들은 음식을 들고 와서 이런저런 이야기도 나누고, 그 병에는 이게 좋다는 둥 저게 좋다는 둥 충고도 늘어놓았다. 할아버지는 음식도 입에 거의 대지 않고 말도 거의 하지 않으며 그저 잠만 잤다.

아마니는 할아버지가 양떼를 볼 수 있도록 집 위에 있는 비탈에서 양을 뜯겼다. 아마니가 골짜기 건너편을 보고 손을 흔들면 할아버지도 어김없이 손을 흔들어 주었다. 그럴 때 할아버지 곁에 오마르가 앉아 공부를 하는 경우가 많았다. 이스라엘이 안전을 이유로 학교를 폐쇄했기 때문이다.

할아버지는 돌아가시기 전날 눈을 뜨고 자신을 둘러싼 가족을 하나하나 쳐다보았다.

"내 지팡이……."

아빠가 지팡이를 가져다주었다.

"우리 할아버지가 나에게 이 지팡이를 물려주셨단다. 이 지팡이를 물려받은 아들이 가족의 가장이다. 그게 우리 집안의 전통인 건 알고들 있지?"

아들이라고? 아마니의 가슴이 쿵 내려앉았다.

"하지만 이젠 세상이 변했으니 난 이 지팡이를 아마니에게 물려주련다."

아마니는 자기 귀를 의심하지 않을 수 없었다. 내가 지팡이를 너무 물려받고 싶어 해서 헛것을 들은 건 아닐까? 아마니는 지팡이를 받을 사람은 큰아빠일 거라고 생각하면서 큰아빠를 쳐다보았다. 그런데 큰아빠는 반대로 가슴에 팔짱을 낀 채 물끄러미 아마니를 바라보기만 했다.

아빠가 할아버지에게서 지팡이를 받아 매끄럽고 둥근 지팡이의 손잡이를 아마니 손에 쥐어 주었다. 손가락으로 쥔 지팡이의 나무 재질이 따뜻하고 살아 있는 것처럼 느껴질 때에야 비로소 아마니는 할아버지가 지팡이를 자기에게 물려주었다는 사실을 실감할 수 있었다.

가족들은 할아버지를 마을 공동묘지에 묻었다. 머리를 메카로 향하게 하고 옆으로 누인 채로…….

할아버지는 자기 죽음을 준비해 왔지만 아마니는 그러지 못했다. 아마니는 밑도 끝도 없이 할아버지가 보고 싶었다. 한 달 동안이나 엄마는 아마니를 환자처럼 다루며 이리저리 바쁘게 움직이면서 아마니가 가장 좋아하는 음식을 만들었다. 하지만 아마니는 평소에 그렇게 좋아하던 속을 채운 고추와 구운 가지를 보고도 시큰둥했다. 큰엄마가 마을 사람들에게 돌리기 위해 구운 무화과 케이크도 입에 댈 수 없었다. 아빠가 아마니에게 책을 선물했지만 아마니는 휙휙 넘기면서 읽는 척 했을 뿐 집중해서 책을 읽을 수도 없었다.

아마니를 조금이나마 웃게 한 건 오마르뿐이었다. 오마르가 아부시 선생님의 컴퓨터로 수의사에게 이메일을 보내 주겠다고 하자 아마니가 씩 웃었던 것이다.

아마니는 밤새 끙끙거리다 겨우 세 마디 말을 생각해 냈다.

"루마니아가 새끼를 뱄어요."

할아버지 집 베란다에서 저녁 식사를 할 때마다 아빠와 큰아빠가 말다툼을 했다. 이번 가을에 포도를 팔지 못한 게 원인이었다. 포도를 다른 도시로 옮길 방법이 없어서 무성한 포도 이파리 아래 주렁주렁 매달린 포도송이들이 썩고 있었다.

이스라엘은 검문소를 늘리고 새로운 허가증을 요구했다. 하지만 허가증을 내는 데 드는 비용이 한두 푼이 아니었다. 그렇다고 황천길로 가기도 어려웠다. 일단 트럭에 너무 무리인데다 트럭의 타이어 부품도 교체할 시기가 넘어서 가다가 무슨 일이 생길지 알 수 없었다. 아마니는 가족들이 돈에 얼마나 쪼들리는지 알고 충격을 받았다.

날씨가 봄처럼 변했던 3월 초 어느 금요일, 겨울 내내 양떼를 골짜기 아래쪽이나 남쪽 비탈에만 머물게 한 아마니는 몇 달 만에 처음으로 구불구불한 비탈길을 지나 씨도의 봉우리로 양떼를 몰고 갔다.

북쪽 가장자리를 바라보는 정상에서 풀을 뜯기며 아래쪽 골짜기를 바라보니 차 한 대가 정착민을 위한 고속도로를 따라 씽씽 달리고 있었다. 아마니는 갑자기 방향을 잃은 기분이었다. 북쪽 골짜기가 도대체 어떻게 된 거지? 이어서 서쪽을 바라보다가 전에는 볼 수 없었던 건물들이 지평선 위 산등성이를 차지한 걸 발견했다.

양떼를 둘러보니 멀지 않은 곳에 루마니아가 등을 구부리고 서 있었다. 잠시 후 새끼 양 한 마리가 루마니아 뒤쪽에서 쑥 빠져나왔다. 루마니아가 새끼의 첫 호흡을 돕기 위해 새끼를 핥기 시작했다. 가장 아끼는 암양이 새끼를 낳는 광경을 보니 아마니는 비로소 친숙한 세계로 되돌아온 느낌이었다.

"할아버지가 여기 계셨다면 널 대단한 엄마라고 칭찬해 주셨을 거야."

아마니는 루마니아와 갓 태어난 새끼 양 옆에 주저앉으며 나지막이 말했다.

루마니아가 자세를 바꾼 뒤 다시 힘을 주자 곧 두 번째 새끼가 나왔다. 루마니아는 두 번째 새끼가 움직일 때까지 머리를 핥고 나서 관심을 다시 첫 번째 양에게 돌렸다. 아마니는 어미 양이 새끼 하나가 완전히 마를 때까지 핥아 준 뒤 그 다음 새끼를 핥는다는 사실을 알고 있었다.

그런데 그때 루마니아가 다시 허리를 구부리자 조그만 것이 쑥 빠져나왔다. 아마니는 깜짝 놀라 땅 위에 떨어진 축축한 것을 바라보았다. 그것이 세 번째 새끼라는 것을 깨닫는 데는 불과 2, 3초밖에 걸리지 않았다. 양막(포유류의 태아를 둘러싼 반투명의 얇은 막—옮긴이)에 싸인 세 번째 양은 몸집이 작고 움직임이 없었다.

루마니아는 모든 관심을 처음 낳은 새끼에게만 쏟고 있었다. 이럴 때는 양치기인 아마니가 나서야 한다. 아마니는 세 번째 새끼의 머리에서 얇은 막을 걷어 내고 코와 입에서 끈적끈적한 점액을 치웠다. 새끼 양은 재채기를 하더니 발을 버둥거렸다. 칠흑 같이 까맣고 아름다운 양이었다.

"널 기적이라고 불러야겠다. 앞으로는 무슨 일이 있어도 내가 널 지켜 줄게."

새끼 낳는 철이 되자 큰아빠 하니가 양 우리를 찾아왔다. 큰아빠가 문 앞에 온 것을 보고 놀란 아마니는 자기도 모르게 발끝에 있던 양젖 양동이를 걷어찼다. 큰아빠가 양을 바라보는 시선에서 그가 온 이유를 알 수 있었기 때문이다.

양동이를 바로 세우는 아마니의 손이 가늘게 떨렸다. 전에는 할아버지가 항상 죽임을 당하거나 팔려갈 양을 골랐다.

아마니는 암양의 푹신한 털에 머리를 기댔다. 큰아빠가 그냥 떠날지도 모른다. 아니, 분명히 그러지 않을 것이다. 그는 가족이 먹을 음식을 구하거나 돈을 버는 방법을 찾기 전까진 절대로 이곳을 떠나지 않을 것이다. 아마니는 인정하고 싶지 않았지만 가족의 가장인 하니에게는 양 우리의 문을 열고 들어와 아무 말 없이 양 한 마리쯤 가져갈 권리 정도는 있었다. 하지만 그는 양치기인 아마니를 존중하고 기다리는 중이었다.

그때 아마니의 마음속에서 할아버지의 목소리가 들렸다.

'가족을 먹여 살리는 게 양치기의 임무다.'

아마니는 본능에 따라 움직였다. 할아버지가 살아 있을 때 포도농사로 들어오는 수입이 없이 맞이한 겨울이면 늙은 양이나 남아도는 숫양, 또는 암양 몇 마리를 팔아서 생계를 유지했다. 하지만 지금은 양이 겨우 40마리 정도로 준 상황이고, 심술이와 튼튼한 암컷들은 양떼를 계속 유지하기 위해 없어서는 안 될 중요한 놈들이다.

아마니는 양젖을 짜다 말고 어린 숫양을 골라 기다리고 있던 큰아빠 품에 안겨 주었다. 큰아빠는 아무 말도 하지 않았지만 그의 눈빛에는 아마니가 처음 보는 뭔가가 있었다. 아마니에 대한 존경의 눈빛이었다. 그런데도 아마니는 흐르는 눈물을 감추느라 큰아빠에게서 등을 돌렸다.

그 뒤로 큰아빠가 우리를 찾아오는 일이 잦아졌다. 아마니는 처음에는 기적이를 뺀 어린 숫양 전부를, 그 다음엔 몸이 약한 암양들을 내주었다. 언젠가 양 우리 앞에 사료가 놓여 있었지만 고맙다는 생각은 눈곱만큼도 들지 않았다.

다음 해에는 돈 들어갈 일이 훨씬 더 많아져서 양도 30마리, 20마리로 점차 줄었지만 아마니는 루마니아의 자손 중 암양만은 절대로 팔지 않았다.

어느 날, 이스라엘의 측량사들이 군인들을 대동하고 포도밭에 나타나 고속도로가 뚫릴 구역을 표시했다.

"이제 양떼를 골짜기 아래로 데리고 가지 않는 게 좋겠구나. 특히 포도밭 동쪽으로는 절대 가지 마라. 이제 너 혼자 거기 가는 건 위험해. 봄에 양들이 새끼를 낳으면 몇 마리만 남기고 파는 게 좋겠다."

큰아빠는 말한 대로 행동하는 사람이었다. 바로 그날 그는 양 10마리를 몰고 떠났다.

아마니의 열다섯 번째 생일을 일주일 앞둔 6월 어느 날 아침, 큰아빠가 큰엄마의 여동생인 이슬라의 남편, 아부 나더와 함께 양 우리를 찾아왔다. 마을에 사는 아부 나더 가족은 먹고사는 데 필요할 정도의 양만 키우고 있었다.

"아부 나더가 숫양이 한 마리 필요하다는구나. 아무래도 트럭에 끼울 새 바퀴를 사려면 양을 팔아야겠다."

큰아빠가 미안한 표정으로 말했다.

이제 남은 숫양은 심술이와 기적이뿐이다. 기적이는 양떼를 유지하기 위해 남겨 둔 젊은 암양들과 혈연적으로 아주 가까웠기 때문에 팔 수 없었다.

마침내 결단을 내린 아마니는 할아버지의 지팡이로 기적이를 문으로 몰고 갔다. 큰아빠와 아부 나더가 기적이를 데리고 떠난 뒤 아마니는 가슴이 찢기는 것처럼 아렸다.

9장

물이 부족했다. 게다가 양떼가 줄어든 탓에 양들의 물통이 너무 커서 물 낭비가 이만저만이 아니었다. 결국 봄에 큰아빠가 물통을 새로 만들어 주었다.

새 물통은 물이 가득 차서 좋긴 한데 너무 작은 게 흠이었다. 덩치 큰 양들이 먼저 물을 마실 때면 늘 끼어들지 못한 어린 양이 한두 마리 정도 남아서 물통 주변이 북새통을 이루는데다 물을 두 번이나 채워야 했다. 물을 먹일 때마다 지팡이로 심술이를 막으면서 새끼 양들이 물을 마실 자리를 만들어 주는 것도 아마니의 일이 되었다.

아마니는 할아버지가 하던 대로 오른손과 왼손을 차례로 씻은 뒤 기도를 올렸다.

"비슴 알라 알-라흐만 알-라힘!"

씨도의 봉우리로 가는 가파른 길에서 검둥이가 낑낑댔다.

젖통이 분홍색으로 변하고 배가 잔뜩 무거워져서 걷기가 쉽지 않은 모양이었다. 지난가을 아마니는 아직 다 자라지 않은 암양이 새끼를 배지 않도록 철저히 감시했다. 그런데도 봄에 심술이가 검둥이의 우리로 쳐들어가 새끼를 배게 한 것이다. 아마니는 새끼를 밴 어린 암양들을 좀 더 세심히 보살펴야겠다고 생각했다.

산 정상에 이르자 검둥이가 씨도의 봉우리와 낙타의 혹 사이에 있는 바위 협곡으로 향했다. 이를 본 사헴이 검둥이를 다시 양떼가 있는 곳으로 몰고 왔다.

그때 아마니의 눈에 마을의 서쪽 하늘에서 이상한 먼지 구름이 이는 게 들어왔다. 노란 기계들이 구름 속으로 들어왔다 나갔다를 반복하고 있었다. 이스라엘 사람들이 불도저로 골짜기를 파헤친 것이다.

"안 돼!"

목 안에서부터 뭔가가 차올라 아마니는 혼자 울부짖었다.

골짜기에 사는 마을 사람들도 이 끔찍한 광경을 보고 있을까? 산 아래쪽 고속도로에선 간간히 이스라엘 사람들의 차가 쌩 지나갔다. 노란 불도저 하나가 아마니 집쪽 고속도로에 주차되어 있었다. 평소에 못 보던 차였다. 저게 왜 저기에 있는 거지?

서쪽으로 치우치긴 했지만 반대편, 아마니가 서 있는 곳으로부터 제법 떨어진 언덕 위에 새로운 정착촌으로 가는 입구가 있었다. 정착촌은 푸른색으로 흐릿하게 보였다. 그 안에 수영장도 있다고 했지?

아마니는 양의 수를 세 보았다. 여덟 마리? 검둥이가 보이지 않는다. 어디로 갔지? 협곡?

아마니는 반사적으로 협곡을 향해 달렸다. 검둥이가 만약 그곳에 있다면 데리고 오는 데 시간도 많이 걸릴 테고 그 일이 생각만큼 쉽지 않을 수도 있다. 아마니는 사헴에게 양떼를 몰고 오아시스로 가라고 지시했다.

협곡의 맨 아래쪽은 그림자가 져서 어두웠다. 그 위로 낙타의 혹 정상이 늦은 오후의 햇빛을 받아 금색 탑처럼 찬란하게 빛나고 있었다.

아마니는 가만히 귀를 기울였다. 매에에! 째지는 듯한 신음소리! 오른쪽이다!

"검둥아, 어디 있니?"

아마니는 바위를 기어오르면서 검둥이를 불렀다. 곧이어 검둥이의 검은 얼굴과 몸의 나머지 부분이 눈에 띄었다. 검둥이는 두 바위 사이에 옆으로 누워 있었다.

"검둥아, 괜찮아? 내가 갈게."

아마니가 침착하게 말했다.

검둥이의 엉덩이 쪽에서 새끼의 앞발굽이 먼저 나온 걸 본 아마니는 안도의 한숨을 쉬었다. 적어도 거꾸로 태어나지는 않을 모양이니까. 아마니는 나머지 발굽을 찾기 위해 산도 안으로 조심스럽게 손을 뻗었다.

"힘 줘! 지금이야! 자, 착하지. 넌 할 수 있어."

아직 새끼의 코가 나오지 않았다. 검둥이는 몸집이 작은데 새끼의 머리가 너무 커서 쉽게 빠져나오지 못하는 건지도 모른다. 아마니는 산도 안에서 새끼의 머리가 부풀어 올라 새끼가 죽지 않기를 기도했다.

"힘을 세게 줘!"

아마니는 침착하려고 무진 애를 썼다.

"그렇지!"

아마니가 새끼의 다리를 잡아 당기자 비로소 새끼의 코와 검은 얼굴, 머리에 딱 붙은 커다란 귀가 밖으로 빠져나왔다. 그 다음 양막에 싸인 몸의 나머지 부분이 나오고, 검둥이가 마지막으로 힘을 주자 양수가 쏟아지면서 시커먼 태반이 딸려 나왔다. 검둥이가 몸을 돌리더니 새끼를 핥기 시작했다.

새끼가 푸푸거리며 호흡을 시작할 때에야 비로소 아마니는 웃을 수 있었다.

"네 새끼가 얼마나 예쁜지 알아? 머리가 엄청나게 큰 것만 빼면 말이야."

바위 사이 좁은 공간에서 새끼와 어미가 일어서려고 버둥거렸다.

"오마르 오빠가 여길 봤다면 어떻게 이런 곳에서 새끼를 낳을 수 있냐고 놀렸겠다."

아마니가 검둥이를 살짝 나무랐다.

"다리를 부러뜨리기에 딱 좋은 장소라고 했겠지?"

아마니는 새끼 양과 검둥이를 들어서 양이 혼자 힘으로 쉽게 기어 올라갈 수 있는 곳에 내려놓았다. 그때 갑자기 누군가가 쳐다보는 것 같은 오싹한 기분이 들었다. 몸에 소름이 확 돋으면서 목 뒤의 머리털이 쭈뼛쭈뼛 일어섰다. 그리고 마을 어디서나 흔히 들을 수 있는 개 짖는 소리가 들려왔다.

아마니가 고개를 휙 돌렸다. 협곡 안에 움직이는 건 없었다. 낙타의 혹 비탈길을 자세히 살폈다. 아마니의 다리 뒤로 뭔가가 휙 지나가면서 약한 바람이 일었다. 아마니를 쳐다본 게 뭔지 알 수 없었지만 거기에 있는 것만은 분명했다. 아마니의 냄새를 맡으면서……. 아마니는 그 자리에 딱 얼어붙었다.

네 발 달린 짐승이 아마니의 맞은편에 서 있었다. 낙타의 혹과 비슷한 색깔 때문에 그게 뭔지 정확히 알 수 없었지만 커다란 개처럼 보였다. 아니, 개는 아니야. 그림으로 봤던 짐승이야.

늑대였다. 앙상한 몸에 비해 머리, 특히 귀가 엄청 컸다. 털은 길고 색이 연했는데 배에 난 털만 짧았다. 가슴 위와 머리

둘레의 털에는 검은색이 섞여 있었다.

늑대가 아마니를 뚫어져라 쳐다보았다. 아마니는 도망가야 한다는 걸 알았지만 발이 땅에 딱 붙어서 꼼짝도 할 수 없었다. 아마니는 늑대에 관해 주위에서 들었거나 책에서 읽은 걸 기억해 내려고 안간힘을 썼다.

늑대에겐 순식간에 양의 다리 한쪽을 찢어발길 사나운 이빨이 있다. 늑대는 민첩하고 교활하다. 먹잇감에 쥐도 새도 모르게 접근하는 치밀함까지 갖춘 짐승이다.

저 늑대가 원하는 게 뭐지? 나, 아니면 검둥이? 그도 아니면 새끼 양? 그런데 왜 저기 서 있는 걸까? 저렇게 어슬렁거린다는 건 무리를 거느리고 있다는 표시가 아닐까?

늑대는 귀를 바짝 세우고 있었다. 꼬리도 마찬가지였다. 잔뜩 경계하고 있다는 표시였다. 하지만 아직 공격할 모습으로 보이진 않았다.

할아버지가 늑대에 대해서 뭐라고 했지? 너무 오래 전에 들은 얘기라 생각이 잘 나지 않았다.

느닷없이 아마니에게 말도 안 되는 생각이 떠올랐다. 늑대에게 뭔가를 주자! 아마니의 발치에 검둥이가 새끼를 낳을 때 딸려 나왔던 태반이 생고기처럼 널브러져 있었다. 아마니는 그걸 집어 들고 뒷걸음질하면서 협곡을 벗어났다.

"우린 갈 거야! 집으로 갈 거라고!"

아마니는 검둥이뿐만 아니라 늑대도 들으라는 듯이 큰소리로 외쳤다.

"이게 양보다 더 맛있는 거야. 이걸 너한테 줄게."

아마니는 태반을 쥐고 흔들다가 협곡 쪽으로 힘껏 던졌다.

순간 늑대가 낮게 으르렁거리더니 꼬리를 바로 내리고 비탈을 쏜살같이 내려갔다. 그 사이 아마니는 새끼 양을 안고 달렸다. 검둥이가 바로 뒤쫓아 왔다. 아마니는 구불구불한 길을 반쯤 미끄러져 내려오면서 늑대가 쫓아올까 봐 계속 뒤를 돌아보았다.

오아시스 끝에 있는 첫 번째 나무에 도착한 뒤 자신이 내려온 길과 낙타의 혹을 뒤돌아본 다음에야 아마니는 안도의 한숨을 내쉬었다. 뒤를 쫓아오는 늑대는 없었다. 그렇다고 아직 새끼 양을 내려놓기엔 일렀다. 아마니는 어깨가 빠질 듯 아팠지만 새끼 양을 안고 올리브 과수원을 거쳐 아래쪽으로 급히 내려왔다.

이걸로 끝난 게 아니었다. 늑대를 만난 걸 큰아빠와 아빠에게 말할 생각을 하니 걱정이 앞섰다. 위험한 일을 겪으면 그게 무엇이든 가족에게 이야기하는 게 의무다. 하지만 씨도의 봉우리에서 늑대를 봤다고 하면 아마니의 양치기 운명도 여기서 끝난 것과 마찬가지였다.

10장

다음 날 아침 일찍 아마니는 검둥이를 우리로 데려가 자기가 루마니아의 젖을 짜내는 모습을 지켜보게 했다.

"아침 먹고 나가서 하루 종일 풀을 뜯게 해 줄게. 그러면 젖이 더 많이 나올 테니 네 새끼도 가을이 되면 몰라보게 크고 강해질 거야."

아마니는 젖이 반쯤 찬 양동이를 부엌문 쪽으로 옮겼다. 나중에 큰엄마와 엄마가 그걸로 치즈와 요구르트를 만들 것이다. 할머니는 안에 있는 작은 식탁에서 빵 반죽을 섞고 있었다.

"안녕히 주무셨어요, 할머니? 날이 진짜 좋아요."

"오늘은 학교 안 가냐?"

혼란스러운지 자신 없는 목소리로 할머니가 물었다.

아마니가 손을 뻗어 반죽을 떼고 동그랗게 빚으며 대답했다.

"저예요, 아마니. 와르데 언니가 아니고요. 와르데 언니는 오마르 오빠랑 벌써 학교에 갔을걸요? 오마르 오빠는 오늘 시험 본대요. 양젖도 다 짰으니까 우리가 매일 아침 했던 것처럼 빵 굽는 걸 도와드릴게요. 기억나죠?"

할머니가 손으로 축 늘어진 얼굴을 문질렀다.

"아! 내 기억력 좀 봐. 도대체 내가 어떻게 된 건지 모르겠다."

할머니의 기억은 뜨거운 여름 태양 아래 엎질러진 물처럼 순식간에 증발해 버렸다. 할아버지의 죽음에 대해서도 마찬가지였다. 검은 옷을 입는 것 말고 할머니가 할아버지의 죽음을 기억하고 있다는 증거는 하나도 없었다. 마치 오래 전 일들이 모두 할머니의 마음속 깊이 묻혀 버린 것 같았다. 아마니는 오늘 아침에 그 기억의 한 자락이라도 바깥으로 나오기를 바랐다.

둥글게 빚은 밀가루 반죽들이 할머니와 아마니의 양손바닥 사이에서 날아다녔다.

아마니는 반죽이 담긴 무거운 그릇을 머리에 이고 오븐 쪽으로 가서 두 의자 사이의 바닥에 내려놓았다.

"할머니, 늑대를 본 적 있으세요?"

할머니가 환하게 웃었다.

"그럼, 보고말고. 그건 절대로 잊을 수 없지."

할머니가 반죽을 납작하게 누른 뒤 오븐의 맨 위에 있는 냄비 안에 던져 넣었다.

"네 할아버지와 나는 사촌 사이여서 우리 부모님은 가끔 동굴 앞에 있는 이곳으로 소풍을 왔단다. 어느 날 내가 할아버지와 함께 있는데 늑대가 닭장 속으로 들어가지 뭐냐."

굳은살이 박인 할머니의 손놀림이 느렸다. 아마니는 할머니의 손에 속도를 맞추었다. 쉬라크가 갈색으로 변하자 아마니가 그 끝을 잡고 뒤집었다.

"생각해 봐라. 닭장 안이 발칵 뒤집히지 않았겠니? 암탉들이 도망가려고 발버둥을 쳤지만 결국 한 마리가 죽고 말았단다. 그때 늑대가 거기 서서 네 할아버지를 보고 있지 뭐냐. 눈 색깔이 호박색이더구나. 그런데 네 할아버지가 떠나라고 하니까 정말로 가 버렸어. 물론 으르렁거리기는 했지. 늑대는 죽은 암탉을 입에 물고 도망쳤단다. 이 일로 할아버지의 형제들이 늑대를 죽이려 했지만 할아버지가 막았어. '다신 우릴 방해하지 않을 거야' 라면서 말이야. 그 뒤로 늑대는 다시 이곳을 찾아오지 않았단다."

아마니는 한쪽 주머니에는 따뜻한 쉬라크를, 다른 주머니에는 오렌지를 넣고 큰엄마의 장미 정원 사이를 걸었다. 할아버지가 정말로 늑대에게 명령을 내렸을까? 아니, 그럴 니 없어. 할머니가 지어낸 이야기일 거야. 하지만 그 이야기가 아마니에게 용기를 불어넣은 건 사실이었다. 그 이야기를 들으니 제아무리 무서운 늑대라도 자기를 씨도의 봉우리에서 쫓아내지 못할 거라는 확신이 들었다.

양철 조각들을 철사로 얽어 만든 울타리가 두 그루의 무화과나무에서부터 올리브 과수원까지 양들을 가두는 역할을 했다. 사헴은 아침 햇살을 받으며 무화과나무 근처에서 몸을 쭉 뻗고 엎드려 있었다. 사헴은 봄에 갓 태어난 새끼 양 정도로 크기가 작았지만 양들은 사헴이 마치 자기네보다 두 배나 큰 것처럼 순순히 따랐다. 아마니가 다가가자 사헴이 귀를 쫑긋 세웠다.

"씨도의 봉우리로!"

아마니가 문을 열면서 소리쳤다.

심술이가 가장 먼저 달려 나가고 그 뒤를 암양들과 새끼 양 네 마리가 보조를 맞추려 애쓰면서 따라갔다. 사헴은 양떼를 올리브 과수원으로 몰았다.

아마니는 검둥이를 멈춰 세운 다음 귀 뒤를 문질렀다.

"늑대가 있다는 걸 기억하고 네 새끼를 가까이서 지켜 봐. 네 새끼 이름은 희망이라고 지었어."

아마니는 가파른 비탈길을 오르기 전에 오아시스에 들러 양떼가 한참 동안 물을 마시게 한 후 산꼭대기에 도착해 풀을 뜯겼다. 양들이 평화롭게 풀을 뜯는 동안 아마니는 이리저리 천천히 움직이면서 마르고 평평한 땅을 수색했다. 아무것도 없었다. 양의 숫자를 세 보니 10마리 그대로였다.

그런데 북쪽 가장자리에 도착해 아래를 내려다보던 아마니는 소스라치게 놀랐다. 북쪽 골짜기에서 노란색 불도저가 쉬지 않고 움직이고 있었던 것이다. 등성이에는 차량 몇 대가 나란히 주차돼 있었다. 고속도로의 새로운 출구를 닦는 모양이었다.

새로운 출구가 왜 필요한 거지? 주유소를 만들려는 건가? 아니면 편의점? 그것도 아니면 검문소?

그 광경을 본 아마니는 꼼짝도 할 수 없었다. 입이 타들어갔다. 그들이 일하고 있는 곳이 골짜기의 이쪽, 그러니까 자기 마을이 있는 방향이었기 때문이다. 왜 저쪽이 아니고 이쪽이지?

아마니는 마음이 편치 않았지만 억지로 돌아서서 수색을 계속하다 마침내 협곡에 도착했다. 전에 늑대에게 던져 준 양의 태반은 사라지고 없었지만 바위틈에서 찾고 있던 것을 발견했다. 늑대의 배설물은 생각보다 아주 작았다. 늑대는 먹어 치운 동물을 최대한 흡수한 뒤 뼈와 털의 일부만 몸 밖으로 내보내는 모양이었다.

아마니는 협곡에 있는 바위를 하나하나 살펴보았다. 낙타의 혹 위와 그 주변의 바위틈과 그늘진 곳까지 샅샅이 훑어보았다. 아마니는 오랜 시간 늑대가 나타나기를 기다렸지만 움직이는 건 없었다.

11장

8월의 어느 늦은 오후, 사헴이 컹컹 짖으면서 씨도의 봉우리를 가로질러 남동쪽 모퉁이를 향해 달렸다. 누군가가 길을 올라오고 있었다. 오마르였다.

아마니는 북쪽 비탈 근처에 앉아 손을 흔들었다. 집 뒤까지 쳐들어와 시끄럽게 구는 이스라엘의 기계소리에 짜증이 나서 피난 오는 건가? 아니면 좋은 소식이라도 있나?

요즈음 오마르는 온 신경을 아빠의 휴대전화 소리에 기울이고 있다가 전화벨이 울리면 자리에서 벌떡 일어났다. 타우지히 시험(요르단과 팔레스타인 지역에서 치르는 일종의 대학입학 시험—옮긴이)의 결과를 기다리고 있었기 때문이다. 인생에서 간절히 원하는 뭔가를 기다린다는 건 쉬운 일이 아니었다.

"네가 지적인 대화에 굶주려 있을 것 같아서."

아마니에게 다가온 오마르가 말했다.

"지적인 대화라면 양들하고도 충분히 나눌 수 있어. 먹을 거라면 또 몰라도."

오마르가 주머니를 뒤적거리더니 무화과를 한 줌 꺼내 놓았다.

"내 그럴 줄 알았지."

"저게 지금 우리 집을 통과하는 거야?"

오마르가 아마니의 눈을 피하면서 고개를 끄덕였다.

불도저들은 아마니네 땅을 파헤쳤다. 아마니는 포도나무 터널이 무너지는 소리며, 포도밭 한가운데를 파서 트럭에 흙을 담는 삽질 소리가 들리지 않을 만큼 멀리 떨어져 있는 게 그나마 다행이지 싶었다.

"알고 있었어?"

오마르가 무화과 하나를 입안에 던져 넣었다. 아마니는 오빠의 잔뜩 찌푸린 얼굴에서 그가 이스라엘 군인과 인부들을 얼마나 증오하는지 알 수 있었다. 이스라엘은 팔레스타인 사람들의 생각은 아랑곳하지 않고 자신들이 원하는 건 뭐든 마음대로 저질렀다. 오마르는 이스라엘 사람들을 막을 수 없는 자신의 무력함을 증오했다. 아마니는 그런 오빠의 마음을 잘 알고 있었다.

"오빠가 준 책 다 읽었어."

오마르가 빌려 준 알 나크바(Al Nakba), 즉 대재앙에 관한 역사책 이야기였다. 1948년 이스라엘의 침략으로 60만 명의 팔레스타인 사람들이 집을 떠났다. 몇 주만 버티면 집으로 돌아갈 줄 알았던 사람들은 그대로 난민이 되고 말았다.

오마르가 손바닥으로 자기 이마를 탁 쳤다.

"아, 그 책을 반납하는 걸 깜빡했네. 학교 갈 일 있으면 내 대신 아부시 선생님께 돌려줘."

"내가 뭣 때문에 학교에 가는데?"

"네 영어 발음이 형편없기도 하지만 네가 아부시 선생님을 엄청 좋아하니까. 내년에 아부시 선생님이 너희 학년을 가르친다고 하던데?"

말을 하다 말고 눈이 휘둥그레진 오마르가 아마니의 어깨 너머를 쳐다보았다. 아마니도 오빠가 뭘 보고 저렇게 놀라는지 보려고 고개를 돌렸다. 노란색 트랙터 두 대가 씨도의 봉우리로 이어지는 북쪽 비탈길에 주차돼 있었다. 그날은 일을 그만할 모양이었다. 고속도로에서 씨도의 산 아래까지 넓은 길이 평평하게 닦여 있었다.

오마르가 아마니를 비난하듯 눈을 거슴츠게 뜨고 물었다.

"저 일이 언제 시작된 거야?"

"한 달쯤 전에. 7월에는 일을 안 했어."

"근데 왜 아무 말 안 했어?"

오마르의 목소리는 아마니의 가슴을 후벼 파는 것처럼 매

서웠다. 화가 난 목소리였다.

"주유소 같은 걸 짓는 줄 알았지……."

아마니가 큰 소리고 대답했지만 변명이라기엔 너무 약한 것 같았다.

오마르가 돌 하나를 비탈 아래로 세게 던졌다.

"저 자식들이 새로운 길을 뚫고 있어. 그 길이 이쪽으로 나고 있단 말이야!"

베란다의 저녁 식사 분위기는 한마디로 암울했다. 큰아빠가 기도를 한 뒤 식사를 시작했다. 베란다 아래로 깨끗이 닦인 땅이 포도원을 통과해 길게 뻗어 있었다. 그 길이 꼭 벌어진 상처 같았다.

오마르는 말 하나하나를 신중하게 고르며 이야기를 꺼냈다.

"오늘 아마니랑 산꼭대기에서 보니까 북쪽 비탈 아래에 불도저들이 있었어요. 북쪽 비탈을 따라 길을 낼 모양인가 봐요."

"씨도의 봉우리로 길을 낸다고? 북쪽 비탈에?"

큰아빠가 오마르의 말을 그대로 따라 했다.

아마니는 별안간 속이 메스꺼워졌다. 큰아빠가 아까 오빠가 했던 질문을 또 하면 어떡하지? 하지만 그런 일은 일어나지 않았다. 큰아빠에겐 더 큰 걱정거리가 생긴 셈이었으니까.

"저들이 원하는 게 뭐지? 두 골짜기를 합치려는 건가?"

“씨도의 봉우리로는 아닐걸? 오아시스 위 남쪽 비탈은 경사가 너무 급하잖아.”

아빠의 말에 큰아빠가 고개를 끄덕였다.

“저들이 우리 오아시스를 향해 길을 뚫지 않는다면…….”

큰엄마가 고개를 저었다.

“이스라엘 사람들이 우리 샘에 대해 알 턱이 없잖아요.”

“감시하는 사람들도 있고, 위성도 있어요. 저들이 우리에 대해 모르는 게 있는 줄 아세요?”

오마르가 흥분해서 외쳤다.

그릇에 담긴 요리가 차갑게 식어 갔다. 할머니는 속도 모르고 어서 먹으라며 성화였다. 저녁 메뉴는 그날 아침에 잡은 닭을 큰엄마가 렌즈콩과 양파를 넣고 푹 삶은 요리였다. 큰엄마는 큰아빠가 음식을 먹는 모습을 지켜보았다. 무서울 만치 아무도 말이 없었다. 그때 갑자기 큰아빠가 아빠와 오마르를 번갈아 쳐다보며 말했다.

“오늘 밤에 불도저를 부숴 버려야겠다!”

아마니는 음식을 삼키려고 애썼다.

“무엇으로? 폭탄으로?”

아빠가 물었다.

“네가 이렇게 좋은 아이디어를 낼 때도 있구나.”

큰아빠의 오른손이 내려 와서 자기의 왼손바닥을 찰싹 쳤다.

아마니는 오마르를 바라보았다. 오마르는 무표정한 얼굴로 묵묵히 먹기만 했다. 오마르의 맞은편에 앉은 엄마는 긴장해서 얼굴을 찡그리고 있었다. 엄마는 끼어들든지 집으로 가 버리든지 둘 중 하나를 취할 태세였다.

"폭력이 해결책이 될 수는 없어."

아빠가 말했다.

"이스라엘 사람들 앞에서 그렇게 말하지 그래? 먼저 시작한 건 그들이니까. 그들이 우리를 벌하면 우리도 그들을 벌하는 게 당연한 거 아니냐?"

"생각해 봐, 형. 이스라엘 뒤에는 엄청난 미국 달러가 있어. 우리가 오늘 불도저 한 대를 날려 버리면 내일은 10대를 더 몰고 올 거야. 설상가상 군인과 탱크도 함께 오겠지. 모사드(이스라엘의 비밀정보기관—옮긴이)가 우리 집으로 찾아와서 우리를 쏴 버리거나 감옥에 던져 넣은 뒤 우리 집과 마을을 흔적도 없이 부술 거야. 그런 상황인데 불도저 한 대를 부수는 게 도대체 무슨 도움이 된다는 거야?"

아무도 먹지 않았다. 아마니는 아빠의 말이 사실이라는 걸 알았다. 뉴스에서 그런 장면을 여러 번 보았으니까.

아빠가 간청하는 투로 다시 말했다.

"형이 간디에 대한 책을 읽기만 했어도 그런 말은 하지 않았을 거야."

"여긴 팔레스타인이지 인도가 아니야!"

잔뜩 화가 난 큰아빠가 외쳤다.

"몇 푼 던져 주고 자기들을 위해 도랑을 파거나 수영장을 만들라고 하는 게 아니란 말이다. 그런 날은 이제 지나갔어. 이스라엘은 우리 땅과 우리 물을 원해! 우리를 몽땅 쫓아내려는 그 시커먼 속셈을 모른다고는 하지 않겠지? 이 동네가 끝나면 다른 동네, 또 다른 동네로 옮겨가면서 말이야! 사내자식이라면 자기 땅에서 스스로를 보호할 권리쯤은 있는 거 아니냐?"

아마니는 불도저를 부순다는 계획에는 반대했지만 큰아빠의 말에서 틀린 구석을 찾기도 어려웠다. 자기 집과 땅을 지킬 권리가 있는 건 당연하니까. 아마니는 특히 씨도의 봉우리만은 지키고 싶었다.

할아버지가 여기에 있다면 얼마나 좋을까? 할아버지라면 이럴 때 뭐라고 하셨까?

그때 아빠의 휴대전화가 울렸다. 아빠가 여기저기 뒤지다가 셔츠 주머니에서 조그만 은색 전화를 끄집어낼 때까지 모차르트의 세레나데가 울려 퍼졌다. 휴대전화 액정을 힐끗 본 아빠가 통화버튼을 누르고 전화를 귀에 바짝 댔다.

"여보세요."

아빠가 영어로 조금 크게 말했다.

와르데와 큰엄마가 아무도 식사를 끝내지 못한 식탁을 치우려고 일어났다.

한참 동안 가만히 듣고 있던 아빠가 마침내 입을 열었다.

"예, 알겠습니다, 아부시 선생님."

순간 오마르의 눈에 생기가 돌았다.

"지금 여기 있어요."

아빠는 아부시 선생님과 영어로 얘기하는 걸 좋아했다.

"아니, 아닙니다. 식사 끝났어요. 몸이 아주 말랐어요. 제가 전해 주겠습니다."

또 한참 동안 침묵이 이어졌다.

"고맙습니다. 어떻게 할지 결정하면 전화드리죠."

아빠가 전화를 끊고 주머니에 휴대전화를 집어넣은 뒤 빵을 떼서 푹 곤 닭고기 국물에 담갔다.

"멀쩡한 아랍 말 놔두고 영어로 이야기할 건 또 뭐냐? 그 여자는 아랍 말 못하냐?"

큰아빠가 괜한 트집을 잡았다.

아마니는 비죽비죽 터져 나오는 웃음을 참으려고 애썼다. 무슨 말인지 이해하지 못해서 괜한 역정을 낸 큰아빠와 달리 아마니는 대화의 내용을 하나도 빼놓지 않고 알아들었기 때문이다.

"아부시 선생님이 내가 영어로 이야기하는 걸 도와주려고 그러는 거니까 이해해."

"그 미국인이 뭐라고 하던?"

"그 선생님을 미국인이라고 부르지 마세요."

이번엔 오마르였다.

"선생님은 거기서 자랐을 뿐이에요. 그게 다라고요. 큰아버진 이곳을 떠나 사는 사람을 겁쟁이라고 비난하시지만 선생님은 부모님과 함께 이곳으로 돌아오셨으니까 그 반대라고 볼 수 있는 거잖아요? 근데 아빠, 선생님이 뭐라고 하셨어요?"

아빠가 엄마가 기른 밭에서 따서 찐 가지를 집어 들었다. 밥을 먹고 있는 사람은 아빠뿐이었다.

"밥 먼저 먹어라."

아빠가 음식을 씹느라 우물거리며 말했다.

"한동안 집에서 만든 음식과는 이별일지도 모르니까. 다음 주에 라말라에 가야 할 것 같구나. 네가 버제이트 대학에서 장학금을 받았단다."

오마르가 벌떡 일어나면서 환호성을 질렀다. 아마니도 뛸 듯이 기뻤다. 오빠의 꿈이 이루어졌어!

"저 녀석이 왜 저렇게 춤을 추고 난리냐? 결혼이라도 하는 게냐?"

할머니의 말에 모두 웃으며 박수를 쳤다. 오마르는 큰 소리로 웃으면서 사람들 주변을 빙글빙글 돌다가 자기 자리로 돌아와 엄마를 꼭 껴안았다. 그때까지도 큰아빠의 손은 무릎 위를 떠나지 않았다.

"오마르를 보낸다고 허락한 적 없다!"

큰아빠의 말에 아빠의 입이 떡 벌어졌다.

"오마르가 버제이트까지 가서 공부할 필요는 없어. 라말라는 현대식 사고가 판을 치는 곳이야. 여자애들이 팔을 내놓고 머리도 가리지 않고 다니는 곳이란 말이다. 아버지가 살아계셨더라도 오마르가 라말라에 가는 건 허락지 않으셨을 거다. 그곳에 가면 오마르가 경건한 무슬림이 되는 건 포기해야 해."

아마니는 소리를 지르고 싶은 걸 꾹 참았다. 독재자! 가족 모두를 자기 생각대로 주무르려 하다니!

하지만 아마니보다 아빠가 한 발 먼저 폭발했다.

"도대체 뭐가 잘못된 거야? 아버지가 살아계셨다면 틀림없이 오마르의 장래를 위해 좋아하셨을걸? 이스라엘 사람들이 우리 땅과 물을 빼앗아 가는 것만으로 충분해. 그들이 우리 아이의 장래까지 훔쳐 가게 할 순 없단 말이야!"

큰아빠의 얼굴이 뻣뻣하게 굳으며 귀퉁이마다 날카롭게 각이 졌다.

"한동안 운이 좋았지만 지금은 점령군이 우리 골짜기를 위협하고 있어. 오마르는 집에 있어야 한다. 오마르 정도라면 알칼릴에 있는 대학에서 쉽게 공부할 수 있을 거야."

아빠가 어둠에 잠긴 골짜기를 쳐다보았다. 아빠의 굽은 어깨가 할아버지를 연상시켰다.

"형이 우리 땅을 지켜야 한다는 책임감 때문에 그러는 건 알아. 하지만 우리가 살아남으려면 변화에 적응해야 해. 우리가 처음 토마토 온실을 만들었던 거 기억 안 나? 그때 마을 사람들 모두 비웃었지만 이젠 온실이 없는 집이 없잖아. 새로운 환경에 적응하지 않으면 살아남을 수 없는 세상이 됐단 말이야. 다음 세대가 새로운 해결책을 찾을 수도 있어. 오마르를 보내 줍시다. 그리고 오마르에게 그걸 찾게 해 줍시다, 형!"

큰아빠의 숨소리가 거칠어졌다. 마치 무거운 짐에 눌린 말이 헉헉대는 것 같았다.

"오마르는 여기 있어야 한다."

"오마르가 돌아올 수도 있잖아."

그 말에 큰아빠의 눈이 반짝였다.

"오마르는 집안에 하나밖에 없는 아들이다."

큰아빠 눈에 오마르에 대한 깊은 애정이 가득했다. 그것이 아마니의 경계심을 풀어 버렸다. 전에는 단 한 번도 본 적 없는 따뜻한 눈길이었다.

하지만 큰아빠가 눈을 한 번 깜빡이자 다시 이전의 근엄한 표정으로 돌아왔다. 아마니가 아까 잘못 본 건 아닌지 자기 눈을 의심할 정도였다.

"가고 싶으면 가라. 단, 올리브를 수확할 때는 반드시 돌아와야 한다. 거기 가서 술을 마신다거나 여자애들과 연애를 한다거나 라마단(이슬람력에서의 9월로 천사 가브리엘이 마호메트에게 《코란》을 가르친 신성한 달로 여겨, 이슬람교도는 이 기간 일출에서 일몰까지 의무적으로 금식하며, 날마다 다섯 번씩 기도한다—옮긴이) 때 금식하지 않으면 널 당나귀에 묶어서 집으로 데려올 테니 그리 알아라."

아빠의 전화벨이 다시 울렸다.

아마니는 큰엄마와 와르데가 식탁 치우는 걸 도우면서 큰아빠가 결국 아빠 말을 따랐다는 사실이 못내 혼란스러웠다. 어쩌면 큰아빠에게도 심장이 있을지도 몰라. 비록 병아리콩만큼 작고 단단해도 말이야.

부엌에서 큰엄마가 터키식 커피를 만들고 있었다. 큰엄마가 일상으로 돌아간 모습을 보자 아마니의 불안함도 좀 가시는 것 같았다.

통통하고 건강한 큰엄마 파티마는 집안을 쓸고 닦는 것은 물론, 할머니와 병든 이웃을 씻기는 일을 아침 식사 전에 다 끝냈다. 또 엄청나게 많은 양의 식사를 요리하고, 가족에게 더없이 좋은 엄마이자 아내였다. 집을 방문한 손님들을 다정하게 맞이하고 남은 시간에는 정성을 다해 장미 정원을 가꿨다.

비록 큰엄마가 책을 읽거나 엄마의 피아노 소리에 귀 기울이는 모습을 보지 못했지만 엄마는 큰엄마를 사랑하고 그녀에게 의지했다. 아마니는 자기도 그렇다는 사실을 오늘 불현듯 깨달았다.

아마니가 커피 주전자를 올린 쟁반을 들고 베란다로 나갔을 때 엄마가 전화기를 들고 뺨에 흐르는 눈물을 닦고 있었다.

"안녕. 내가 갈 거라고 말씀드려."

엄마가 아빠에게 전화기를 건넸다.

아마니는 엄마가 우는 모습을 처음 보았다. 누구와 통화한 걸까? 어디를 간다는 거지?

엄마가 진정할 때까지 다들 말이 없었다.

"우리 엄마가 암에 걸려 죽어 간대요. 의사가 죽음을 준비할 시간이 한두 달밖에 남지 않았다고 했다네요. 엄마가 돌아가시기 전에 절 보고 싶어 해요. 오빠들이 암만에서 토론토까지 가는 비행기표를 보내 준다며 오라고 전화한 거예요. 암만까지 갈 수 있다면 요르단을 벗어날 수 있을 텐데……."

엄마는 과거 얘기를 거의 하지 않아서 아마니는 외할머니에 대해 아는 게 별로 없었다. 외할머니는 어릴 적 이스라엘이 침략한 1948년 대재앙 때 자기 마을 주민들이 죽는 것을 목격했다. 그때 고아가 된 외할머니는 예루살렘에서 자라 베들레헴 근처 출신의 남자와 결혼했다.

아마니는 외할머니를 뮤지컬 할머니라고 불렀다. 엄마에게 피아노를 가르쳐 준 사람이 외할머니이기 때문이다. 마을이 이스라엘에 몰수당하자 할머니는 아들들을 데리고 캐나다로 떠나 버렸다. 엄마는 피아노뿐만 아니라 팔레스타인에 닥친 공포까지 혼자서 떠안은 채 이곳에 남았다.

큰아빠가 고개를 내저었다.

"여기저기 길이 막힌데다 사방이 검문소인데 왜 그런 위험을 무릅쓰려는 겁니까?"

"엄마를 만나야 해요. 하지만 오빠들에게 비행기표를 사게 할 순 없어요. 우리가 비행기표를 살 형편이 안 된다고 생각하게 하느니 차라리 피아노를 파는 게 나아요."

엄마가 오만하게 턱을 치켜 올렸다.

어떻게 피아노를 판다는 이야기를 할 수 있지? 오늘밤 어른들에게 무슨 일이 일어나고 있는 걸까? 아마니는 혼란스러운 마음으로 어른들을 바라보았다.

아빠가 엄마의 손을 꼭 잡았다.

"당신 피아노는 안 돼. 장모님이 물려주신 거잖소. 차라리 내 책을 팔고 말지."

엄마가 억지로 손을 빼냈다. 싸움이 시작될 거라는 신호였다.

그때 큰아빠의 단호한 목소리가 울렸다.

"오늘 밤 이 문제만은 전통을 따릅시다. 내가 결정을 내리면 그걸로 끝이오."

큰아빠는 커피를 마시기 위해 잠깐 말을 멈췄다. 가족들의 시선을 즐기는 것 같았다.

"제수씨 오빠들이 표를 사게 합시다. 그게 제수씨 어머니의 소원이라면서요. 어머니의 마지막 소원보다 더 중요한 게 어디 있겠소? 그리고 오가는 문제에 대해서 더는 왈가왈부하지 맙시다. 오마르는 라말라로 가고 제수씨는 캐나다로 가시오. 그리고 피아노! 피아노는 팔지 않을 것이오!"

12장

아마니는 짙은 녹색 소파에 웅크리고 앉아 있었다. 엄마의 손가락들이 건반 위로 날아다녔다. 엄마는 악보 없이 피아노를 연주하는 중이었다.

아마니는 할머니를 생각했다. 할머니의 뇌는 조리법을 잊었는데도 할머니의 손은 여전히 빵을 만들 수 있다. 그걸 보면 기억은 어쩌면 뇌세포 안에만 있는 게 아니라 수십 년 동안 매일 움직인 팔다리 속, 아니 몸 구석구석에 살고 있는지도 모른다.

엄마가 피아노 쪽으로 몸을 숙였다. 아마니는 마음속으로 그 장면을 찍어서 머릿속에 새겨 두었다. 금발로 물들인 머리카락 몇 가닥이 엄마의 이마 위로 둥글게 말려 있었다. 얼굴은 아주 매끄러워서 주름이 거의 눈에 띄지 않았다.

건반 몇 개가 딩동거리다 마침내 조용해졌다. 음악이 멈췄다.

엄마가 없는 집은 상상할 수 없어. 아마니가 울음을 터트리자 엄마가 팔로 아마니를 감싸 안았다.

"네가 쇼팽을 그렇게 좋아하는지 몰랐는데?"

아마니는 엄마의 갈색 눈을 들여다보았다. 날 놀리고 있어.

"엄마가 떠나지 않으면 좋겠어요."

"넌 내가 죽기 전에 날 찾아오지 않을 거야?"

"그걸 말이라고 하세요?"

"너도 네 외할머니를 봤다면 얼마나 좋을까? 틀림없이 할머니를 무척 사랑했을 거야. 대재앙이 닥쳤을 때 우리 가족은 마을을 떠나 난민 캠프에서 살아야 했단다. 내가 너보다 조금 더 나이가 들었을 때였지. 거기서 가족들이 캐나다로 이민 가기로 했을 때 난 몇 주 동안 울음을 그칠 수 없었어. 그때야 비로소 내가 내 심장만큼이나 팔레스타인을 사랑한다는 사실을 깨달았지."

"비디오테이프를 많이 가져가서 외할머니가 이야기하는 모습을 찍어 오세요. 외할머니가 어떻게 기독교인이 됐는지랑 엄마가 어렸을 땐 어땠는지 알고 싶어요. 엄마는 옛날 얘기는 잘 안 하잖아요. 전 다 알고 싶어요."

"정말?"

"정말."

엄마가 창밖을 내다보았다.

"과거를 알게 되면 현재에 대한 기억이 망가지기도 해서 엄마가 얘기를 안 한 거야. 하지만 이제 네가 알아도 될 나이가 된 것 같구나."

엄마가 아마니에게 고개를 돌렸다.

"네 아빠하고 내가 결혼할 때 이교도인 날 받아들이라고 할아버지를 설득한 사람이 네 큰아빠였단다."

아마니의 입속에 침이 말라붙었다.

"할아버지가요? 할아버지가 엄마를 받아들이지 않았다고요?"

아마니는 그 말을 믿을 수 없어 작게 속삭였다.

"할아버지는 결혼식에도 오지 않으셨어. 물론 할머니도 못 가게 하셨지. 할머니가 그 일 때문에 몇 주 동안 우셨다고 나중에야 들었다. 그 일이 있은 뒤에 화가 난 할머니가 짐을 싸서 네 큰아빠 집으로 가셨다고 하더라."

"할아버지…… 할아버지가 할머니에게 사과하셨어요?"

"아니! 할머니랑 할아버지는 그 뒤로 몇 달 동안 서로 말도 하지 않고 지내셨단다. 두 분을 화해시키는 데 실패한 네 큰아빠가 어느 날 할머니랑 큰엄마를 데리고 우리가 살고 있던 예루살렘으로 왔더구나. 우리에게 골짜기로 들어와 살라고 간청하기 위해서였지. 큰아빠는 자기 몫의 유산을 나누어 주겠다고 했어. 가족을 위해 평화의 다리를 놓은 사람이 바로 큰아빠 하니야."

아마니의 머리가 핑 돌았다.

"그러면 그때 할아버지가 엄마를 받아들이셨어요?"

엄마가 눈알을 굴리며 말했다.

"할아버지는 아주 고집이 센 분이었단다. 우리가 왜 골짜기 이쪽에 살고 있는 줄 아니? 그게 다 할아버지 고집 때문이었어."

"할아버지 때문이라고요?"

엄마가 고개를 끄덕였다.

"여기에 온 뒤 아기가 들어섰단다. 아이의 존재가 가족에게 얼마나 대단한 영향을 미치는지 생각하면 놀라울 뿐이지. 할머니는 그때부터 할아버지가 우리를 반대하든 말든 우리를 베란다의 저녁 식사에 초대하셨으니까. 저녁 식사를 하려면 할아버지도 어쩔 수 없이 우리랑 함께 먹을 수밖에 없었어. 할아버지와 난 그렇게 아홉 달을 종교 때문에 언쟁을 벌였단다. 할머니가 알칼릴로 이사 가겠다고 위협할 때까지 말이야. 그러다 결국 우리는 타협점을 찾았어. 결국 난, 네 할아버지가 너희들이 알라를 사랑하도록 가르치는 일에 동의하고 말았지."

"그게 그렇게 어려웠어요?"

"하나님, 여호와, 알라. 그때쯤엔 이름 자체가 그렇게 다르게 느껴지지 않았어. 내게 평화가 필요하기도 했고. 오빠들이 그러는데 캐나다에 사는 원주민은 신을 위대한 영혼이라고 부른다더구나. 난 그 말이 좋아."

"그런데 전 이제까지 그런 이야기를 왜 한 번도 들은 적이 없을까요?"

"뭐 하러 불행했던 시절 이야길 꺼내겠니? 할아버지가 알라께 무릎을 꿇었을 때 비로소 마음속에 자리 잡았던 분노가 사라졌다고 얘기하셨던 걸 기억해 보렴. 할아버지도 결국 두 아들이 모두 이 골짜기에서 함께 사는 걸 감사하게 생각하셨단다. 할아버지는 경건하고 훌륭한 분이셨어."

엄마가 큰아빠처럼 주먹을 흔들면서 깔깔 웃었다.

"우리가 하나님을 알라라는 호칭으로 부르기만 하면 말이야."

부엌문 쪽에서 오마르와 아빠의 목소리가 들리자 엄마가 돌아섰다.

"뭐 하고 있어요?"

대화는 여행 계획으로 옮겨 가 아빠가 지도를 펼쳤다. 엄마와 오마르는 먼저 예루살렘과 라말라 중간, 검문소의 본부가 있는 칼란디아로 갈 생각이었다. 거기서 엄마는 택시를 타고 국경으로 가서 알렌비 다리를 건너고, 오마르는 라말라로 가기로 했다.

검문소, 기나긴 줄……. 아마니는 대화에 집중하려 애썼지만 도저히 그럴 수가 없었다. 자기를 둘러싼 방이 점점 좁혀

들어오는 느낌이었다. 아마니는 순간 씨도의 봉우리의 탁 트인 하늘 아래서 할아버지 생각을 하고 싶은 마음이 간절했다. 아무도 아마니가 떠나는 걸 눈치 채지 못했다.

바깥으로 나간 아마니는 사헴에게 풀이 듬성듬성 난 집 주위 비탈에서 이웃집 염소들과 함께 풀을 뜯고 있는 양떼를 데려오라고 명령했다.

아마니는 예전엔 포도밭이었지만 지금은 매끈하게 잘 닦인 길을 가로지르고 싶진 않았다. 골짜기 근처에 사는 사람들은 모이기만 하면 그 길의 다음 단계, 즉 아스팔트 까는 걸 어떻게 막을까 의논하기 바빴다. 아마니는 올리브 과수원까지 내처 달리면서 엄마의 이야기와 할아버지를 생각했다.

할아버지가 독재자였다니! 그 사실이 아마니의 마음을 엉망진창으로 헝클어 놓았다. 그러다 생각이 조금씩 제자리를 잡으면서 정돈되기 시작했다. 할아버지가 부모님에게 고약하게 군 걸 알았다고 해서 할아버지에 대한 사랑이 줄어든 건 아니었다. 다만 마음속에 간직하고 있던 할아버지의 흑백사진이 그 사실을 알고 난 뒤 칼라사진으로 바뀌었다는 게 더 정확한 표현일 것이다.

발이 저절로 움직이더니 의도하지 않았는데도 그 길 꼭대기에 도착했다. 그때야 아마니는 자기가 씨도의 봉우리 정상에 서 있다는 사실을 알고 깜짝 놀랐다. 하늘이 눈부시도록 환하게 펼쳐져 있었다. 협곡 근처에서 동쪽을 향해 난 편안한 장소를 발견한 아마니는 해를 등지고 바위에 기대앉았다. 날이 뜨거웠다.

저게 뭐지? 아마니는 한손을 가슴에 얹고 서둘러 일어섰다. 소름이 확 돋았다. 양떼는 집으로 가는 길 근처에서 풀을 뜯기에 바빴다. 아마니는 재빨리 양의 숫자를 세 보았다. 10마리. 아마니는 협곡 쪽을 살피기 위해 몸을 빙 돌리는 순간 자기가 뭘 보게 될지 이미 알고 있었다.

늑대는 지금 서 있는 바위에 막 나타난 것처럼 보였다. 아마니가 기억하고 있던 것보다 훨씬 더 작았지만 늑대의 노란 눈 색깔이 자세히 보일 정도로 거리가 가까웠다.

늑대는 귀와 꼬리를 꼿꼿이 치켜세운 채 뭔가를 기다리는 것처럼 아마니를 뚫어져라 쳐다보았다. 뭘 기다리는 걸까?

지난번처럼 아마니는 도망치고 싶었지만 지팡이를 흔들면서 소리를 꽥 질렀다.

"저리 가!"

그러자 신기하게 늑대가 바위 사이로 사라졌다. 아마니가 마지막으로 본 것은 늑대의 연한 꼬리 끝이었다.

아마니는 늑대가 사라진 곳을 한참 쳐다보았다. 정말 놀라운 일이다. 자기 말 한마디에 늑대가 정말 가 버리다니! 아마니가 늑대의 일을 잊을 뭔가를 발견한 건 바로 그때였다.

협곡에 줄지어 선 바위들 위로 조그맣게 X자가 표시되어 있었다. 아마니의 심장이 쿵 내려앉았다. 숨이 멎는 듯했다.

이 X자가 언제부터 표시돼 있었던 거지? 몇 시간? 아니면 며칠?

이스라엘 사람들이 씨도의 봉우리 위에 정착촌을 만들려는 게 분명했다.

13장

엄마와 오마르가 떠나자 집이 텅 빈 것 같았다. 마치 혀가 이가 빠진 자리를 더듬을 때처럼 허전했다. 피아노 옆이나 오빠가 앉아서 공부하던 아빠의 책상 앞을 지나갈 때마다 아마니의 눈은 버릇처럼 그곳을 그냥 지나치지 못하고 두 사람을 찾곤 했다. 둘 다 너무 보고 싶었다.

저녁 식사 후 아마니는 할아버지 집 베란다 위에 매트리스 6개를 깔았다. 아빠는 골짜기 너머로 컴컴한 집을 바라보면서 계단에 앉아 있었다.

"죄송해요, 형수님. 전 집에 가서 자는 게 좋겠어요."

큰엄마가 아빠에게 사과할 필요가 없다고 말했다.

"저도 아빠랑 같이 갈래요."

아마니도 아빠를 따라나섰다. 오늘 씨도의 봉우리에서 본 일을 아빠에게 말해야 하기 때문이다.

아마니가 씨도의 봉우리에 표시된 X자에 대해 이야기할 때 아빠의 걸음이 휘청거리는 것 같았다. 아빠는 그 이야기를 들은 다음부터 컴컴한 집으로 들어갈 때까지 입도 벙긋하지 않았다. 집으로 들어가니 피아노 건반들이 유령처럼 희끄무레한 빛을 반사하고 있었다.

"그럼 이제 곧 벽을 쌓겠구나."

아빠의 목소리에선 아무런 감정도 느껴지지 않았다.

이럴 때 엄마가 있다면 아빠의 말에 적절하게 대꾸해 줄 텐데……. 이런 상황에서 아마니가 할 수 있는 일이라곤 불을 켜는 것뿐이었다.

"정착민들은 봤어? 군인들은? 꼭대기에 누가 있던?"

"누굴 본 건 아니에요."

아빠는 그 말을 오래 생각하다 입을 열었다.

"그곳에서 풀을 뜯기지 못하면 이제 양들을 어디로 데리고 갈 생각이냐?"

씨도의 봉우리로 갈 수 없다면 결국 마을 사람들이 다 같이 사용하는 혼잡한 남쪽 비탈을 이용할 수밖에 없다.

"다른 곳을 찾아봐야죠."

아마니는 아빠가 입술에 손가락을 갖다 대는 걸 보고 할아버지를 떠올렸다.

"네 큰아빠한테 말해야겠다. 오늘은 말고 다음에. 지금 애기해 봤자 갑자기 뾰족한 방법이 생길 리도 없고 잠만 설칠 테니……. 말하기 전에 전화를 몇 통 해야겠구나. 고속도로 건설을 반대하는 평화시위를 계획하고 있거든."

다음 날 아빠가 큰아빠에게 그 소식을 전한 모양이다. 큰아빠가 매일 저녁 커피를 마시기 전에 온다 간다 말도 없이 나귀를 타고 어딘가로 사라진 게 그때부터였다.

엄마와 오마르는 일주일에 한 번, 어떤 때는 두 번씩 전화로 소식을 전해 왔다. 캐나다의 뮤지컬 할머니가 딸이 곁에 와 있어서 영원히 살려고 작정을 한 건지 기력을 상당히 회복했다는 말에 아마니는 억지로 웃었다. 엄마에겐 왠지 즐거운 척해야 할 것 같았다.

버제이트 대학의 매력에 완전히 빠진 오마르는 다른 학생들을 만나는 즐거움에 한껏 들떠 있었다. 정치단체에도 가입했는데, 그 단체에서 집회를 계획 중이라고 했다. 아마니에겐 그곳이 골짜기보다 훨씬 더 안전해 보였다.

아마니는 오빠에게도 씨도의 봉우리에 X자가 표시된 이야기를 하지 않았다. 그건 아빠도 마찬가지였다.

매일 아침 아마니는 사헴더러 오아시스에서 양떼를 지키라고 한 뒤 혼자 씨도의 봉우리로 올라갔다. 아마니는 호흡이 점점 가빠져서 숨이 턱에 닿을 때쯤 갑자기 눈앞이 환해지면서 정상 위에 서 있는 자신을 발견하곤 했다. 그리고 그곳에 자기뿐이란 걸 확인한 뒤에야 두려운 마음을 접고 사헴을 위로 불러 올렸다.

씨도의 봉우리에서 양떼에게 풀을 뜯기는 하루하루가 아마니에게는 축복처럼 느껴졌다. 그래서 기도 시간을 알리는 외침을 들으면 할아버지가 가르쳐 준 대로 기도를 올렸다.

"알라후 아크바르!"

노란색 기계들이 씨도의 봉우리 북쪽 비탈로 서서히 올라오는 반면에 좁은 골짜기인 남쪽 비탈 쪽은 이상하게 아무런 움직임이 없었다. 북쪽 정상에서 아마니가 내려다보자 공사장 인부들이 아마니를 물끄러미 쳐다보더니 이내 고개를 돌렸다. 아마니는 그들이 뭘 보았을지 상상했다. 몇 마리 되지도 않은 양떼를 모는 보잘 것 없는 팔레스타인 계집애? 그렇다면 자기가 그들에게 위협이 될 리 없을 것이다.

기계들이 정상에 점점 가까워짐에 따라 아마니는 자신이 모래시계에 갇혀 있는 기분이 들었다. 시간에 가속도가 붙으면서 모래가 좁은 통로를 통과해 무서운 속도로 쏟아져 내렸다. 그나마 8월 말이 시간으로 계산할 수 있는 마지막 날이었다. 그 뒤로는 시간이 분 단위로 바뀌면서 무섭게 흘러갔다. 공사장이 너무 가까워져서 이젠 인부들이 탄 커피 냄새까지 맡을 수 있을 정도였다.

오후 늦게 트럭 몇 대가 정상으로 올라오더니 멈췄다. 트럭 뒤에서 남자들이 떼 지어 나와 긴 쇠기둥과 둥글게 말린 철조망을 내렸다. 그 옆에 총을 들고 서 있던 군인이 아마니를 보더니 떠나라는 손짓을 했다.

아마니는 그들에게 소리를 지르고 싶었다. 이곳은 수천 년도 넘게 우리 조상 땅이었어!

잠시 일을 멈춘 인부 하나가 그 군인과 농담을 주고받았는지 아마니 쪽을 향해 야릇한 표정을 짓더니 두 사람이 함께 큰 소리로 웃었다.

그 모습을 본 아마니는 불현듯 무서워졌다. 마을에서 멀리 떨어진 곳에 혼자 있다는 사실을 깨달았기 때문이다. 저들은 남자인데다 총까지 들고 있다.

아마니는 사헴에게 양을 몰고 남동쪽 모퉁이를 통해 집으로 가라는 신호를 보냈다. 일단 안전하고 볼 일이다. 그런데도 아마니는 자기가 겁쟁이가 된 것 같아 도망가기가 싫었다.

그 순간 낙타의 혹 위에서 번쩍하는 빛이 아마니의 눈을 사로잡았다. 아마니는 그 지점을 노려보았다. 석양을 마주한 물체가 모두 장밋빛으로 변하고 있었다.

늑대의 눈에서 반사된 빛이었나?

다시 한 번 봉우리 위를 살펴보았다. 움직이는 건 아무것도 없었다.

검둥이가 풀을 뜯으려고 협곡 쪽으로 움직이자 새끼가 그 뒤에 바짝 붙어 좇아갔다. 사헴이 아마니의 뒤쪽 길 근처에서 짖어댔다. 집으로 가느냐고 묻는 소리였다.

아니, 아직은 아니야.

아마니는 바위 위에 올라 꼭대기를 살펴보았다. 남자들이 트럭에 오르고 있었다. 아마니는 그들을 향해 외쳤다.

"가! 가 버려!"

트럭이 움직이더니 북쪽 가장자리 너머로 사라졌다. 아마니가 그들을 향해 주먹을 흔들고 다시 소리 지르려는 순간, 어디선가 사납게 짖는 소리가 들려왔다.

뒤를 돌아보니 협곡 건너편에 이전에 봤던 그 늑대가 바위에 서서 낙타의 혹 쪽을 쳐다보고 있었다. 늑대가 꼬리를 위로 쭉 뻗고 이빨을 드러낸 채 으르렁거리다 앞발을 내렸는데, 그 동작이 얼마나 잽싼지 아마니의 다리에서 힘이 쑥 빠질 지경이었다.

아마니가 검둥이를 향해 외쳤다.

"뛰어!"

협곡의 반대편, 늑대가 있는 곳의 위쪽에서 아마니의 말에 대답이라도 하듯 엄청나게 큰 소리가 났다. 탕! 총소리였다. 늑대가 땅에 납작 엎드렸다. 엄청난 소리가 나면서 늑대 앞발 쪽 바위가 깨지더니 먼지가 일었다. 늑대는 큰 바위들 사이로 얼른 사라졌다.

탕! 두 번째 총소리가 울렸다.

검둥이가 쓰러졌다. 검붉은 피가 머리에서 치솟아 등 위로 줄줄 흘러내렸다. 너무 놀란 아마니는 바위에서 뛰어내려 낙타의 혹 위를 쳐다봤다.

수염을 길게 기르고 머리에 둥근 빵모자를 쓴 남자가 몇 분 전에 아마니가 번쩍이는 빛을 보았던 그 자리에 서 있었다. 그 사람 옆에 오마르의 나이쯤 돼 보이는 남자아이가 보였다. 갈색 곱슬머리를 아무렇게나 길게 기른 소년의 목에 검은 망원경이 매달려 있었다.

정착민이다. 그 소년이 영어로 "안 돼요! 아빠"라고 말하는 것 같았지만 그 뒷말은 알아들을 수가 없었다.

남자가 총을 들어 올리자 소년이 총을 잡으려고 손을 뻗는 게 보였다.

아마니는 더 이상 기다리지 않고 잽싸게 희망이를 들어 올림과 동시에 사헴에게 양들을 집으로 데려가라고 외쳤다. 사헴은 이미 큰 소리로 짖으면서 양떼를 봉우리에서 몰아내고 있었다. 아마니는 있는 힘을 다해 달렸다. 세 번째이자 어쩌면 마지막이 될지도 모를 총소리를 피해서 바위를 뛰어넘었다. 총에 맞지 않기 위해 지그재그로 달리는 것도 잊지 않았다.

비탈을 반쯤 내려와서야 아마니는 희망이를 내려놓았다. 너무 힘들어서 더는 안고 갈 수가 없었다. 둘은 급히 다른 양떼 뒤를 쫓았다. 그 남자가 협곡을 건너는 데 얼마나 걸릴까? 아, 총을 갖고 있었지? 숨을 곳은 올리브 과수원뿐이다. 이제껏 올리브나무들이 그렇게 멀게 느껴진 적은 없었다.

공포로 손발이 오그라든 아마니는 탁 트인 오아시스를 가로질러 뛰었다. 희망이도 옆에서 부지런히 따라왔다.

아마니는 올리브 과수원에 도착하자마자 나무 뒤에 숨어서 뒤를 돌아보았다. 따라오는 사람은 없었다. 아마니는 아직도 쿵쾅거리는 심장을 진정시키느라 가슴에 손을 얹었다. 올리브나무 가지들과 이파리들이 마치 방패처럼 아마니를 둘러쌌다.

올리브 과수원은 그늘이 져 몸을 피하기에 안성맞춤이다. 누군가가 쫓아오는 소리는 없었다. 들리는 건 점차 정상으로 돌아가는 아마니의 가쁜 숨소리와 우리로 들여보내기를 기다리는 양떼의 울음소리뿐이었다.

14장

큰엄마 파티마와 와르데가 베란다에서 저녁상을 차리고 있었다. 아마니의 엄마가 떠난 뒤 큰엄마는 아마니를 지나치다 싶을 정도로 자상하게 챙겨 주었다. 아마니가 아빠 옆에 자리를 잡자 큰엄마의 눈길이 계속 아마니에게 머물렀다.

"뭐가 잘못된 거니? 무슨 일이 있었구나, 그렇지?"

아마니는 무거운 마음으로 이스라엘 트럭들이 씨도의 봉우리에 도착했으며 그들이 울타리를 칠 자재를 실어 왔다고 털어놓았다. 그리고 깊이 숨을 쉰 다음 말을 이었다.

"검둥이가 정착민의 총에 맞았어요."

큰아빠가 벌떡 일어나더니 고함을 버럭 질렀다. 마치 폭탄이 터진 것 같았다.

"내가 그런 일이 일어날 거라고 했어, 안 했어? 빌어먹을 이스라엘 놈들!"

아빠가 큰아빠를 달래려고 애를 썼다.

"그들을 막을 수 없었다는 거 잘 알면서 왜 그래, 형? 저들은 그 봉우리가 아무도 살지 않는 땅이라고 주장할 거야. 이건 법정으로 끌고 갈 문제라고. 저들은 국제법을 어기고 있어."

"누구의 법정인데? 자기들의 법정이잖아! 돈과 시간만 내다 버리는 일이다. 그래 봤자 수없이 밀린 팔레스타인 토지 소유권과 관련된 소송 목록에 한 줄 더할 뿐이야. 안 돼! 우리한테 기회가 있는 지금 저들과 맞서 싸워야 한단 말이다!"

"어떻게, 형? 저들은 저렇게 완벽하게 무장하고 있는데?"

"코란에 우리를 파멸시키는 자들과 맞서 싸우라고 돼 있어. 우리에겐 레지스탕스 전사들도 있고 저격병도 있어. 저격병을 잘 숨겨 두고……."

"정착민을 죽이면 폭력이 걷잡을 수 없이 커질 거란 걸 알면서 그런 말을 하는 거야?"

아빠가 큰아빠의 말을 잘랐다. 아빠의 입에서 담배 연기가 뭉게뭉게 피어올랐다. 엄마가 떠난 뒤 새로 생긴 버릇이다.

"조금만 참아 봐, 형. 내가 시위를 계획하고 있는데, 도와주는 친구들이 있어."

"시위? 웃기지 좀 마."

큰아빠가 툭 내던지듯 말했다.

"이스라엘 놈들이 우리 항의에 끄떡이나 하겠냐? 조롱거리가 될 뿐이야. 듣자 하니 내일 고속도로를 포장한다던데 그 다음에는 남은 땅마저 모조리 뺏어 갈 거다. 사내라면 마땅히 자기 땅을 지킬 의무가 있는 거 아니냐? 최소한 정착촌을 둘러싼 벽이라도 폭파시켜야 속이 시원하겠다."

아빠의 목소리가 높아졌다.

"그게 무슨 소용인데? 폭파시키면 다시 지을 텐데. 게다가 벽을 다시 쌓기 전에 우리 모두를, 마을 사람 전부를 감옥에 처넣을 거야."

큰아빠는 우리에 갇힌 동물처럼 초조하게 이리저리 왔다 갔다 했다. 그러다 말고 갑자기 딱 멈춰 서더니 아마니를 가리키며 말했다.

"이제 양을 치는 일은 안 된다, 알아들었어?"

아마니는 공포에 사로잡혔다. 양을 잃을지도 모를 순간이었다.

"사헴도 있고……."

"개 한 마리가 무슨 대단한 도움이 된다고 그래? 그들이 마음만 먹으면 개를 먼저 쏴 버린 다음 양떼와 널 쏠 거다. 증언해 줄 사람도 없어. 있다고 해서 그게 뭐 그리 중요하겠냐마는. 올라가서 네 시체를 찾아오는 일은 없었으면 좋겠구나."

아빠가 심각하게 고개를 끄덕였다.

"그건 큰아빠 말이 맞다, 아마니. 위험을 무릅쓸 가치가 없는 일이야.”

“아빠까지 왜 큰아빠 편을 드는 거예요? 이 정도 컸으면…….” 아마니가 소리를 버럭 지르자 큰아빠가 맞고함을 쳤다.

“그래, 너 말 잘했다! 네가 딱 그 나이다! 네가 혼자 있는 걸 보면 군인들이 어떻게 해 버리고 싶은 생각이 드는, 딱 그런 나이란 말이다!”

분노에 찬 말들이 오가는 동안 날이 어두워졌다. 큰엄마가 일어서서 등불을 켰다. 역한 등유 냄새 때문에 식욕이 온 데 간 데 없이 사라졌다. 아마니는 팔짱을 꼈다.

큰아빠는 흔들림 없이 완고했다.

“트럭을 새로 사고 수로관도 갈아야 한다. 양을 팔지 않으면 안 돼.”

어떻게 하면 양을 구할 수 있을까? 아마니는 의견이 충돌할 때마다 자기를 인도해 주는 할아버지의 목소리를 들었다.

‘그의 권위를 존중해 줘라.’

큰아빠는 책임감을 느낀 게 틀림없다. 가족의 안전을 염려하는 것이다.

아마니는 깊게 숨을 쉰 다음 팔짱을 풀었다.

“큰아빠 말씀이 맞아요. 다시는 양떼를 산꼭대기로 끌고 가지 않겠다고 약속할게요. 절대로. 큰아빠 말씀이 틀린 거 하나도 없어요. 거긴 안전하지 않아요.”

그게 지키기 어려운 약속이라고 할 순 없었다. 어차피 며칠 내로 산봉우리를 빙 둘러 담장이 쳐질 테니까.

"대신 양떼를 안전한 곳으로 데려갈게요. 골짜기나 우리 집 위쪽으로요. 씨도의 봉우리엔 절대로 가지 않을 거예요. 약속해요."

큰아빠가 바지를 훽 끌어 올렸다.

"좋아. 양을 조금만 더 길러 보자. 맞서 싸우지 않으면 양이나 우리나 얼마 못 가기는 마찬가지니까."

큰아빠는 음식엔 손도 대지 않고 쿵쿵 소리를 내며 베란다를 떠났다. 나귀가 히히힝 울더니 이내 마을로 가는 길 위를 따각따각 걸어가는 발굽 소리가 났다. 큰엄마 파티마가 한숨을 쉬고는 커피를 끓이기 위해 부엌으로 들어갔다.

15장

아빠의 전화통화 소리에 잠에서 깬 아마니는 재빨리 옷을 입고, 골짜기 너머 할아버지 집으로 가는 아빠와 함께 집을 나섰다. 무에진이 첫 번째 기도 시간을 알리기 시작했다. 아마니는 씨도의 봉우리를 쳐다보았다. 누군가가 골짜기 위에 감옥을 지은 것 같은 기분이었다.

"오늘 시위를 할 계획이다."

아마니는 몇 주 만에 처음으로 아빠의 목소리에 생기가 도는 걸 느꼈다.

"뭘 한다고요?"

아마니는 이런 상황에서 그게 뭐 그리 흥분할 일인가 싶어서 되물었다. 피해는 이미 발생했다. 마을 사람들의 포도밭 한가운데가 30미터씩 도로용으로 잘려 나간 것이다. 이제 양쪽으로 턱없이 좁고 길어진 포도원에서 추수 때 트럭을 채울

만큼 포도를 따는 건 불가능했다.

"뭘 항의하는데요?"

아빠는 자기 생각에 너무 깊이 빠져서 아마니의 말투를 눈치 채지 못한 듯했다.

"오늘이 바로 도로포장을 시작하는 날이거든."

아마니는 잠을 깨웠던 아침의 전화통화 소리가 생각났다.

"허가는 받으셨어요?"

아빠가 껄껄 웃었다.

"허가보다 더 나은 게 있단다. 내 친구들이 카메라를 든 기자를 데려오기로 했거든. 난 지금부터 트랙터에 수레를 매달 거야. 너무 멀리 가지 마라."

양 우리로 간 아마니는 어미 양들에게서 받은 젖을 젖병에 담아 털이 부숭부숭하고 따뜻한 희망이를 팔에 안고 먹였다. 밤새 주리고 목이 말랐을 다른 양들은 문 앞에서 초조하게 아마니의 명령을 기다렸다. 아마니는 올리브 과수원을 지나 오아시스에서 물통을 채운 다음 씨도의 산에 등을 돌린 채 양치기의 지팡이에 몸을 기댔다.

사헴이 귀를 바짝 세우고 기다렸지만 아마니는 아무 신호도 보내지 않았다. 이 양들을 데리고 어디로 가야 할까? 아마니는 골짜기를 위아래로 훑어본 다음 자기 집 위쪽의 남쪽 비탈로 눈을 돌렸다. 그곳은 이미 이웃의 염소와 양이 차지하고 있었다. 아마니의 양까지 가기엔 풀이 너무 부족했다. 깨끗한 풀밭을 빼앗기고 나니 몇 마리 되지 않는 자기 양떼에게 풀을 뜯길 곳이 아무 데도 없었다.

아마니는 낮은 돌담 옆을 천천히 걸으면서 바위투성이 비탈을 쳐다보았다. 마음속에서 할아버지의 목소리가 들려왔다.

'거기로 가거라.'

그 길? 퍼두스로 가는 바로 그 길? 그런데 그 길이 어디에 있다는 거지? 돌담 위 비탈에는 바윗돌 외에 아무것도 없었다. 잠시 품었던 희망이 눈 녹듯 사라졌다. 아마니는 양들이 올리브 과수원 높은 단에서 풀을 뜯게 내버려 두었다. 트랙터 엔진 소리가 들릴 때까지.

가족들이 수레에 앉아서 아마니를 기다리고 있었다. 와르데가 자리를 옮겨 아마니가 앉을 자리를 내주었다. 수레가 덜컹거리는 바람에 다들 이리저리 넘어지며 깔깔거렸다. 아마니만 빼고.

"고속도로 건설 결사반대! 이 땅은 우리 땅!"

아마니는 큰아빠가 그런 구호를 외치는 바람에 소스라치게 놀랐을 때도 웃을 수가 없었다. 와르데는 손뼉을 치면서 자기 아빠와 함께 구호를 외쳤다. 큰엄마 파티마가 입에 손을 갖다 대더니 목 뒤에서 뻗어 나오는 고음의 트릴(혀와 목젖을 아주 빠르게 움직여 내는 높은 톤의 길고 떨리는 소리. 아랍 문화권 여자들이 결혼식 등의 경사가 있을 때 부르는 노래 속에 많이 들어 있다—옮긴이) 소리를 냈다. 뒤이어 할머니가 손뼉을 치며 구호를 외칠 때에야 비로소 아마니는 소리를 내 웃으면서 동참했다.

"나빌, 어서 와! 야사르 자네도!"

아빠는 밭에서 일하고 있던 남자 둘을 불렀다.

한 사람 한 사람, 마을 사람들이 일터를 떠나 트랙터 뒤의 대열에 합류했다. 마을에 도착하자 오래 된 돌집에서, 손바닥만 한 정원에서, 사원에서 사람들이 나와 시위대에 속속 들어왔다. 아빠는 왼쪽으로 돌아서 이제 제법 길어진 행렬을 농로를 통해 새로 난 고속도로 쪽으로 움직이게 했다.

아마니는 알칼릴을 향해 서쪽으로 굽은, 정착민의 고속도로가 포장된 부분을 보기 위해 몸을 돌렸다. 여러 대의 트럭과 땅을 고르는 기계가 보이고, 안전모를 쓴 인부들이 아스팔트를 깔고 있었다.

노란색 번호판을 단 차 두 대가 비탈 등성이에 주차돼 있었다. 남자 셋과 여자 하나가 아빠를 보고 손을 흔들었다. 남자 중 하나가 큰 카메라를 들고 비디오를 찍고 있었다. 두 남자는 빨간색 야구모자를 쓰고 있었는데, 아마니는 세 번째 남자를 보고 몸이 굳었다. 그의 머리 위에 이스라엘 정착민이 쓰는 둥근 빵모자, 키파가 얹혀 있었던 것이다.

아빠가 그들에게 손을 흔들며 외쳤다.

"샬람, 샬롬! 어서 와! 여기로!"

아빠는 포도원을 나와 자갈길로 트랙터를 몰았다. 그 앞이 바로 도로를 포장하고 있는 곳이었다. 긴 시위 행렬이 자연스럽게 고속도로 포장을 막는 인간 장벽이 되었다. 거기에 도착하자 아빠는 시동을 끄고 트랙터에서 뛰어내렸다.

야구모자를 쓰고 밭에서 일하던 아저씨와 아줌마, 역시 일하다 말고 장갑을 낀 채 뛰쳐나온 아저씨들과 사내아이들, 히잡(이슬람 여성이 머리와 상반신을 가리기 위해 쓰는 쓰개—옮긴이)을 쓴 아줌마들, 우는 아기들과 자기 엄마의 긴 치마 꼬리를 붙들고 아장아장 걷는 아기들도 대열에 합류했다. 제일 뒤, 십대 아이가 미는 손수레 안에는 나이 많은 할아버지가 앉아 있었다. 카메라를 들고 있던 아저씨가 사람들의 모습을 하나하나 사진에 담았다.

둥근 빵모자를 쓴 아저씨가 성큼성큼 걸어와 아빠를 껴안았다. 아빠 역시 그 아저씨를 안는 걸 보고 아마니는 엄청난 충격을 받았다.

아빠는 웃으면서 이스라엘 랍비에게 수레에 탄 가족들을 소개했다. 충격 때문에 말문이 막힌 아마니가 할 수 있었던 일은 고개를 약간 끄덕이는 것뿐이었다. 얼굴을 잔뜩 찌푸린 큰아빠는 그를 퉁명스럽게 대했다.

할머니만 일어서서 손을 내밀더니 그 랍비와 반갑게 악수했다.

"반가워요. 어렸을 때 내가 알칼릴에 살았는데, 랍비 한 분이 우리 집 근처 유대인 지역에 살았다우. 얼마나 좋은 분이었는지!"

아마니는 놀라서 아버지를 쳐다보았다. 아빠가 이런 시위를 조직했다니! 랍비 친구가 있었다니! 또 전화하면 바로 달려오는 친구들이 있었다니!

멀리서 짙은 녹색 군용 지프가 고속도로를 내려오고 있었다. 시위 참가자들은 박수를 치면서 한층 더 큰 소리로 구호를 외쳤다. 인부들이 공사를 중단하고 안전모를 쓴 남자들 역시 군인들 뒤로 모이는 것이 보였다.

군인들을 잔뜩 실은 지프들이 팔레스타인 사람들과 인부들 사이에 멈춰 섰다. 수레 가까이 멈춘 지프에서 길을 막은 행렬을 향해 10여 개의 총구가 나왔다. 땅에서 흙먼지가 일었다. 먼지가 가라앉자 지프에서 군인이 하나 내리더니 아마니 아빠에게 다가갔다.

의기양양하던 아마니의 기분이 두려움으로 바뀌었다. 아빠가 지도자라는 건 부인할 수 없는 사실이다. 아마니도 뉴스에서 팔레스타인 지도자들이 감옥으로 질질 끌려가는 걸 수도 없이 본 터였다.

그 군인은 체구는 작은데 어디서 그런 힘이 나오는지 목소리가 쩌렁쩌렁했다. 지휘관인 모양이다. 그는 나무랄 데 없는 아랍 말을 쓰면서 아마니 아빠의 가슴을 푹 찔렀다.

"시위 허가증 좀 봅시다."

"당신들 허가증부터 봐야겠소. 누구 허락을 받고 아랍 땅에 고속도로를 짓고 정착민을 이주시키는 거요? 당신네가 그런 일을 해도 좋다고 허락한 사람이 도대체 누구요?"

아빠 나이의 절반쯤 됐을까 싶은 그 장교에게선 어떤 질문도 용납하지 않겠다는 단호한 태도가 엿보였다. 그는 기자를 가리키며 영어로 소리를 질렀다.

"사진은 안 됩니다! 카메라 치워요!"

그런 뒤 장교는 아빠 뒤쪽으로 수레에 타고 있던 가족을 쳐다보았다. 그의 시선이 자기에게 닿는 순간 아마니는 부르르 몸을 떨었다. 마지막으로 할머니에게 시선을 고정한 장교는 다시 아랍 말로 이야기했다.

"여기서 즉시 떠나지 않으면 당신들 전부 감옥에 넣을 것이오. 저분이 당신 어머니인가? 난 당신들 어머니라는 사람들이, 자기 아들이 무고한 사람들을 폭탄으로 날려 버릴 때 기뻐 날뛰는 걸 수도 없이 보았소. 도대체 어머니라는 사람들이 어떻게 그런 짓을 할 수 있는지……. 따라서 난 당신네 어머니들에게조차 일말의 동정심도 없소. 당신 어머니부터 먼저 감옥에 집어넣고 말 테니 그리 아시오."

순간 아마니의 마음속에서 분노의 불길이 확 치솟았다. 자기가 뭐라고 감히 할머니를 모욕한단 말인가?

아마니는 할머니에게 고개를 돌렸다.

"두려우세요?"

할머니가 고개를 저었다.

"난 살 만큼 산데다 쉬지 않고 기도해 왔다. 저런 사람이 떼로 몰려온다고 내가 눈 하나 깜짝할 줄 아냐?"

"그럼 우리, 아빠 옆에 가서 서요."

아마니는 할머니가 수레에서 내릴 수 있도록 부축했다. 할머니의 키는 장교보다 훨씬 작았다. 할머니는 그가 못된 개구쟁이라도 되는 것처럼 올려다보면서 연신 손가락을 흔들어댔다.

"내 아들한테 그런 식으로 얘기하다니! 그 말버릇부터 고치시우."

아마니가 보기에 할머니가 자기 몸으로 낳고 기른 아들의 이름을 잊어버린 게 틀림없었다. 하지만 그런 게 뭐 그리 중요하겠는가?

"얘는 내 손녀고, 여긴 내 마을이오. 날 감옥으로 데리고 갈 테면 가 보시우. 대신 당신들 때문에 너무 피곤해서 서 있을 수 없으니 날 끌고가려면 앉은 채로 데려가야 할 게요."

할머니는 말을 끝냄과 동시에 땅에 털썩 주저앉았다. 아마니는 그 지휘관을 쳐다본 뒤 용기가 사라져 버릴까 봐 "나도요"라고 말하면서 얼른 할머니 옆에 앉았다.

그러자 큰아빠와 큰엄마, 와르데도 차례로 수레에서 내려와 그 옆에 양반다리를 하고 앉았다. 빨간 야구모자를 쓴 손님들을 포함해서 마을 사람 모두 한마디 말도 없이 그 옆에 따라 앉았다. 아빠가 맨 마지막으로 앉았는데 그 지휘관이 발을 들면 닿을 만큼 가까운 거리였다.

마지막까지 서 있던 사람은 랍비였다. 그는 아무 말 없이 땅바닥에 주저앉은 수동적인 시위대 쪽을 향해 몸짓을 하면서 장교와 히브리 말로 이야기를 나눴다. 그 장교의 눈에서 차츰 분노의 빛이 사라졌지만 돌처럼 딱딱하게 굳은 표정까지 바뀌지는 않았다. 곧 장교와 이야기를 끝낸 랍비도 아빠 옆에 앉았다.

기자는 이 모든 과정을 말없이 사진으로 기록했다. 장교가 그를 못 본 척했거나 명령을 내리느라 너무 정신이 없어서 내버려 두었거나 둘 중 하나였을 것이다. 인부들과 군인들은 자기들이 타고 온 차로 걸어갔다.

"앉아 있으시오. 앉아 있고 싶다면 마음껏 앉아 있어요. 건설을 방해하는 팔레스타인은 누가 됐건 내일은 총살이니까. 여긴 안전지대란 걸 알아 두시오."

마지막 지프가 떠나자 시위대가 모두 일어서서 환호성을

질렀다. 아마니의 큰엄마 파티마가 고음의 트릴 소리를 내자 처음에는 아마니와 와르데가, 나중에는 모든 여자들이 큰엄마를 따라했다. 다들 안도감에 웃으며 서로를 껴안았다. 사람들은 소규모로 나뉘어 다음엔 뭘 해야 할지 얘기하느라 왁자지껄했다. 아빠와 랍비는 여기저기 다니면서 모두와 이야기를 나누었다.

잠시 후 사람들이 하나 둘 자리를 떴다. 다시 일상으로 돌아갈 시간이다. 사람들이 흩어지는 걸 보고 싶지 않았던 아마니는 와르데와 와르데의 외사촌 라자 곁에 머물렀다. 그리고 아빠와 랍비에게 그 장교가 했던 말을 하나도 빼놓지 말고 아랍 말로 통역해 달라고 졸랐다.

"그 장교도 명령에 따르는 것뿐이야. 그에겐 고속도로를 보호할 책임이 있는 거지."

큰아빠는 주먹을 쥐고 손을 흔들어댔다.

"그놈이 날 건드렸다면 턱을 부숴 버렸을 텐데."

"군인을 건드려선 안 돼, 형!"

아빠의 말에 랍비가 고개를 끄덕였다. 아마니는 빨간 야구모자를 쓴 평화주의자, 기자와 차례로 악수했다. 그리고 기분이 아주 이상하긴 했지만 랍비와도 손을 잡았다. 랍비가 아마니를 보고 웃었는데 눈이 연한 푸른색이었다.

수레 뒷자리, 와르데와 라자 옆에 꽉 끼어 앉은 아마니는 지나가던 굼벵이를 보고 깔깔거리면서 점차 즐거운 분위기에 동화되었다. 그러다 멀리서 쇠사슬처럼 보이는 철조망이 씨도의 봉우리를 에워싼 것을 발견했다. 위쪽이 철조망으로 둘린 봉우리는 마치 가시관을 쓴 것처럼 보였다.

"이렇게 멋진 결혼식은 내 평생 처음이다!"

느닷없는 할머니의 말에 배꼽을 잡고 웃던 가족들은 하도 웃어서 눈물까지 찔끔거렸다. 시선을 멀리 던진 아마니의 눈에서도 눈물이 흘렀지만 아마니의 울음은 웃음 끝의 울음이 아니었다.

저녁을 먹은 뒤 아마니의 아빠는 큰집 식구들과 할머니 집 베란다에서 함께 자자고 제안했다. 반대하는 사람은 없었다. 큰아빠도 그날은 나귀를 타고 나가지 않았다. 아빠는 오마르와 엄마에게 전화를 걸어 그날 있었던 시위에 관해 얘기했다.

아마니는 어둠 속에서 아빠의 말을 반쯤 들었다. 이스라엘 정착민들이 씨도의 봉우리를 둘러친 담 뒤에 마을을 만들 거라 했다. 그들은 어떤 사람들일까? 검둥이를 쏘았던 그 아저씨와 같은 사람들일까?

아마니는 정착민 아저씨와 함께 있던 그의 아들을 떠올렸다. 그 소년이 자기 아빠한테 뭐라고 소리쳤는지 이해할 수 있다면 얼마나 좋을까? 자기 아빠가 총을 쏘지 못하게 하려는 것 같았는데……. 새로 이웃이 된 그들이 영어로 이야기

한다면, 그리고 아마니가 그들에게서 자기 양떼를 지키려 한다면 영어를 익혀 둬야 했다.

아빠가 아마니에게 전화를 가져다주었다. 엄마의 목소리는 언제 들어도 좋았다.

"결정을 내렸어요, 엄마."

"무슨 결정?"

"아부시 선생님한테 영어를 배울 거예요."

아마니는 자신의 목소리가 자기와 엄마 사이에 놓인 바다를 건너가는 동안 파도 소리와 함께 엄마의 입이 떡 벌어지는 소리를 들은 듯했다.

"학교에 다니기로 마음먹었다고요!"

16장

아마니는 계단식 올리브 과수원을 한 층 한 층 올라가면서 양떼가 먹이가 되는 거라면 뭐든 뜯어 먹을 수 있도록 천천히 움직였다. 한참 건기인 여름이라 발밑에선 푸석푸석 먼지가 일었다.

아마니는 낙타의 혹 아래 담 밑으로 걸었다. 할아버지가 펴두스는 낙타의 혹 너머 어딘가에 있다고 했다. 아마니의 조상은 작은 고원에서 바윗돌을 옮겨 와 조심스럽게 다듬고 긴 담을 쌓았다. 혹시 그 너머에 있는 길을 감추려고 담을 쌓은 건 아닐까?

양들이 목이 말라 매 울면서 긴 물통 주변으로 몰려들었다. 물통에 물을 채운 뒤 담 옆으로 되돌아간 아마니의 시선은 바위투성이 비탈길에 머물렀다. 그곳을 지나간 것만 해도 수천 번이고, 지나갈 때마다 모든 각도에서 그곳을 살펴보았지만 어디서도 길을 찾을 수 없었다.

바로 앞의 땅 위에 눈 지 얼마 안 된 커다란 똥이 놓여 있는 걸 본 아마니는 그걸 보지 않으려고 시선을 돌렸다. 사실 아마니의 신발은 워낙 낡아서 뭘 밟든 별로 신경 쓸 필요가 없었다. 크고 작은 양의 배설물이 여기저기 말라붙어 있었다.

두 발자국 앞, 전에 없던 뭔가가 아마니의 시선을 사로잡았다. 아마니는 조그맣고 둥근 배설물을 살펴보려고 무릎을 굽혔다. 대부분이 털과 뼈뿐이었다. 하얀 배설물은 일주일 정도 된 것 같았다. 늑대가 오아시스에 왔다 간 흔적이다.

아마니는 그 덩어리 앞쪽 담을 유심히 살폈다. 벽을 이룬 바윗돌들은 아주 오래 전부터 그곳에 있었고 모르타르와 압력에 의해 견고하게 붙은 상태였다. 압력은 오마르 오빠가 물리를 가르쳐 줘서 알게 된 것이다.

아마니는 담 위에 지팡이를 놓은 뒤 그 위로 기어 올라 평평하지만 거친 담 위에 쭈그리고 앉았다. 아마니를 따라 올라오려고 폴짝 뛴 희망이가 실패하자 울었다. 희망이는 너무 작아서 어림도 없었다. 아마니가 손을 뻗어 희망이를 담 위로 끌어 올렸다.

"바보! 이왕 여기 올라 왔으니 길이나 좀 찾아봐."

아마니는 비탈 쪽으로 몸을 기울였다가 팔다리를 개구리처럼 쫙 벌리고 바위를 기어올랐다. 반드시 퍼두스로 가는 길을 찾고 싶었다.

처음에는 아마니 옆에 있던 희망이가 어느 새 앞으로 뛰어가더니 몇 개의 바윗돌을 넘어 어딘가로 훌쩍 사라져 버렸다.

"희망아?"

몸은 보이지 않는데 희망이가 비탈 어디선가 매 울었다.

아마니는 희망이가 사라진 곳으로 기어올라 바위 너머를 바라보았다. 놀랍게도 바위 사이로 공간이 하나 보였다. 동물이 드나들기에 딱 알맞은 크기였다. 아마니가 애타게 찾던 바로 그 길이었다. 아래에선 전혀 보이지 않던 좁은 길이 낙타의 혹 남쪽을 향해 마치 유령처럼 봉우리를 휘감고 올라갔다.

아마니는 첫 번째 모퉁이에서 길과 희망이를 동시에 놓쳤다. 아마니의 심장이 쿵쿵 뛰었다.

"기다려, 희망아! 우리도 곧 갈 테니까!"

아마니는 잔뜩 흥분해서 지팡이를 찾으러 일단 담으로 기어 내려온 다음 사헴더러 양들을 데리고 오라고 소리쳤다.

"빨리 빨리!"

양들은 차례차례 담 위로, 바위 위로 뛰어오르더니 이내 바위 틈으로 모습을 감추었다. 사헴이 그 뒤를, 마지막에 아마니가 따라갔다.

바위들은 아마니의 허리 높이에 닿았다. 그 길이 진짜로 있다는 사실이 믿기지 않았다. 뒤를 돌아본 아마니는 양쪽으로 돌담의 꼭대기를 볼 수 있는지 다시 확인했다. 그 아래로 오아시스가, 그 한쪽 끝에 양들을 먹이는 물통이, 다른 쪽에는 올리브 과수원이 변함없이 그 자리를 지키고 있었다.

올라가는 길은 좁고 가팔랐다. 계속해서 동쪽으로 난 길은 낙타의 혹 남쪽 면을 휘감고 돌았다. 남쪽으로 돌아가는 길을 따라가니 이스라엘의 고속도로가 한눈에 들어왔다. 그곳에서는 뒤를 돌아봐도 오아시스가 보이지 않았다.

순간 길이 넓어졌다. 길이 구부러지는 바람에 앞서 간 양떼를 볼 순 없었지만 양떼의 울음소리와 사헴이 짖는 소리가 들려왔다.

얼마나 올라왔지? 30분? 아니면 그보다 더 오래됐는지 모른다. 쉴 새 없이 걸어가자 비탈의 경사가 좀 완만해지더니 마침내 바위가 없는 곳에 이르렀다. 아마니 뒤로 낙타의 혹에서 불룩 솟은 부분이 씨도의 봉우리를 가리고 있었다.

평평한 땅에 이르니 더 이상 길이 없었다. 양들은 그곳에서 평화롭게 풀을 뜯었다.

아마니는 비로소 안도의 숨을 내쉬면서 사헴의 등을 살짝 토닥여 주었다.

"잘했어, 사헴!"

먼지가 풀풀 날리는 황량한 봉우리들이 긴 고원의 지평선 위로 불룩 솟아 있었다. 새로운 세상이 열린 느낌이었다.

이른 아침, 동쪽에서 해가 벌겋게 타올랐다. 해가 떠오르는 모습은 골짜기에서 보던 것과 마찬가지로 장관이었다. 이곳 역시 메마르긴 골짜기와 다를 바 없지만 그곳보다는 더 많은 풀이 자라고 있었다. 아마니는 할아버지의 지팡이를 꼭 붙잡았다. 손가락 사이의 나무결이 확신을 주듯 친숙하게 느껴졌다.

"사헴, 네 생각은 어때? 어느 쪽으로 갈까?"

사헴이 꼬리를 흔들며 짖었다.

"동쪽? 그래, 내 생각하고 똑같구나!"

아마니는 그 고원의 끝에 있는 바위투성이 봉우리 쪽으로 양들을 몰고 갔다.

북쪽을 바라보는 가장자리를 따라 자란 풀밭은 그늘이 져서 강렬한 햇빛으로부터 보호받았다. 아마니가 그 그늘에 앉아 있는 동안 양들은 한 시간 내에, 지난 일주일 내내 먹었던 것보다 더 많은 풀을 뜯어 먹었다.

아침나절이 할아버지가 살아 있던 때처럼 편안하게 지나갔다. 양떼를 몰고 좀 더 울퉁불퉁한 비탈길 아래 도착한 아마니는 그곳에서도 양들이 마음껏 풀을 뜯어 먹도록 내버려 두었다. 곳곳에 거대한 바위가 긴 발코니처럼 비탈길에 쑥 튀어나와 있었다.

그 바위틈 그늘에 야생 당근이 자라고 있었다. 야생 당근꽃은 여름꽃 중에서 엄마가 가장 좋아하는 꽃이다. 아마니는 바위틈을 오르내리며 조심스럽게 꽃을 따서 꽃다발을 만들었다.

그 바위틈이 끝나기 바로 전에 아마니는 바위로 이루어진 천연 계단을 발견했다. 계단은 그 발코니의 한쪽으로 나 있었다.

사헴이 아마니를 보고 짖자 아마니가 사헴더러 양들을 데리고 거기서 기다리라고 명령했다.

가파르긴 해도 오르기엔 그리 어렵지 않았다. 마지막 계단을 오르니 헉하고 숨이 멈췄다.

그 발코니 뒤로 자그마한 산 모양의 풀밭이 있었는데 풀이 무성한데다 새파랬다. 그 위로 샘에서 콸콸 쏟아져 나온 물이 개울이 되어 흐르고, 발코니 앞쪽에 있는 땅으로도 물이 흘러나왔다.

그 위의 바위 언덕에는 살아 움직이는 거라고는 아무것도 보이지 않았다. 그런데 풀밭을 두 번이나 샅샅이 훑던 아마니의 두 눈이 순간 두려움으로 한층 커졌다. 멀리 길게 자란 풀 속에 어떤 남자가 아마니에게 등을 돌린 채 누워 있었다. 칙칙한 푸른 티셔츠 때문에 어깨가 풀숲에 가렸지만 청바지의 독특한 색이 아마니의 시선을 확 사로잡았다. 남자의 거친 갈색 머리가 덥수룩했다.

젊은 남자? 그렇다면 그 정착민의 아들?

소년은 땅 위에 몸을 딱 붙이고 누워 망원경을 잡고 풀밭 너머의 바위산을 관찰하고 있었다.

뭘 저렇게 유심히 보는 거지? 다른 정착민도 이 길을 알고 있는 걸까? 저 애는 퍼두스로 오는 길을 어떻게 찾은 거지?

그런 생각 끝에 아마니는 아까 희망이가 보이지 않는 길로 사라졌을 때 자기가 희망이를 얼마나 큰 소리로 불렀는지 기억해 냈다. 씨도의 봉우리에 있던 사람이라면 자기를 찾아내는 건 식은 죽 먹기였을 것이다.

그 소년도 큰 소리로 외치는 자기를 발견하고 뒤를 따라온 게 틀림없었다. 그런 뒤 자기가 안심하고 양떼에게 풀을 뜯기는 동안 눈에 띄지 않게 살짝 퍼두스로 왔을 것이다.

조심성이 없었던 자신에게 너무 화가 난 아마니는 자기도 모르게 큰 소리로 끙끙거렸다. 그러자 그 소년이 갑자기 고개를 홱 틀면서 버둥거리더니 자리에서 일어나 영어로 뭐라고 소리를 질렀다. 아마니는 손에 들고 있던 꽃다발을 내팽개치고 냅다 달아났다. 그 길이 소년의 아버지가 총구를 겨눈 길이 아니기를 기도하면서…….

17장

"빨리 해, 아마니!"

아마니가 아직도 양 우리에 있는 것을 보고 다급해진 와르데가 세 번째로 고함을 버럭 질렀다. 그러거나 말거나 아마니는 희망이에게 병 속의 젖을 마지막 한 방울까지 다 먹이고서야 자리에서 일어났다.

역사적인 아마니의 첫 등교일은 그다지 순조롭지 않았다. 와르데 언니와 라자 언니는 왜 저렇게 서두르는 거야? 아마니가 우리 문 앞으로 달려가는 걸 본 양들이 아마니 주변으로 몰려들었다. 자기들을 버리고 간다고 비난하는 것 같았다.

"오후에 돌아올게."

아마니는 미끄러지듯 우리를 빠져나오면서 문에 걸쇠를 걸었다.

"아빠가 일하는 동안 너희들이 밭 근처에서 풀을 뜯게 해 주실 거야. 학교 갔다 오면 퍼두스로 데려다 줄 테니까 기다려."

어제 아마니는 고원을 가로질러 바위 틈으로 난 길을 통해 도망쳤다. 그런데 그 길은 긴 담벼락 위에서 갑작스레 끝나 버렸다. 그 앞쪽으로는 큰 바윗돌 틈을 수많은 작은 돌들이 가득 메우고 있었다. 아마니는 아래쪽에 있는 바위로 기어서 내려온 다음 희망이가 담 위로 내려오도록 도와주었다. 그렇게 해서 다들 안전하게 집으로 돌아올 수 있었다.

하지만 다음번에는 더 조심해야 한다. 조용하고 민첩하게 행동하지 않으면 안 된다. 망원경을 든 남자애와 다시 맞닥뜨리고 싶은 생각은 추호도 없으니까.

서둘러 학교로 가는 산을 오르는데 와르데가 아마니의 생각을 방해했다.

"그렇게 늑장 부리면 내일부터는 라자하고 나만 먼저 가 버릴 테니까 그렇게 알아."

아마니 기억으론 라자가 매일 새벽에 마을길을 걸어 와 와르데를 부르고는 늘 둘이서 골짜기를 가로질러 아마니의 집 위에 있는 길을 따라 학교로 갔다.

아마니는 양치기 소녀가 혼자 학교에 가는 모습을 상상해 보았다. 과연 자기가 답답한 건물 속에서 하루 종일 견딜 수 있을지 의문이었다.

"저 양이 엄마가 없어서 매일 아침 병에 젖을 담아 먹여 줘야 해서 어쩔 수 없었어."

"제발 촌스런 시골뜨기 짓 좀 그만둘 수 없어?"

와르데가 신경질을 부렸다.

"누가 양 얘기 듣고 싶댔어?"

와르데가 빠른 속도로 걷는 바람에 세 사람은 먼지가 풀풀 날리는 길이 정상에 다다를 때까지 말없이 걷기만 했다. 작은 아파트와 집들 앞에 있는 시멘트 길로 접어들자 와르데의 잔소리가 다시 시작되었다.

"히잡 좀 제대로 써 봐."

"학교에서 남자애하고 단둘이 이야기하면 큰일 나."

이번에는 라자가 거들었다.

내가 왜 학교에 오겠다고 했지? 왜 그렇게 바보 같은 생각을 했을까? 아마니는 자신의 결정이 후회스러웠다.

"그리고 내일 아침에는 더 조심스럽게 걷는 게 좋겠어. 너한테서 양 냄새가 난단 말이야."

"매에에에에!"

"제발 분위기 파악 좀 해!"

적응하라고? 어떻게? 난 양치기인데?

학교 운동장에 도착하자마자 열두어 명의 여자애들이 우르르 몰려와 와르데와 라자를 둘러싸며 견고한 벽을 쌓았다. 아마니는 어떻게 그 벽 안으로 들어갈지 감을 잡을 수 없었다. 벽 바깥에서 그들의 이야기를 간간히 들으면서 자기가 마치 부모 없는 양이 된 기분이었다.

"저 애가 양치기야?"

"너 아이팟 새로 샀구나?"

"대학에 지원하는 거 너희 아버지가 허락하신대?"

마지막 질문은 와르데를 향한 것이었다. 와르데는 친구들에게 나지막한 소리로 대답하기 전에 아마니를 슬쩍 쳐다보았다. 잘난 척하기로는 둘째가라면 서러워할 천하의 와르데라도 자기 아버지를 거역하는 건 상상하기조차 어려웠을 것이다.

와르데 언니는 정말로 대학에 가고 싶은 걸까, 아니면 친구들에게 깊은 인상을 주기 위해 거짓말하는 걸까?

아침 수업인 수학과 과학 시간은 물 한 모금 마실 수 없는 뜨거운 날처럼 지루하게 이어졌다. 아마니 반의 여자아이는 아마니까지 모두 14명인데 다들 호기심 어린 눈으로 아마니를 힐끗거렸다. 아마니는 뒷자리에 앉아서 선생님들의 질문에 최선을 다해 대답했다. 양치기 소녀는 모두에게 좋은 인상을 주고 싶었다.

점심 시간, 같은 반 아이들이 바깥으로 나가 둥글게 모여 앉더니 왁자지껄 떠들며 집에서 싸온 도시락을 먹기 시작했다. 13명의 아이들이 아마니를 등지고 단단한 벽을 만들고 있었다.

"……쟤는 좀 잘난 척하는 것 같더라."

속삭이며 이야기했지만 아마니가 듣지 못할 만큼 작은 소리는 아니었다.

아마니의 뺨이 벌겋게 타올랐다. 그래, 내가 저 애들에게 깊은 인상을 준 건 틀림없구나. 기대했던 방향이 아닌 게 문제지.

그들이 입을 다물기에도, 아마니가 끼어들기에도 너무 늦었다. 설상가상 아마니는 도시락을 챙겨 오는 걸 깜빡했다. 그렇다고 와르데에게 같이 먹자고 할 마음은 조금도 없었다.

배에서 꼬르륵 소리가 났다. 영어를 배우고 싶다는 간절한 소망이 없었다면 아마니는 그대로 집으로 돌아갔을지도 모른다.

영어 시간, 아마니는 자리에 앉아서 아부시 선생님이 교실로 들어오는 모습을 바라보았다. 히잡을 쓰지 않은 아부시 선생님은 검은 머리카락을 둥글게 말아 핀으로 단정하게 꽂았다.

선생님이 입을 여는 순간 아마니는 다시 마음이 불편해졌다. 영어 시간에 아랍 말을 사용할 수 없다는 얘기를 제외하고는 자그마하면서도 에너지가 넘치는 아부시 선생님의 입에서 나오는 말을 단 한 마디도 이해할 수 없었기 때문이다.

반 아이들이 하나씩 앞에 나가 여름방학 동안 한 일들을 이야기하면 나머지 아이들이 질문했다. 아마니는 희망이 약간 되살아나는 걸 느꼈다. 아이들의 말은 완벽하게 이해할 수 있었다. 아빠가 영어로 말할 때와 비슷했기 때문이다. 말하다 낄

낄거리고, 더듬고, 아주 적은 동사를 쓴다는 점만 빼면.

아부시 선생님은 반 아이들의 말을 일일이 고쳐 주면서 정확한 단어나 말을 따라 하게 했다. 아마니는 열심히 집중하며 선생님의 말을 조용히 따라 해 보았다. 엄마와 함께한 음악 시간 같았다.

그러다 어떤 아이 차례가 됐는데, 아마니는 자그마한 아이의 불안한 움직임을 보고 새가 떠는 것 같다고 느꼈다.

"내 이름은 수아드. 전…… 가요."

"'갔어요' 라고 해야지, 수아드. 어딜 갔었니? 과거형을 써서 말하렴."

"전…… 아무 데도…… 안 갔어요."

반 아이들이 깔깔거리자 수아드도 씩 웃었다.

"전…… 아버지를 도와요. 아니, 도와써요."

"'도왔어요' 라고 말해야지. 지난 학기에 배운 걸 다 까먹었구나? 날 따라 하렴. 도왔어요."

선생님은 과거형을 과장되게 또박또박 발음했다.

아마니는 새로운 말을 몇 번이고 중얼거렸다.

"뭘 도왔니, 수아드?"

수아드가 양손을 작고 빠르게 움직이면서 공중에 네모를 만들더니 그 안에 뭔가를 집어넣는 동작을 했다.

"아! 아버지를 도와서 물건을 쌌다는 말이구나?"

"아버지를 위해 물건들을 쏴요."

"'쏴요'가 아니라 '싸요'라고 해야지."

선생님은 그 두 단어를 천천히 말하면서 칠판에 적었다. 아마니는 선생님의 그런 모습을 보니 피아노에서 비슷한 음계를 치면서 음계의 이름을 맞춰 보라던 엄마가 떠올랐다.

"이제 그걸 과거형으로 쓰고 발음도 정확히 해서 다시 말해 보렴."

"아버지를 위해 물건들을 쌌어요. 정착민들이 유리창을 깨요. 정착민들이 가게에 나쁜 말을 써 놓아요. 관광객들이 안 와요. 아버지가 가게를 닫아요. 아니, 닫았어요."

아부시 선생님이 손을 내밀어 수아드의 손을 부드럽게 쥐었다.

아마니는 수아드가 안됐다고 생각하면서 외로움이 조금이나마 가시는 걸 느꼈다. 정착민의 횡포를 아는 사람이 나 말고도 또 있구나.

"고맙다, 수아드. 앉아도 좋아. 오늘 새로 온 학생은 맨 마지막에 말하는 게 좋겠지? 우선 너희들이 말하는 걸 들으면 말하기가 더 쉬울 거야. 모두 새로 온 친구에게 친절하게 대했으리라 믿는다. 마호메트께서 친절에 관해서 뭐라고 하셨는지 다들 알고 있겠지?"

아마니는 아부시 선생님의 말끝이 올라가지 않았다면 그 짧은 이야기가 질문이었다는 것조차 알지 못했을 것이다. 선생님의 말 속에는 아마니가 이해할 수 없는 단어가 너무 많았다.

마침내 선생님의 시선이 아마니에게 향했다. 다른 아이들도 마찬가지였다. 이제 아마니가 자신을 소개할 차례였다. 아마니는 도살장에 끌려 온 동물이 된 기분이었다.

책상 쪽으로 잔뜩 움추린 아마니는 하얗고 검은 바닥 타일을 노려보았다.

"자, 수줍어할 필요 없어. 우린 다들 kind하단다."

kind라니? 그게 도대체 무슨 말이지? 사전을 가져올걸. 아마니는 순간 바보가 된 느낌이었다. 모두 자기를 지켜보며 기다리고 있었다.

자존심이 아니었더라면 아마니는 자리에서 일어나지 않았을 것이다. 그리고 그 자존심이 아마니를 교실 앞으로 내보내는 힘을 발휘했다. 그랬는데도 정면을 쳐다볼 용기가 나지 않았다.

냄새가 나면 어떡하지? 아까 나더러 잘난 척한다고 했잖아. 발음이 이상하다고 비웃으면 어떡하지?

"네 이름부터 말해 줄래?"

"아마니 라힘이요."

아마니가 우물거렸다.

"좋아. 영어를 잘 알아듣는구나. 그렇지, 아마니?"

아마니는 다른 아이들 앞에서 아부시 선생님의 칭찬을 막아 보겠다는 듯 고개를 저었다. 그 모습을 본 반 아이들이 깔깔대고 웃었다. 우울한 기분으로 아마니는 고개를 들었다. 다이알라라는 예쁜 아이만 빼고 모두 미소를 짓고 있었다.

내가 우스운 얘기라도 한 건가? 아니면 너무 바보 같았나?

"영어를 알아들을 수 있지, 아마니?"

아부시 선생님이 부드럽게 물었다.

"약간요."

아마니가 엄지와 검지를 약간 벌려 들어 올리면서 대답했다.

"예전에 네 오빠를 가르쳤는데, 네가 몇 년간 집에서 교육받았다고 들었다. 어떻게 학교에 오게 됐는지 말해 줄래?"

말이 왜 이렇게 빠른 거야?

아마니가 당황한 얼굴로 선생님을 쳐다보자 선생님이 천천히 다시 말해 주었다.

"오늘 왜 학교에 오게 됐니?"

이제 말이 그다지 빠르게 느껴지지 않았지만 동사가 전혀 생각나지 않았다. 애꿎은 분필만 쳐다보던 아마니는 갑자기 칠판에 씨도의 봉우리와 낙타의 혹을 그렸다.

"씨도가……"

"할아버지라고 해야지."

선생님이 말을 고쳐 주었다.

"이 수업 중에는 영어만 써야 해."

"할아버지…… 할아버지의 산. 지금은 아니고……."

모든 영어 단어가 깊고 깊은 뇌의 동굴 속으로 꼭꼭 숨어 버린 것 같았다. 아마니는 좀 더 낮고 편평한 봉우리 주변에 울타리를 그린 다음 둥근 빵모자를 쓰고 총을 든 남자를 그려 넣었다. 아부시 선생님이 슬픈 표정으로 고개를 끄덕였다. 반 아이들도 비슷한 표정을 지었다.

"정착민들."

아부시 선생님이 단어를 말해 주었다.

"정착민들."

아마니는 선생님의 발음을 똑같이 따라 했다.

"정착민들이 와요. 정착민의 울타리. 정착민들이 우리 할아버지의 산을 빼앗았어요. 난 할아버지의 산을 사랑해요."

아마니가 양을 한 마리 그렸다.

"내 양."

여자애도 하나 그리고는 양과 여자애와 자신을 가리켰다. 왜 지금 그렇게 중요한 영어 단어가 생각나지 않는 걸까?

"네가 양치기란 말이지?"

선생님이 웃으면서 말했다.

"오마르가 말해 줘어."

"양치기. 맞아요."

아마니는 뺨이 달아오르는 걸 느꼈다. 양에 관해서는 입도 벙

곳 말라던 사촌의 말이 생각났지만 어떻게 그럴 수 있겠는가?

"전 양치기예요. 정착민이 제 양을…… 한 마리 죽여요. 정착민은 영어를 써요. 난 영어가 필요해요. 그들을 말려야 하니까요."

아무도 웃지 않았다. 교실에 침묵이 흘렀다. 수아드의 눈이 축축해졌다. 알리아도, 다나, 하니아도 마찬가지였다.

아이들은 아마니에게 엄청나게 많은 질문을 해댔다. 아마니 양들의 이름이 뭔지, 아마니가 가장 아끼는 양이 있는지, 방과 후에 아이스크림 먹으러 갈 시간이 있는지, 만날 시간을 낼 수 있는지 등등.

그날 밤 아마니는 그 어느 때보다 행복한 기분으로 잠이 들었다. 겨우 하루 사이에 그렇게 많은 걸 알게 될 줄은 몰랐다. 영어뿐만 아니라 다른 여자애들과 와르데에 대해서까지 새로운 사실을 알게 돼 가슴이 뿌듯했다.

아마니는 다음 날 아침 자기가 왜 그렇게 서둘러 학교 갈 준비를 끝냈는지 설명할 때 와르데 언니의 눈이 왕방울만큼 커지는 모습을 상상하고 빙그레 웃었다. 내일 수업이 시작하기 전에 아이들과 만나기로 약속한 게 그 이유였다. 아이들이 루마니아가 이 마을로 오게 된 사연을 듣고 싶어 했기 때문이다.

18장

가을이 되면서 낮이 점점 짧아진 대신 아마니가 구사하는 영어 문장은 점점 더 길어졌다. 반 아이들은 아부시 선생님의 발음을 그대로 흉내 내는 아마니의 영어 실력에 무척 놀랐다. 유독 다이알라만 아마니를 쌀쌀맞게 대했는데 다른 아이들이 이제까지 다이알라가 반에서 최고였는데 아마니가 그 자리를 차지해 버려서 그렇다고 이야기해 주었다.

오마르와 엄마에게서 전화가 오면 아마니는 학교와 새로 사귄 친구들에 대해 한참 수다를 떨다가 마을에 별 일 없냐는 질문을 받을 때에야 비로소 아빠에게 전화를 건네주었다.

하루하루가 즐거웠지만 학교에서 집으로 걸어오는 일을 피할 수는 없었다. 포장한 인도가 끝나고 비포장 길이 산으로 꺾인 뒤 어느 지점에 이르면 마을 전체가 아마니의 눈앞에 펼쳐졌다. 어느 날인가 할아버지 집과 아마니네 앞, 길 끝에 거친 돌무더기가 쌓이고 노란 번호판을 단 차들이 정착민들의 고속도로를 질주하기 시작했다.

이스라엘 사람들이 씨도의 산꼭대기에 도로를 건설하고 구멍을 판 다음 임시 주택과 임시 거처를 세우고 있었다. 차들이 드나들더니 나중에는 번쩍거리는 대형 버스도 왔다 갔다 했다. 등에 가방을 멘 아이들이 학교에서 돌아오는지 버스에서 내리는 게 보였다.

그때부터 한밤중에도 씨도의 산봉우리에서 비치는 밝은 불빛 때문에 아마니 가족들은 깊이 잠들지 못했다. 자다 깬 아마니는 창밖으로 철조망 울타리를 올려다보다가 몸을 돌려 담요를 머리 위로 뒤집어쓰고 양떼를 퍼두스로 모는 모습을 상상하면서 잠을 청했다.

학교가 파한 뒤 아마니는 올리브 과수원이나 포도원 주변 혹은 자기 집 위 언덕에서 양들에게 풀을 뜯겼다. 하지만 얼마 지나지 않아 골짜기에는 마른 풀 한 포기도 남지 않게 되었고, 양들은 해골처럼 비쩍 말라 갔다.

아마니는 양떼를 오아시스로 데리고 갈 때마다 퍼두스로 탈출하는 꿈을 꾸었지만 정착촌의 울타리 뒤에 늘 누군가가 서 있어서 엄두를 낼 수 없었다. 정착민들이 보초를 세운 건지 아니면 누군가가 자기 버릇을 알고 감시하는 건지 알 길이 없었다. 어쨌든 누군가에게 추격될 위험을 무릅쓰면서까지 퍼두스로 양떼를 몰고 갈 수는 없었다. 캄캄할 때 양을 데리고 가는 것만이 아마니의 유일한 희망이었다.

10월의 첫 번째 금요일, 아마니는 기도 시간을 알리는 외침이 골짜기를 가르기 전에 자리에서 일어났다. 아마니가 오아시스로 양들을 데리고 갈 때쯤엔 별빛마저 모두 희미해졌다. 다행히 아직 너무 어두워서 산꼭대기에 있는 건 아무 것도 구별할 수 없었다.

"서둘러!"

아마니가 담 위에 서서 명령했다.

"퍼두스로 가자."

사헴이 양떼를 자기 쪽으로 몰자 양떼가 명령에 따라 담 위로 뛰어오른 다음 몇 개의 바위를 뛰어넘어서 사라졌다.

아마니는 흥분으로 마구 뛰는 가슴을 진정시키면서 희망이를 담 위로 들어 올린 다음 기어서 그 길로 올라갔다. 오르는 길에 자주 어깨 너머를 돌아보면서 씨도의 봉우리의 어두운 등성이가 보이지 않게 된 데 안도의 숨을 내쉬었다.

낙타의 혹을 넘어 아마니가 양떼를 따라잡을 때쯤 동쪽 하늘이 분홍빛으로 타올랐다. 고원 위에는 길이나 울타리의 흔적이 없었다. 아마니는 양떼를 가장 끄트머리에 있는 울퉁불퉁한 정상으로 몰고는 바위 사이의 갈라진 틈으로부터 발코니 쪽으로 가파른 계단을 올랐다.

몇 주 동안 꿈꿔 왔던 그 푸른 풀밭을 다시 보게 되다니, 아마니는 가슴이 너무 벅차 터질 것만 같았다. 그동안 메마르고 황량한 곳만 보다가 푸른색을 보는 것만으로도 신선한 충격이었다. 아마니는 사헴에게 양을 데리고 오라고 신호를 보내기까지 몇 번이고 그곳을 훑어보았다.

그러나 사헴은 양떼를 데리고 오지 않으려 했다. 계단 밑의 냄새를 맡으면서 으르렁거리다 양떼에게 되돌아가서 조심하라는 듯 짖어댔다. 아마니가 짐작한 대로였다. 늑대가 자기 영역을 표시해 둔 것이다.

"사헴!"

아마니는 목소리와 수신호를 사용해서 명령했다.

"양떼를 몰고 와."

사헴은 썩 내키는 기색은 아니었지만 명령을 따랐다. 양들은 즉시 개울을 향해 뛰더니 허겁지겁 풀을 뜯어 먹었다. 사헴은 바짝 긴장해서 공기의 냄새를 맡다가 새끼 양이 무리에서 떨어져 나가면 쏜살같이 달려가 사납게 짖어댔다. 다른 양들과 모여 있어야 한다는 뜻이었다. 그 후로 아침나절이 평화롭게 지나가는데도 사헴은 긴장을 풀지 않았다.

아마니는 주머니에 쑤셔 박은 음식을 꺼내 들었다. 발코니에 앉아 입안에서 치즈의 톡 쏘는 맛이 포도의 달콤한 즙과 어우러지는 것을 음미하며 이곳에서의 순간순간을 즐겼다.

할아버지도 그랬다. 이 아름다운 곳에서 늑대와 함께 살았던 할아버지! 그날 종일 아마니의 생각은 늑대에게서 떠나지 않았다. 아마니는 아부시 선생님에게 멸종 위기에 처한 동물들에 관한 책을 빌렸다. 그 책을 보니 아마니가 이곳에서 보았던 늑대는 이란늑대와 비슷한 점이 많았다.

그 책이 아마니의 호기심을 자극했던 건 그 내용이 할아버지가 들려주었던 이야기와 같았기 때문이다. 야생 늑대는 결코 인간을 먹이로 삼지 않는다. 오히려 늑대는 자기들을 서식처에서 몰아내고 멸종하도록 만든 두 발 달린 동물, 즉 인간과 마주치기 않기 위해 먹잇감을 버리고 도망갈 정도로 인간을 두려워했다.

오후가 거의 끝나 갈 무렵이 되어서야 아마니는 마지못해 사헴에게 양떼를 계단 아래로 데리고 가라는 신호를 보냈다. 그때 주변에서 뭔가가 움직였다.

전에 봤던 늑대가 풀밭 위에 웅크리고 앉아 양들을 쳐다보고 있었다. 숨이 딱 멎을 만큼 가까운 거리였다. 늑대의 주둥이를 가로지르는 붉은 핏자국 덕분에 아마니로서는 천만다행히 바위틈에 몸을 가리고 누운 늑대를 발견할 수 있었다.

아마니가 발코니 옆쪽 계단으로 되돌아가자 늑대의 노란 눈이 아마니를 쫓았다. 아마니는 온몸을 부들부들 떨면서 바위 계단을 통해 양떼를 정신없이 집으로 몰았다.

19장

저녁을 먹은 뒤 큰아빠가 전화로 포도 흥정을 시도했다. 수확한 포도는 사흘 동안이나 트럭 뒤 나무상자 속에서 고이 잠자고 있었다. 이곳에서는 포도를 사겠다는 사람이 없었다. 다른 시장으로 가는 길은 이스라엘 검문소 때문에 막혀 하루만 더 지나면 물러 터질 만큼 포도가 농익었다.

웃으면서 전화를 끊은 큰아빠가 자초지종을 설명해 주었다. 오늘 밤 안으로 포도를 운반하면 도시에 있는 주스 공장에서 포도를 전부 사겠다고 했다는 것이다.

"누가 갈래?"

잠깐 동안 아마니는 어린 시절 맛보았던 행복감에 젖어들었다. 추수한 농산물을 알칼릴로 가져가는 것보다 온 가족을 들뜨게 한 일은 없었다. 와르데와 함께 아마니는 기꺼이 트럭 뒤 빈 공간에 자리를 잡았다. 저녁 식사 전에는 너무 달게 느껴지던 포도 냄새가 지금은 희망의 냄새 같았다.

"우리가 왜 이스라엘 사람들이 우리 삶을 통제하도록 내버려 두는 거지?"

아마니의 몸이 뻣뻣해졌다. 집 앞 어두운 도로에서 아빠와 큰아빠 사이에 긴장감이 부글부글 끓어올랐다.

"우리가 고속도로를 이용하는 건 불법이야. 차의 번호판 색만 봐도 저들은 금방 알아낸다고. 그들이 우릴 막으면……."

"할 수만 있다면 저들은 우리가 숨 쉬는 것까지도 막으려 들 게다. 포도가 물러 터지기 직전인 게 안 보이나? 황천길로 가면 껍질이 다 터져서 팔 수 없어."

아빠의 목소리가 애원으로 바뀌었다.

"천천히 갑시다. 그러면 주스 공장에서도 포도를 살 거고……."

아빠가 뭐라고 중얼거렸지만 소리가 너무 작아서 알아들을 수 없었다. 그 말이 끝나자마자 큰아빠가 고함을 쳤다.

"자, 다들 차에 타! 걱정 마라. 절대로 그 빌어먹을 고속도로로 가지 않을 테니까. 됐다. 이 이야긴 더 이상 말자."

시동이 걸리자 트럭이 부르르 떨더니 거친 소리를 내며 마을길로 접어들었다. 마을을 벗어난 트럭이 방향을 왼쪽으로 틀자 덜컹거리기 시작했다. 농로 위를 달리던 트럭이 속도를 줄이고 급하게 방향을 돌리니 덜컹거림이 멎었다. 매끄러운 길 위를 달리고 있음을 느낀 아마니는 맞은편의 와르데처럼 어딘지 보려고 트럭 뒤로 몸을 기울였다.

큰아빠는 고속도로의 갓길을 달리는 중이었다. 이제 빨리 맞은편으로 건너가서 언덕 위로 난 길을 타야 한다. 아마니는 트럭의 난간을 붙잡고는 주변을 둘러보려고 트럭 밖으로 몸을 한참 기울였다. 사방이 컴컴했다. 큰아빠는 전조등을 끈 채 운전했다.

아마니의 배가 두려움으로 단단해졌다. 큰아빠는 이대로 죽 정착민의 고속도로 갓길로 운전할 작정일까? 얼마나 오래?

큰아빠가 기어를 바꾸면서 속도를 높였다. 운전석에서 큰 소리가 나는가 싶더니 요란한 엔진 소리에 파묻혀 버렸다. 도로는 약간 경사가 지긴 했지만 매끄러웠다.

지나가는 차는 한 대도 없었다. 큰아빠가 계속해서 이 고속도로를 탄다면 알칼릴의 옛 문에 도착할 것이다. 하지만 팔레스타인 차량은 그 문을 통과하지 못한다. 그런데도 큰아빠는 그곳에 가기만 하면 아무도 모르게 차를 세우고 포도를 내릴 수 있다고 생각하는 걸까?

아마니는 왼쪽으로 골짜기 위에 세운 큰 규모의 정착촌을 슬쩍 쳐다보았다. 불빛이 환했다. 푸른 나무 사이로 오렌지색 타일로 덮인 지붕들이 보였다. 부웅하고 트럭이 갑자기 왼쪽으로 확 꺾어졌다. 트럭은 아까보다 한층 더 부드러운 도로 위로 접어들었다. 정착민의 고속도로였다. 트럭이 다시 급회전해 쿵쾅거리며 갓길로 되돌아가 언덕 아래로 달렸다.

그때 큰아빠가 뒤를 돌아보았다. 아마니도 몸을 돌려 어두운 고속도로를 응시했다. 전조등이 트럭을 향해 속도를 높이며 다가왔다. 다섯 쌍의 눈이 번쩍이며 차례로 커졌다.

아마니는 뱃속이 뒤집힐 것 같았다. 군용 지프 네 대가 가까이 오더니 아마니가 탄 트럭을 지나쳤다. 지프 안에는 군인이 가득 차 있었다. 큰아빠가 갑자기 브레이크를 확 밟는 바람에 와르데가 아마니 쪽으로 넘어졌다. 다섯 번째 지프는 전조등을 비추며 트럭 뒤에 섰다.

뒤에 선 트럭에서 내린 군인들이 아마니 가족을 향해 총을 겨누고 한 줄로 늘어섰다. 아마니는 아랍 말로 똑같은 명령이 내려지는 소리를 들었기 때문에 트럭 앞에서도 같은 일이 벌어지고 있으리라 짐작했다.

"당신! 운전수 나와!"

운전석 문이 끼이익 열리고 큰아빠가 밖으로 나왔다.

옆에 있던 와르데가 신음소리를 내더니 무슨 일이 일어나는지 보려고 자세를 바꿨다. 아빠는 총이 겨눠진 상태에서 절대로 몸을 움직여서는 안 된다고 누누이 일렀다. 아마니가 와르데의 팔을 꼭 잡았다.

"손 들어! 신분증 좀 봅시다."

그때 불만이 가득 찬 큰아빠의 목소리가 들렸다.

"손을 들고 서류를 어떻게 건네 주란 말이오?"

히브리 말에 이어 단단한 뭔가가 살에 부딪히는 둔탁한 소리가 들리고 '으윽' 하는 신음소리가 이어졌다.

"트럭 안엔 뭐가 있나?"

큰아빠가 아까보다 더 증오에 찬 목소리로 말했다.

"내 가족들이오. 포도 수확한 걸 알칼릴에 있는 주스 공장으로 가져가는 중이오. 주스 만드는 것도 법에 어긋나는 거요?"

이어서 히브리 말이 한참 오간 후 트럭 뒤에 있던 군인들이 좀 더 가까이 다가오더니 총 끝을 와르데와 아마니에게 바짝 겨누었다. 그 순간 아마니는 오줌을 쌀 뻔했다. 누가 총구를 겨누고 있는지 돌아볼 엄두도 나지 않았다.

한 군인이 트럭 위로 올라와서 아마니네 얼굴 하나하나에 환한 불빛을 비추었다가 이윽고 그 불빛을 포도 상자로 옮겼다. 그 사이 트럭에 올라탄 또 다른 군인이 제일 위쪽 상자를 들어서 기다리고 있는 다른 군인들에게로 넘겨주었다. 마침내 트럭에 올라탔던 두 군인이 밖으로 뛰어 내렸다.

누군가가 상자를 고속도로 위에 내팽개치자 포도 알갱이가 사방으로 튀었다. 히브리 말이 정신없이 오가더니 아마니네를 겨누던 총구와 군인들이 물러났다.

누군가가 다시 큰아빠를 상대로 말을 하기 시작했다.

"당신들에겐 이 고속도로를 달릴 수 있는 허가증이 없소."

"우린 당신네 고속도로를 타지 않았소이다."

다시 쿵 소리와 신음소리가 이어졌다.

큰아빠가 군인에게 공격당하는 소리가 아마니를 두려움 속으로 몰아넣었다. 아마니는 큰아빠가 집안의 가장이 아니기를 바랐던 자신을 책망했다. 자기들에게 필요한 건 큰아빠의 힘과 거침없는 용기라는 생각이 든 것이다.

"당신은 법을 어겼소. 여긴 안전지대요. 팔레스타인 사람은 들어올 수 없다는 걸 설마 모르진 않겠지?"

"이건 불법 점거요. 여긴 아랍 땅이란 말이오."

"여긴 이스라엘 고속도로고 당신은……."

그때 누군가의 휴대전화가 울리고 히브리 말이 오갔다.

"당신, 손 뒤로."

히브리 말과 버둥거리는 소리, 쿵쿵거리는 발소리, 큰아빠의 신음소리가 연이어 들려왔다. 큰엄마가 큰아빠가 간 쪽으로 기어가 소리를 질렀다.

"내 남편한테 무슨 짓을 하고 있는 거요? 하니!"

와르데도 한몫 거들었다.

"아빠!"

혼란에 빠진 할머니가 물었다.

"하니한테 무슨 일이 일어난 게냐? 무슨 일인지 누가 말 좀 해 다오."

아마니는 부들부들 떠는 와르데의 몸을 팔로 꼭 감싸 안았다. 할머니에게 뭐라고 대답하기 전에 뭔가가 질질 끌려가는 소리가 들렸다. 트럭 뒤에 있던 군인 두 명이 트럭 앞쪽으로 걸어가더니 절룩거리는 큰아빠의 겨드랑이를 잡아끌었다. 하얀 플라스틱 끈 같은 것으로 등 뒤로 팔목이 묶인 채 고개를 푹 숙인 큰아빠의 얼굴에는 자루가 뒤집어씌워져 있었다.

큰아빠의 모습이 잠깐 보이는가 싶더니 순식간에 사라졌다. 둥글게 빛나는 전조등 불빛 속으로 질질 끌려간 것이다. 아마니가 본 건 힘없이 끌려가는 큰아빠의 장화 뒤축과 한쪽으로 볼썽사납게 내팽개쳐진 포도 상자가 전부였다. 하지만 곧 그나마도 보이지 않았다.

지프의 문짝이 쾅 닫히는 소리에 아마니는 소스라치게 놀랐다. 파티마와 와르데가 큰아빠를 데려가지 말라고 군인들을 향해 고래고래 소리를 질렀다. 아마니는 바깥에서 나는 소리에 귀를 기울이면서 잠자코 있었다.

"빨리 떠나시오!"

군인 하나가 소리를 질렀다.

"아랍 사람들의 트럭은 여기에 들어올 수 없소. 집으로 가시오."

마지막까지 남아 있던 군인들이 뒤로 물러났다. 큰아빠를 실은 지프가 부르릉거리며 떠났다. 아빠는 주먹을 불끈 쥔 채 아마니가 생전 듣지 못한 욕설을 퍼부으면서 한참이나 그들 뒤를 따라 뛰었다.

집에 돌아온 아빠는 군인들이 큰아빠를 새 정착촌 안에 있는 감옥으로 데려갔을 거라면서 아침에 일어나자마자 그곳에 가서 형을 찾아보겠다고 했다. 그러고는 정원을 바라보며 여기저기 전화를 걸기 시작했다.

그날 밤 아마니는 와르데가 매트리스를 까는 걸 도와주었다. 아빠가 트럭을 베란다 근처에 주차시킨 바람에 포도에서 머리가 아플 정도로 단내가 났다. 아빠한테 트럭을 다른 곳으로 옮겨 달라고 하고 싶었지만 아빠가 그렇게 화가 난 모습을 본 적이 없어서 차마 말을 꺼낼 수가 없었다. 전화를 하던 아빠는 줄담배를 피우면서 사이사이 욕을 퍼부었다.

와르데나 큰엄마가 울거나 큰아빠에 대해 이야기할라치면 할머니는 뭣 때문에 그런 건지 물었고, 반복해서 이야기해도 잘 알아듣지 못했다. 그러자 결국 큰엄마가 할머니에게 날카롭게 쏘아붙이고 말았다.

"다시 묻지 말고 누워 주무시기나 하세요, 제발! 이제 잘 시간이에요."

이렇게 힘든 밤은 처음이었다. 아마니는 첫 기도 시간을 알리는 외침이 들릴 때까지 자다 깨다를 반복하다 와르데가 흔들어 깨울 때야 비로소 잠에서 깼다. 둘 다 지각이었다.

20장

"알라께선 인내하는 자를 도우신다. 기다리자꾸나."

가족 모두 큰아빠에 관한 새로운 소식을 기다리던 그 길고 지루하던 시간, 시간의 흐름이 멈춰 버린 것 같던 날들 사이사이에 할머니가 이렇게 말하곤 했다. 하지만 아마니는 인내란 잊어버릴 수 있는 사람이나 할 수 있는 것이라고 생각했다.

학교에 가서는 잊기가 더 어려웠다. 반 아이들 모두 아버지나 삼촌, 혹은 사촌이나 오빠가 이스라엘 감옥에서 몇 달에서 몇 년 동안 갇힌 경험이 있었다. 아마니는 그 아이들에게서 감옥에 끌려간 팔레스타인 사람들이 매를 맞고 수치를 당하고, 재판도 받지 못하는 현실에 대해 들었다. 반 아이들은 이스라엘 사람들과 그들의 감옥을 미워했다.

아마니의 마음속에 뭔가 단단한 것이 뿌리를 내리고 있었다. 기도 시간을 알리는 외침이 골짜기에 울려 퍼질 때마다 아마니는 할아버지가 어떻게 분노를 품지 않고 기도했는지 떠올렸다. 알라께서 큰아빠를 구해 주기만 하면 아마니도 분노를 몰아내고 다시 기도할 수 있을 것 같았다.

엄마와 통화할 때도 긴장을 늦출 수 없었다. 아빠는 집에서 일어나는 일로 엄마를 걱정시키고 싶어 하지 않았다. 아마니는 엄마에게 돌아오라고, 외할머니보다 엄마를 필요로 하는 건 우리라고 말하고 싶었지만 그러지 못했다. 뮤지컬 할머니가 돌아가셔서 엄마가 빨리 집에 돌아오면 좋겠다는 말을 차마 입 밖으로 내뱉을 수 없었다.

큰아빠가 잡혀간 뒤 아빠는 큰아빠를 만나러 수시로 대규모 정착촌 안에 있는 감옥을 찾아갔다. 아마니는 아빠가 이스라엘 군인이나 정착민을 만난 날이 언제인지 정확히 가려낼 수 있었다. 아마니가 학교에서 돌아왔을 때 아빠가 집에서 물끄러미 책을 보고 있거나 연신 담배를 피워대는 걸 보면 영락없었다. 그럴 때면 아빠가 보고 있는 책은 언제까지나 펴놓은 페이지에 그대로 머물렀다.

큰아빠가 네게브에 있는 감옥으로 옮겨 갔다는 소식을 듣기까지 일주일이 걸렸다. 이제 재판의 희망마저 사라졌다.

아마니는 아빠를 심하게 몰아붙였다.

"아빠가 법정에 가서 싸우면 된다고 하셨잖아요! 그게 다 무슨 소용이에요? 큰아빠가 싸우게 내버려 두는 게 더 나을

뻔 했잖아요!"

그러나 곧 아빠의 표정을 보고 입을 다물었다.

"아니다. 그들이 우리 땅을 빼앗고 형을 재판도 없이 가두는 건 옳지 않아. 하지만 이런 상황에서조차 난 비폭력이 옳다고 믿는다."

아빠의 얼굴은 말라비틀어진 빵처럼 생기가 없었다. 이럴 때 엄마가 있다면 얼마나 좋을까? 엄마는 가족에게 건포도 같은 존재였다. 주름졌지만 아직은 달콤한 건포도.

아마니는 큰엄마 파티마가 언제부터 몸져누웠는지, 마을에 사는 큰엄마의 여동생 이슬라가 언제부터 큰엄마 집으로 찾아와 일을 거들기 시작했는지 정확히 알 수 없었다. 어쨌든 언제부터인가 이슬라가 찾아와 큰엄마를 일으켜 앉히고 옷을 입힌 뒤 큰엄마가 애지중지하는 장미 정원의 양지 바른 곳에 앉혀 주곤 했다. 그러는 사이 와르데와 라자는 마루를 닦거나 설거지나 빨래를 하고, 미리 준비된 저녁 식사를 차리곤 했다.

이슬라는 큰엄마의 손을 잡고 자기들의 어린 시절 이야기를 나누었다.

"아버지가 자주 했던 말씀 기억나, 언니? 올리브나무는 땅 속 깊이 뿌리내리기 때문에 물 없이도 그 긴 여름을 몇 달이나 견뎌 낸다고 했잖아. 우리도 올리브나무처럼 잘 이겨 내야 해."

그날 밤 엄마가 전화를 걸어 나쁜 소식을 전했다. 뮤지컬 할머니가 먹는 걸 멈추고 의식을 잃었다는 것이다.

"큰아빠가 이스라엘 군인들한테 잡혀갔어요. 지금 감옥에 있단 말예요."

아마니는 불쑥 사실을 털어놓고 말았다. 아빠가 아마니를 쳐다봤지만 내친김에 끝까지 이야기했다.

"큰엄마가 너무 아파요. 이슬라 아줌마가 매일 찾아와서 큰엄마를 돌봐 준단 말예요. 뭐가 문제인지 아무도 몰라요. 아빠는 늘 담배만 피우고……."

마침내 아빠가 전화를 낚아챘다. 아마니는 전화기를 들고 저만큼 걸어가면서 엄마와 이야기를 나누는 아빠의 걸음걸이와 몸동작을 지켜보았다.

아빠가 전화를 끊은 다음 심하게 꾸짖을 게 뻔했다. 하지만 사과하지 않을 것이다. 오히려 엄마가 사실을 알게 된 게 앓던 이가 빠진 것처럼 시원했다. 게다가 지금 가족에게 필요한 건 엄마였다.

전화에 대고 '안녕' 이라며 마지막 인사를 건네는 아빠가 놀랍게도 미소를 짓고 있었다.

"여자의 마음은 역시 여자가 아는 모양이다. 그 방법으로 형수님을 도울 수 있겠어."

다음 날 아빠는 큰엄마를 감옥으로 데리고 갔다. 자기 남편을 찾는 일에 큰엄마를 참여시키는 게 도움이 될 거라는 엄마의 조언 때문이었다. 큰엄마는 무엇보다 자신이 아무짝에 쓸모없는 사람이라는 생각에서 벗어나야 했다.

엄마가 말해 준 방법이 정말로 효과를 발휘했다. 큰엄마는 집에 돌아오자마자 저녁 식사를 준비했을 뿐 아니라 놀라운 소식도 가지고 왔다. 큰아빠가 일주일만 있으면 집으로 돌아온다는 것이다.

아마니는 양들을 오아시스로 데리고 갔다. 기쁜 소식을 들은 뒤라 마음도 발걸음도 한층 가벼웠다. 큰아빠를 감옥에 빼앗긴 건 너무나 끔찍했다. 그가 독재자이긴 해도 가족을 강한 힘으로 지켜 낸 것 또한 틀림없는 사실이었다. 그들에게는 큰아빠가 필요했다.

양떼와 함께 퍼두스에서 온 종일을 보낸 뒤로 아마니는 그곳으로 되돌아가는 일을 두고 마음속에서 혼자 싸움을 벌였다. 할아버지는 겨울 내내 그곳에서 살았다고 했잖아? 나는 할아버지처럼 용기가 없는 걸까? 하지만 퍼두스로 가려고 물통을 채운 다음에도 정착촌의 울타리 뒤에 누군가가 서 있는 걸 발견하면 다른 날로 미루곤 했다.

양들은 배고픔 때문에 매에 울며 아마니 주변으로 몰려들었다. 양떼 역시 맛있는 풀이 기다리는 곳으로 가는 길을 기억했다. 하지만 아마니는 그곳에 있던, 호시탐탐 양을 노리는 누런 두 눈을 조심하지 않을 수 없었다.

아마니는 퍼두스로 올라가는 대신 양들을 올리브나무 사이로 몰며 정착촌으로 향하는 고속도로 앞 공사장에서 나온 돌 조각들을 모아 놓은 곳에서 끝나는 마을길로 데리고 내려갔다. 마을 사람들은 이제 아무도 이 길로 다니지 않았다.

이스라엘 사람들의 차가 씽씽 지나갈 때마다 아마니는 혼자 이곳에서 양떼를 먹이는 게 불안했다. 하지만 이곳에선 그나마도 양들이 씹을 걸 찾을 수 있었기 때문에 고속도로의 갓길을 따라 남쪽으로 매일 조금씩 더 내려갔다.

10월이 끝나고 12월에 접어들었다. 캐나다에선 뮤지컬 할머니가 돌아가시고 장례식을 치렀고 엄마가 집으로 돌아오기 위해 짐을 싸고 있다는 소식이 날아왔다. 이제 하루만 지나면 큰아빠도 돌아올 것이다. 파티마도 이전의 큰엄마로 되돌아왔다. 장미나무의 가지를 치고, 큰아빠가 가장 좋아하는 아몬드 쿠키를 굽고, 자기 집과 할머니 집을 쓸고 닦느라 한시도 쉴 틈이 없었다.

저녁을 먹은 뒤 가족들이 베란다에 앉아 설탕을 넣은 차를 홀짝거릴 때 파티마가 지금 집안의 가장인 아빠에게 물었다.

"내일은 무슨 고기를 먹을까요? 이슬라 가족도 초대할까 하는데요."

큰아빠가 양고기보다 더 좋아하는 건 없다.

"닭이나 몇 마리 잡지요 뭐."

"그이가 매를 맞았으면 어쩌죠?"

"그러면 몸조리를 잘해 줘야지요."

"집에는 어떻게 올까요? 택시 탈 돈도 없을 텐데. 서방님이 트럭을 몰고 정착촌 안으로 들어갈 수도 없잖아요."

아빠가 담배에 불을 붙였다.

"아침에 나귀 두 마리를 끌고 가서 형님을 집으로 모셔 올게요."

다음 날 아침 아마니는 적은 양의 우유를 부엌문으로 들고 갔다. 할머니가 이도 없는 얼굴에 미소를 가득 머금은 채 부엌 바깥의 오븐 옆에 앉아 있었다.

"아마니로구나!"

"할머니? 제 이름을 기억하셨네요. 오늘 누가 오는지 아세요?"

할머니가 잠시 머뭇거리면서 고개를 부엌 쪽으로 돌렸다.

"내 남동생 하니가 집에 온단다."

문 앞에 모습을 드러낸 아빠가 배꼽을 잡고 웃으며 말했다.

"하니가 아들이지 무슨 동생이에요, 어머니."

"내 동생이야. 하지만 그게 무슨 상관이냐? 그가 하니고, 하니가 집에 온다는 게 중요하지. 그리고 내 아내도 집에 온단다. 네 어미 말이다."

아빠가 아마니를 보고 환하게 웃었다.

“아이고, 이제 네 큰아빠랑 내가 다시 말다툼할 걸 생각하면!”

“네 안사람은 어딨냐?”

할머니가 물었다.

“캐나다 갔잖아요.”

“할머니가 돌아가시게 돼서 만나러 간 거예요.”

아마니가 아빠의 말을 보충했다.

“죽어? 내가 죽는다고 누가 그러든?”

“어머니가 아니라 장모님이오. 로즈도 며칠 있으면 집에 온답니다. 그리고 이제…….”

아빠가 할머니 옆 등받이 없는 의자에 앉으면서 말했다.

“제가 팔레스타인에서 가장 맛있는 빵을 만드는 법을 가르쳐 드릴 시간입니다.”

“아빠가 만든 건 꼭 아빠가 드셔야 해요.”

아빠에게 밀가루 반죽을 떼어 주던 아마니는 웃음을 참을 수가 없었다.

“엄마 있잖아요, 올리브 수확 때까진 오시겠죠?”

아빠가 고개를 끄덕였다. 아빠의 손바닥이 노처럼 하얀 밀가루 공을 납작하게 두들겼다.

아마니는 아빠와 할머니가 서로를 놀리도록 내버려 두고 와르데와 라자를 따라 학교에 갔다.

학교에서 돌아온 아마니는 오후에 양떼를 고속도로 갓길로 몰고 갔다. 할아버지의 집이 시야에서 사라졌다. 이제 얼마나 멀리 갈 수 있을까?

고속도로 맞은편 차선에서 뒤에 남자들을 태운 작은 트럭이 지나갔다. 그들이 아마니를 보고 주먹을 흔들며 소리를 질렀다.

"개 같은 아랍년!"

모욕적인 말과 남자들의 거친 웃음소리 때문에 아마니는 걸음을 멈추고 한참 동안 트럭을 지켜보았다. 그 트럭이 속도를 늦추는 것까지 알아챌 만큼 오래도록. 도로 위에 다른 차는 한 대도 없었다. 어디에도 개미 새끼 한 마리 보이지 않았다.

아마니는 양떼를 급히 몰아 마을길로 접어들었다. 이번만은 이스라엘의 봉쇄정책이 오히려 반가웠다. 저 앞에 포도원의 끝자락과 할아버지 집 옆으로 올리브 과수원이 보였다.

아마니는 뒤를 힐끗 쳐다봤다. 그 트럭이 빠르게 멀어지는 것을 확인한 아마니는 지팡이에 기대고 눈물을 흘렸다. 그제야 안심되었던 것이다.

도대체 내가 무슨 생각을 한 걸까? 혼자서 그 길로 양들을 데려가다니! 그건 위험한 일이다. 다른 많은 일들과 마찬가지로 이번에도 큰아빠가 옳았다.

그날 저녁, 맛있는 냄새를 맡으니 아마니의 입에 군침이 돌았다. 파티마와 이슬라가 밖에서 닭을 굽고 있었다. 저녁 식사를 준비하는 걸 도우려고 아마니도 서둘러 할머니의 부엌으로 달려갔다. 쌀 한 바가지와 채소를 가지고 베란다로 나가 마을길을 걸어오는 나귀 소리가 들리지 않는지 귀를 기울였다. 해가 지고 있으니 이제 곧 어두워질 것이다.

큰엄마 파티마가 소리쳤다.

"고기 준비 끝났다!"

육즙이 많이 나온 닭고기를 담을 접시를 베란다 중간에 있는 낮은 테이블 위에 놓았다. 가족들은 다들 쿠션을 정돈하거나 등불에 불을 붙이는 등 여유를 부렸다.

"춥다! 왜 나와서 먹는 게냐, 이렇게 추운데?"

할머니가 투덜거렸다.

이미 차려 놓은 걸 모두 안으로 옮기기에 이보다 더 좋은 핑계는 없었다. 거실은 긴 소파 2개와 텔레비전 등으로 복잡했지만 모든 가족이 그곳에 끼어 앉았다. 의자를 가져온다 어쩐다 하면서 다들 바쁘게 움직였다. 모두 참을성 있게 기다리는 듯했지만 실제로 그 시간에 인내심을 발휘할 사람은 아무도 없었다.

고기가 식으면서 한껏 흥분했던 가족의 기분도 따라 식었다. 이제 사람들의 목소리에 걱정이 묻어났다.

라자의 어린 여동생 우라입이 찡찡거렸다.

"배고파! 더는 못 기다리겠단 말이야!"

"뚝!"

큰엄마가 이슬라 쪽으로 고개를 돌리며 소리를 버럭 질렀다.

"조용히 좀 시켜라."

그 호통에 네 살배기 우라입은 자기 엄마의 무릎에 얼굴을 박고 울기 시작했다. 큰엄마도 울음을 터트렸다. 와르데가 자기 엄마를 팔로 안았다.

아마니가 접시를 다시 놓았다.

이슬라의 남편 아부 나더가 기도를 한 뒤 먹어도 좋다는 뜻으로 고개를 끄덕였다.

"천천히 먹으면서 먹을 걸 충분히 남깁시다. 그러면 더 빨리 올 거예요."

할머니가 물었다.

"누가 온다는 게요?"

이슬라가 나지막이 말했다.

"사돈어른 아들들이요."

그때 삐그덕 소리와 함께 문이 열렸다. 우라입이 우는 소리 때문에 아무도 나귀 소리를 듣지 못했는데, 아빠가 갑자기 찬바람을 몰고 방 안으로 들어왔다. 문간에 혼자 선 아빠의 얼굴과 어깨가 피곤으로 축 처져 있었다.

"죄송합니다."

아빠가 몸을 움찔하더니 그동안 한껏 기대에 부푼 사람들 속에서 밥을 먹기 시작했다.

"온종일 기다리게 하더니 늦게야 형이 풀려나지 않을 거라고 하지 뭡니까. 이유도 없어요. 라마단이 끝날 때까진 다시 가 봐야 아무 소용 없을 것 같습니다. 한 달이나 두 달 동안은 다시 석방 날짜를 알려 주지 않을 거예요."

아마니는 큰아빠가 뭘 먹고 있을까 생각하면서 식어 버린 음식을 입에 넣었다. 큰아빠는 어쩌면 아무것도 먹지 못하고 있는지도 몰라.

21장

교실의 유리창으로 비가 후두둑 후두둑 내리쳤다. 아마니는 유리창에 아무렇게나 부딪혀 톡톡 터지는 물방울을 가만히 바라보았다.

내일만 지나면 올리브 방학이다. 엄마가 탄 비행기가 제시간에 도착했다면 엄마는 지금쯤 요르단에 와 있을 것이다. 아마니는 시간을 확인했다. 이제 국경을 통과해 알렌비 다리를 건너 라말라로 가고 있을지도 모른다.

"이제 곧 라마단이에요."

아부시 선생님이 말했다.

"그래서 여러분에게 영어로 노래와 게임을 가르쳐 줄 생각이에요."

아이들이 박수를 치며 환호했다.

"그러면 영어로 시를 한 편씩 써야 하는데, 그래도 좋아요?"

여기저기서 신음소리가 새 나오자 아부시 선생님이 웃음을 터트렸다.

"좋아요. 그럼 이건 어때요? 여러분에게 먼저 게임을 하나 보여 줄게요. 그런 다음 여러분이 시를 쓰는 거예요, 알았죠?"

그 말에 다들 고개를 끄덕였다.

"이 게임은 낚시 게임(Go Fish라는 카드 게임—옮긴이)이라는 아주 쉬운 카드 놀이예요."

선생님이 카드 한 벌을 들어 올린 뒤 그중 몇 장을 흔들며 보여 주었다. 카드마다 각기 다른 동물이 그려져 있었다.

"그런데 이 게임을 하려면 카드에 그려진 동물 이름을 모두 영어로 알아야 해요."

아부시 선생님은 영어로 동물 이름을 적은 목록을 나누어 주고 먼저 단어를 읽으며 아이들이 따라 하게 한 다음 게임의 규칙을 설명했다.

"이제 게임해요!"

"내가 게임을 보여 준다고 했지, 언제 한다고 했죠? 오늘 밤 집에 가서 동물 이름을 다 외워 오세요. 숙제예요. 그래야 내일 게임을 할 수 있어요. 자, 이제 시를 쓸 시간이네?"

아까보다 훨씬 더 큰 신음소리가 교실을 채웠다.

"시는 단어 하나로도 시작할 수 있어요. 자기 자신이나 주변 세상과 관련된 단어를 하나 생각해 보세요. 예를 들면…… 밖을 내다볼래요?"

선생님이 칠판에 영어 단어를 적었다. precipitation(강수량).

"자, 이게 뭔지 아는 사람?"

아마니는 알았지만 아무 말도 하지 않았다.

"pre-ci-pi-ta-tion. 아무도 몰라요? 이 단어는 하늘에서 떨어지는 모든 종류의 물을 말하는 거예요."

"비 같은 거요?"

수아드가 물었다.

"그래요. 좋아요, 여러분이 말하는 걸 여기에 전부 적어 볼게요. 또 뭐가 있을까?"

제법 많은 아이가 손을 번쩍 들었다.

"눈이요."

"우박이요."

"이제 그 단어를 가지고 놀이를 하는 거예요. 처음 생각한 단어에서 그 다음 단어를 연상해 보세요. 아무것이나 좋아요."

"우산이요."

"따뜻한 우유."

"빨강색 부츠."

"아하, 이제 감 잡았군요? 전에 루미(13세기 페르시아 시인이자 철학자—옮긴이)의 시를 공부했죠? 시를 쓸 때 여러분의 이름으로 시작해서 떠오르는 이미지나 단어를 연결시켜 나가는 게 좋을 것 같아요. 자기가 쓴 시를 라마단 동안 외워서 앞에 나와 암송하는 겁니다."

아마니는 할머니가 들려준, 자기가 태어나던 날의 이야기를 생각했다. 그랬더니 시가 금방 떠올랐다.

내 이름은 아마니,
여러 가지 소원이라는 뜻을 가졌다네.
하지만 내겐 오직 한 가지 소원뿐.
내가 태어나던 날 밤
할아버지가 엄마에게
산을 오르는 게
출산을 촉진시키는
알라의 방식이라고 하자
엄마는 그 말을 믿고
양떼가 오르던 그 길을 따라 갔다네.
할아버지 집 위로 산꼭대기까지.
마침내 내가 엄마의 몸에서 떨어져 나왔네.
하늘에서 내리는 비처럼 자유롭게.
내 이름은 아마니,
여러 가지 소원이라는 뜻을 가졌다네.
하지만 내겐 오직 한 가지 소원뿐.

내 피가 이 땅의 흙과 섞일 때까지
절대로 이 땅을 떠나지 않는 것뿐이라네.

시를 쓰고 나니 아마니의 기분이 한결 나아졌다. 집으로 걸어오는 길에 아마니는 오후 기도 시간을 알리는 소리와 동시에 할아버지의 목소리를 들었다.

'네 마음에서 분노를 몰아내라.'

못하겠어요. 아마니는 올리브나무처럼 두 팔을 치켜들고 할 수 있다면 비가 자신의 분노까지 말끔히 씻어 주기를 바랐다.

고속도로 건너편의 할아버지 집은 이상할 정도로 어둡고 조용했다. 베란다에 서 있던 아빠가 손을 흔드는 것을 본 아마니는 아빠에게 뛰어갔다.

아빠가 담뱃불을 붙여 물더니 그날 있었던 일을 이야기했다. 아빠 말에 따르면 정오쯤에 집에 들렀더니 집 안이 텅 비어 있었다. 곧바로 큰집에 들렀는데 파티마는 세상에 등을 돌린 채 누워서 꼼짝도 못하는 상태였고, 할머니는 온 데 간 데 없었다. 결국 아빠는 집을 잃어버린 할머니를 마을로 가는 길에서 찾았다. 길을 잃고 몸을 덜덜 떨고 있었단다.

"그래서 일단 할머니를 이슬라의 집에 모셔다 놓은 다음 다시 와서 짐을 좀 챙겨서 네 큰엄마도 이슬라 집에 데려다줬다. 이슬라로서는 할머니나 형수님이 마을에서 자기와 함께 있어야 돌보기가 훨씬 더 편할 거야. 그 집에 어린아이들이 있어서 할머니가 무척 좋아하시더구나."

아빠가 골짜기 너머를 쳐다보았다. 와르데가 우산을 쓰고 고속도로를 건너고 있었다.

"할머니랑 큰엄마는 마을에 있는 게 더 행복하실 거예요. 하지만 전 아니에요. 정착민들이 우리가 집을 버리고 떠났다고 생각하게 할 순 없잖아요. 그리고 저마저 마을로 가면 양은 누가 돌보겠어요?"

아빠가 고개를 끄덕였다.

"와르데를 마을로 데려다 주고 저녁을 집으로 들고 오마. 엄마가 탄 비행기가 연착됐단다. 내일 전화하겠다더구나."

아마니는 양 우리에서 할아버지가 쓰던 비닐 판초를 뒤집어썼다. 세차게 퍼붓던 비가 어느덧 가느다란 이슬비로 변했다. 오아시스에 모인 양들은 풀밭으로 가고 싶어 조바심을 냈다. 빗속이라 모든 게 흐릿해 보이니 위험을 무릅쓸 만했다.

퍼두스로 가는 비탈길은 가파르고 미끄러워서 오르기가 쉽지 않았다. 아마니는 판초를 들어 올리고 발을 헛딛지 않도록 조심스럽게 디딜 곳을 찾아야 했다.

빗속에서 보니 낙타의 혹 너머의 고원이 평소와 무척 다르게 느껴졌다. 왠지 외로워 보이기도 하고 아무도 반기지 않는 것 같기도 했다. 할아버지는 어떻게 이런 곳에서 한겨울을 나신 걸까? 그때도 빗줄기의 커튼 뒤에 저 산봉우리나 시커먼 구름이 머물고 있었을까?

아마니의 걸음이 느려졌다. 여기서 길을 잃으면 위험하다. 지금 아마니에게는 담요도, 먹을 것도, 성냥도, 칼도 없다. 아마니의 뒤쪽으로 낙타의 혹이 빗속에서 순식간에 모습을 감추었다.

사헴이 컹컹 짖더니 길을 안다는 듯 자신 있게 앞으로 내달렸다. 아마니는 울퉁불퉁한 비탈길 위에 있는 바윗돌 무더기를 보자 마음이 놓였다.

할아버지는 퍼두스에서 늑대와 함께 지냈다고 했어. 그럼 나도 그럴 수 있지 않을까?

양들이 서둘러 아마니를 지나쳐 갔다. 물과 먹이를 먹겠다는 가장 단순한 욕구 때문이다. 비가 쏟아졌지만 다행히 양에겐 두툼한 털이 있어 차가운 비에도 몸을 보호할 수 있었다.

판초 속에 몸을 움츠린 아마니는 고무장화 안의 발가락을 꼼지락거리면서 몸을 따뜻하게 하려고 앞뒤로 왔다 갔다 했다. 그러는 중에도 눈으론 계속 비탈을 응시하는 것을 잊지 않았다.

그 늑대가 나타날까? 늑대가 굶주린 상태면 어떡하지?

늑대는 보통 가장 약하거나 가장 늙거나 혼자 있는 동물을 공격한다. 풀밭 저 위쪽의 바위가 움직이는 것 같자 아마니의 입안이 말라붙었다. 사헴이 짖으면서 양들을 재빨리 풀밭에서 몰아냈다.

외로운 늑대가 고개를 쳐든 채 빗줄기를 뚫고 타박타박 걸어오더니 풀밭 가장자리에서 걸음을 늦추었다. 아마니는 늑대가 망설이는 것을 보았다.

늑대가 우리 양떼를 봤을까?

"한 마리도 안 돼!"

아마니가 악을 쓰자 늑대의 꼬리가 쑤욱 치켜 올라갔다. 귀도 마찬가지였다. 부릅뜬 눈은 아마니를 노려보았다. 아마니는 꼼짝도 하지 않았다. 늑대의 발톱은 엄청나게 크고 털은 두껍게 자라 있었다. 털에서 빗물이 뚝뚝 떨어졌지만 늑대는 전혀 개의치 않는 눈치였다.

잠시 뒤 늑대의 시선이 천연 계단 쪽으로 향했다. 늑대는 귀를 축 늘어뜨리고 입술을 옆으로 쭉 벌리더니 으르렁거렸다. 순간 꼬리가 뒤쪽으로 총알처럼 쑥 뻗어 나갔다.

아마니가 돌아봤지만 계단에는 아무것도 없었다. 다시 몸을 돌리니 늑대가 비탈길 위로 도망치고 있었다. 늑대의 뒤꿈치가 한 치의 흔들림도 없이 날렵하게 땅을 밟는데 움직임이 눈에 보이지 않을 정도로 빨랐다. 늑대는 아마니가 상상했던 것보다 훨씬 더 빨리 뛰어서 빗속으로 사라졌다.

뭔가를 보고 겁을 먹은 게 틀림없었다. 아마니는 자신을 보호하기 위해 지팡이를 들어 올리고 바윗돌 사이의 갈라진 틈으로 기어갔다. 그 틈 아래 천연 계단에는 아무것도 없었다. 그 아래서 사헴이 양들을 지키고 있었다.

그때 아마니는 고원의 맞은편에 있는 그를 발견했다. 아마니가 봤을 때는 이미 그의 모습이 시야에서 거의 사라지고 있었기 때문에 하마터면 놓칠 뻔했다. 청바지를 입은 두 다리가 늑대처럼 잽싸게 빗속으로 사라졌다.

정착민 소년은 달아나는 중이었다. 도대체 무엇으로부터 달아나는 거지?

영문을 몰라 당황한 아마니는 사헴더러 양떼를 집으로 몰고 가라고 명령했다. 미끄러운 계단을 내려올 때 중심을 잡기 위해 한 손을 바위 위에 올려놓았다. 그때 발아래 바위 턱 밑에 뭔가 작고 하얀 것이 끼워져 있었다. 그걸 잡으려고 몸을 구부린 아마니의 눈이 휘둥그레졌다.

두 달 전, 정착민 소년을 보고 놀라서 내팽개친 야생 당근 꽃이 예쁘게 말라 두 줄기의 긴 풀로 묶여 있었다. 누군가가 그걸 깨끗한 비닐백에 넣은 다음 비에 젖지 않게 하려고 툭 튀어나온 바위 턱 밑에 끼워 놓은 것이다.

이스라엘 정착민 소년이 아마니에게 준 선물이었다.

22장

할아버지는 수확하기 전 알라께서 올리브나무를 깨끗이 씻으려고 가을비를 보내신다고 말했다. 올리브 수확철을 맞이해 학교도 이틀 동안 휴교했다. 아이들도 올리브 수확에 참여할 수 있도록 한 조치이다.

아마니는 학교에 가 있는 동안 엄마랑 오빠가 집에 돌아와 있기를 바라면서 집으로 달렸다. 어젯밤 통화에서 엄마는 국경을 건너려는 사람이 너무 많아 암만으로 되돌아가야 한다고 했다.

멈추지 않고 단숨에 달려온 탓에 아마니는 숨을 헐떡거리고 추위에 덜덜 떨며 옆문을 획 열었다. 집은 조용했다. 아빠의 책상 옆을 지났다. 별다른 건 없었다. 자기 방으로 들어간 아마니는 마른 옷으로 갈아입었다.

뭐 괜찮아. 이제는 넓은 바다가 아니라 이스라엘 국경만 건

너면 엄마와 만날 수 있으니까. 조금만 기다리면 엄마와 오빠가 집에 올 거야.

아마니가 양 우리에 도착할 때쯤 잠시 모습을 감추었던 태양이 다시 나타났다. 아마니는 양들을 우리 밖으로 데리고 나오기 전에 성냥과 칼, 판초를 작은 가방에 쑤셔 넣었다. 그런 다음 양떼를 몰고 오아시스에 이르렀을 때 전과는 달리 대담하게 정착촌의 담벼락을 쳐다보았다. 어제 일 이후로 아마니는 그 소년을 두려워할 필요가 없다고 생각했다.

아마니는 계단 모양으로 늘어선 바위들 오른쪽 뒤, 풀밭 저 위쪽에서 늑대를 목격한 순간 멈칫했다. 양들은 목이 마른지 아마니를 지나쳐 개울을 향해 뛰었다. 코로 공기의 냄새를 맡던 사헴은 늑대를 발견하고 양들을 뒤쫓아 가서 격렬하게 짖어댔다.

늑대는 스핑크스처럼 땅 위에 납작 엎드린 채 줄곧 아마니와 양떼를 관찰했다.

탐색전? 아마니는 이내 상황을 파악했다. 늑대는 더 이상 가까이 오지 않고 그 자리에서 꼼짝하지 않았다. 어쩐지 외로워 보였다.

어쨌든 양떼는 지금 배가 잔뜩 고픈 상태이다. 아마니가 양들을 막고 있던 지팡이를 문처럼 활짝 열자 양들이 풀밭으로 내달렸다. 사헴도 사력을 다해 그 뒤를 좇았다. '안 돼!' 양들이 풀밭 맞은편으로 가면 안 된다는 신호였다. 양들은 무리를 이루어 함께 있어야 한다.

아마니는 판초를 바위 위에 펼쳐 놓고 바위에 기댔다. 양들은 허겁지겁 풀을 뜯으면서 주린 배를 채웠다.

한 시간쯤 시간이 흘렀다.

늑대가 하도 움직이지 않아 깊은 잠에 곯아떨어진 모양이라고 아마니가 결론을 내린 순간 늑대가 몸을 일으켜 세웠다. 아마니에게는 보이지 않는 뭔가를 봤거나 냄새를 맡은 모양이었다. 늑대가 언덕 위로 빠르게 움직이더니 이내 시야에서 사라졌다.

양떼를 지나 바위 계단으로 달려간 아마니는 속에서 분노가 차오르는 걸 느꼈다.

아래쪽에서 뭔가가 스치는 소리가 났다. 왼쪽, 선반처럼 툭 튀어나온 바위 쪽이었다. 아마니는 바위와 몸높이를 맞추기 위해 아래쪽으로 뛰어내렸다.

전에 본 소년이 자신도 기꺼이 그 바위의 일부가 되고 싶다는 듯 벽에 납작하게 기대고 있었다. 오마르만큼 나이가 든 것 같지 않았지만 어쨌든 아마니보다 많아 보였다. 하지만 긴 머리 때문에 나이를 정확히 가늠하기 어려웠다. 벌겋게 익은 여드름 탓에 소년이 잘생겼다는 사실을 모르고 지나칠 뻔했다. 소년은 한 손에 검은 망원경을 무기처럼 꼭 쥐고 있었다. 아마니가 지팡이를 잡고 있는 것과 같은 방식이었다. 그의 두 눈에 경계심이 가득했다.

"난 늑대를 관찰하러 왔지 널 해치려고 온 게 아니야."

소년의 영어 발음이 아부시 선생님과 똑같았다. 아마니는 어제 그가 준 꽃과 그가 달아난 사실을 떠올렸다. 그렇다 해도 그에게 퍼두스까지 자기를 따라올 권리 같은 건 없다.

아마니는 두 손으로 동그라미를 2개 그리고 그걸 자기 눈에 갖다 댔다. 그런 다음 손가락으로 망원경과 자기를 차례로 가리켰다.

"내 망원경? 내 망원경을 들여다보고 싶다고?"

소년은 잠시 주저하더니 망원경을 내밀었다.

"좋은 거야. 내 바르 미츠바(유대인 소년이 열세 살이 될 때 치르는 성인식으로 보통 회당에서 의식을 치르고 파티를 연다. 이후 유대인 소년들은 어른으로서 책임과 함께 권리를 부여 받는다—옮긴이) 때 할아버지가 선물로 주셨어."

소년은 아마니에게 한 걸음 다가와 망원경을 건넸다. 아마니는 그 소년이 한 말을 한 마디도 빼놓지 않고 알아들을 수 있다는 게 신기했다.

아마니는 망원경을 소년의 얼굴에 대고 그의 눈에 초점을 맞추었다. 소년의 두 눈은 금빛과 초록빛 반점이 있는 어두운 갈색이었다.

"난 조류 관찰가야."

이번에는 움직이는 소년의 입술에 초점을 맞추었다.

"지금만 예외야. 늑대를 관찰하고 있으니까."

소년이 싱긋 웃자 이에 씌운 교정기가 드러났다.

"야생에서 늑대를 보다니 정말 놀랍지 않아? 골란 고원에도 보호종이 있긴 하지만 이 늑대와는 종이 달라. 내 생각에 이 늑대는 이란늑대 같아. 이란늑대가 멸종 위기에 놓였다는 건 알고 있지?"

아마니는 소년이 한 말을 대부분 알아들었지만 망원경을 그에게 갖다 대면서도 말은 한마디도 하지 않았다. 그래서 소년이 자기라도 말을 계속해야 한다는 부담을 느끼는 것 같았다.

"그렇게 사람을 빤히 쳐다보는 게 무례하다는 것쯤은 알고 있지? 실은 어제 널 만날 생각이었는데…… 네가 너무 화가 난 것처럼 보여서."

그는 여기서 잠시 말을 멈췄다. 아마니에게 뭔가 말할 기회를 주는 것 같았지만 아마니는 무표정한 얼굴을 바꾸지 않았다. 그러자 그가 말을 이었다.

"내가 너라도 당연히 화를 냈을 거야. 난 아버지를 따라 여기 왔어. 정착촌을 건설하는 게 아버지의 꿈이었거든. 엄마는 오지 않으려고 했지만 난 이곳 생활이 궁금했어. 그런데 내가 널 처음 본 날 모든 게 달라졌어. 너와 그 늑대를 본 날 말이야. 내게 그런 감정이 생길 거라고는 생각지도 못했어. 우리가 마치 너희들을 너희 땅에서 몰아내는 것 같았거든. 너도 알다시피 늑대에겐 가까이 갈 수 없어. 이 아래서 지켜봐야 해. 저 바위들 사이에 구멍이 하나 있는데, 내가 풀밭으로 올라가면 저 늑대는 그리로 사라져. 음…… 그리고 너 때문에 마음이 흔들려. 자, 다 썼으면 내 망원경 돌려줘. 지금 당장! 망원경을 잃어버리면 아버지가 길길이 뛰고 난리를 치실 거야. 아버지랑 나는 그날 이후로 계속 전쟁 중이거든. 정착촌에서 하는 이야기를 들으면 화가 치밀어. 그래서 뉴욕으로 돌아가서 엄마랑 살기로 마음을 정했어. 꼭 이렇게 해야 알리야(이스라엘로 귀환하는 유대인—옮긴이)가 될 수 있는 건지 다시 생각해 봐야겠어. 그래서…… 야, 내 망원경 떨어지겠다!"

아마니는 망원경을 얼른 그에게 내밀었다.

소년이 눈을 게슴츠레 뜨면서 물었다.

"내 말 다 알아듣고 있는 거지, 그렇지?"

아마니도 눈을 가늘게 뜨면서 그의 목소리를 흉내 내며 대답했다.

"응."

소년이 씩 웃자 얼굴도 덩달아 환해졌다.

"그거 굉장한데! 왜 그렇다고 말하지 않았어?"

"넌 정착민이야. 정착민은 나쁜 짓을 저질러."

그가 웃음을 멈췄다.

"우리가 나쁜 짓을 한다고? 나쁜 짓을 하는 건 바로 너희야. 너희는 우리나라를 인정하지 않잖아. 우리가 사는 마을에 들어와서 자살폭탄 테러를 저지르는 사람이 누군데 그래? 아무 죄도 없는 사람들을 죽이는 게 너희잖아. 여자들도, 수업 중인 아이들도 말이야."

"난 죽이지 않아. 난 양치기니까."

"너 말고."

소년이 화를 누그러뜨리면서 말했다.

"물론, 널 말하는 게 아니야. 팔레스타인 사람들을 이야기하는 거야. 테러리스트 말이야."

"난 테러리스트가 아니야. 내 가족도 테러리스트가 아니고. 너희들이 우리 땅을 빼앗았어. 그리고 너희들이 우리 큰아빠를 감옥에 넣었어. 너희를 미워하게 만드는 건 바로 너희야. 우리는 이스라엘과 싸워."

소년은 충격을 받은 듯했다.

"이 땅은 하나님이 우리에게 주신 땅이야. 이곳은 우리 땅이란 말이야. 이런 식이 아니라면 더 좋았겠지만 현실이 그런 걸 어떡해? 떠나야 할 사람은 너희야. 누가 감옥에 갔다고 했지?"

아마니는 삼촌이라는 영어 단어가 기억나지 않았다. 화를 낼 일은 너무나 많다. 아마니는 일단 말을 시작하자 그칠 줄을 몰랐다.

"우리 할아버지 산에 울타리를 치고, 정착촌으로 가는 고속도로를 만든다고 우리 포도밭을 파헤쳤어. 너희들이. 너희들은 묻지 않아. 그냥 가져가. 너희 아버지가 내 양을 죽였어. 너희 아버지한테는 총이 있고, 나한테는 총도 없는데."

소년의 눈 속에 뭔가가 나타났다.

"그땐 내가 막으려고 했어. 아버지는 너희는 누구나 할 것 없이 위험하기 때문에 우리 스스로 방어해야 한다고 했어. 아버진 널 두려워하고 계셔. 그래서 겁을 줘서 널 쫓아내려는 거야. 누군가 다치기 전에 떠나는 게 좋겠어."

바위 계단의 꼭대기에서 사헴이 아마니를 보고 짖었다. 집에 갈 시간인가?

아마니는 계속 화가 난 채로 있고 싶진 않았다. 특히 퍼두스에서는. 더욱이 이 정착민 소년에게 더 이상 말을 걸고 싶은 생각도 없었다.

"됐어. 이제 갈 거야."

아마니가 수신호를 보내자 양들이 아마니를 지나쳐 달렸다. 계단 아래 풀을 뜯기 위해 흩어졌던 그 고원으로. 아마니는 소년을 등지고 발을 쿵쿵거리며 계단을 내려가기 시작했다.

"아니야!"

소년이 다급하게 말을 건넸다.

"널 말한 게 아니었어. 가지 마."

우리는 서로를 절대 이해할 수 없을 거야. 절대로. 아마니는 아무 말 없이 움직였다.

"제발, 부탁이야. 가기 전에, 적어도 네 이름이라도 말해 줄 순 없어?"

아마니는 걸음을 멈추고 뒤돌아서서 그를 쳐다보았다.

"팔레스타인."

그가 눈알을 굴렸다.

"그게 네 진짜 이름이 아니라는 것쯤은 알고 있어."

아마니는 미소를 지으려고 애쓰는 소년의 모습에 놀랐다.

"좋아, 팔레스타인. 내 이름은 조너선이야. 마침내 널 만나 기뻤어. 이렇게 아름다운 곳에서 말이야. 내가 얼마나 여기로 돌아오고 싶었는지 넌 모를 거야. 누군가가 날 보고 이 길을 찾아내면 어떡하나 걱정돼서 아무 때나 이곳에 올 수 없었거든. 다시 올 거지?"

아마니가 고개를 끄덕였다.

"좋아, 조너선. 올리브 추수가 끝난 뒤에 여기서 만나자. 그때까진 시간이 없어."

23장

전화벨이 울리자 아빠가 조그만 통화 버튼을 눌렀다.

"여보! 잘 있었소?"

아빠가 전화에 대고 외치면서 아마니에게 채소 써는 소리가 너무 시끄럽다는 신호를 보냈다. 아마니는 잘게 썬 토마토를 그릇에 넣은 다음 부엌 밖으로 나가는 아빠를 따라갔다.

아빠의 표정이 빠르게 변했다. 아빠는 소파에 푹 주저앉더니 전화를 들지 않은 손에 머리를 기댔다.

"내가 알칼릴에 있는 허가국에 가 보겠소. 당신은 내일 국경으로 다시 가 봐요. 내일 안 되면 날마다 들르고. 날마다 전화로 내게 상황을 알려 주는 것 잊지 말아요."

아빠가 전화기를 탁 닫았다.

"엄마의 입국이 거부됐단다."

아마니도 소파에 푹 주저앉았다.

담뱃불을 붙인 아빠가 서성대기 시작했다.

"오빠는 어떻게 됐대요?"

"오마르는 라말라에서 엄마를 기다리고 있단다. 어떻게든 엄마를 집으로 오게 해야지. 이제 엄마가 다시는 이 골짜기를 떠나지 못하게 해야겠다."

"엄마 오실 날만 손꼽아 기다렸는데……. 엄마가 너무 보고 싶어서 외할머니가 빨리 돌아가셨으면 좋겠다고까지 생각했단 말예요."

"됐다. 그만해라, 아마니!"

아빠가 아마니를 끌어안았다.

"다신 그런 말 하지 마라. 네가 정말로 그런 생각을 했을 리 없어. 엄마가 얼마나 보고 싶으면 그랬겠니? 나도 너와 같은 기분이었다. 암양을 잃어버릴 때마다 할아버지가 뭐라고 하셨지?"

아마니는 억지로 웃으며 대답했다.

"찾아서 데리고 와라."

"바로 그거야. 자, 그럼 아빠는 전화나 몇 통 더 해야겠다."

엄마와 오마르 오빠는 오늘 집으로 돌아올 수 없다. 따라서 함께 올리브를 수확할 수도 없을 것이다. 그런데 아빠는 뭘 믿고 저렇게 잘 견디시는 거지?

아마니는 밖에서 나는 소리에 귀를 기울였다. 골짜기 건너편에서 두런두런 소리가 들려왔다. 아마니가 걱정에 사로잡혀 아빠를 쳐다보았지만 그는 온 신경을 히브리 말로 통화하는 데 쏟고 있었다.

아마니는 옆문으로 나가 문을 닫았다. 그래야 어두운 골짜기 너머를 볼 수 있을 테니까. 씨도의 봉우리 위는 정착촌의 불빛으로 환했다. 정착촌을 둘러싼 철조망 아래의 비탈길에는 개미 새끼 한 마리 보이지 않았다. 할아버지의 집은 컴컴했다. 그 옆에 있는 큰집도 마찬가지였다.

계속 쳐다보고 있는데 할아버지 집 쪽에서 불빛이 비쳤다. 몇 초 뒤에 어린아이를 업은 어떤 아저씨가 손전등을 들고 할아버지 집의 베란다 계단으로 다가가는 게 보였다. 그 아저씨는 계단을 반쯤 오르다 멈춰 섰다. 아랍 말로 누군가를 부르는 소리가 이어졌다. 어떤 여자애가 계단을 올라가 그 아저씨에게서 아이를 받았다. 그 뒤를 긴 치마를 입고 히잡을 두른, 허리가 굽은 자그마한 여자가 천천히 따르고 있었다.

"할머니다!"

아마니가 할머니를 알아보고 소리를 지르자 베란다에 있던 사람들이 몸을 돌려 아마니를 향해 손을 흔들었다.

"아마니? 어디 있는 거야?"

라자의 목소리였다. 계단에 있던 여자애는 어린 여동생 우라입을 안은 라자였다.

"여기야! 우리 집!"

아마니는 문을 열어 빛 속에 모습을 드러냈다.

"식구들이 다 도착했다. 먹을 것도 가져왔고. 알칼릴에서 나흘라도 왔어."

아부 나더의 우렁찬 목소리가 골짜기를 가로지르며 크게 울렸다.

"내일 올리브 수확을 도우러 왔다. 네 아빤 어디 있냐?"

잠시 뒤 아마니는 아빠 옆에 앉아 할아버지 집 베란다에서 시끌벅적한 저녁 식사를 즐겼다. 아마니의 사촌 언니들과 그 가족까지 와서 가족의 규모가 엄청나게 커진 덕분에 저녁 식사 자리가 모처럼 훈훈했다. 자기 딸들에게 둘러싸인 아마니의 큰엄마도 오랜만에 미소를 지었다.

아빠가 엄마의 입국이 거부되었다는 소식을 전한 뒤 요르단에서 엄마를 이곳으로 오게 하는 방법에 관해 오랫동안 토론이 이어졌다. 이야기가 계속되던 어느 순간 와르데가 갑자기 아마니의 손을 잡았다.

"알라께서 너희 엄마를 안전하게 지켜주시면 좋겠다!"

"언니 아빠도."

아마니도 진심으로 그렇게 되길 바랐다.

저녁을 먹은 뒤 모두 다음 날 올리브 과수원에 가서 먹기 위해 남은 음식을 싸고 짐을 챙겼다.

"사다리는 어디 있지?"

"밑에 까는 플라스틱판은?"

"양동이와 천으로 된 자루는?"

올리브 수확에 필요한 모든 장비가 동굴 뒤쪽에 가지런히 정리돼 있었다. 큰아빠 하니가 해 놓은 일이었다.

마침내 모든 준비가 끝났다. 베란다에서 자기엔 너무 추워서 가족들은 세 집에 나눠 자고 다음 날 새벽부터 올리브를 따기로 결정했다.

다음 날 가장 먼저 일어난 아마니는 양젖을 짜러 조용히 밖으로 나갔다. 아마니는 오아시스로 올라가 양떼에게 물을 먹인 뒤 씹을 수 있는 건 뭐든 씹게 내버려 두고 저 아랫단의 과수원에서 추수가 시작되는 소리를 기다렸다. 해가 하늘을 붉게 물들이면서 공기를 따뜻하게 데웠지만 올리브 과수원에서는 여전히 아무 소리도 들리지 않았다.

아마니는 담 위에 앉아 비밀 통로가 끌어당기는 유혹에 맞서느라 안간힘을 썼다. 그곳의 유혹이 이만저만 강한 게 아니었다. 하지만 올리브 추수에 참여하고 싶은 마음도 그에 못지 않게 컸다. 아마니는 발을 탁탁 굴렀다.

가족들은 다 어디 있는 거지? 무슨 일이 일어난 게 틀림없어. 걱정스러운 마음에 양들을 우리로 몰고 가던 아마니는 올리브 과수원의 낮은 단에 가족들이 옹기종기 모여 있는 걸 발견했다. 오아시스는 가족의 목소리가 들리기에 멀었던 것이다.

아마니는 아빠가 사다리에 올라 올리브를 따고 있는 나무에 합류했다.

"꼭대기부터 따지 그러셨어요?"

나이 어린 사촌 동생들이 바깥쪽으로 뻗은 낮은 나뭇가지에 숨겨진 올리브를 찾느라 원숭이처럼 이 나무 저 나무에 붙어 있었다.

"낮은 곳에 있어야 정착민에게 들키지 않을 거 아니냐. 네 엄마가 늘 하던 말이 생각나는구나. 때로는 약간의 거리를 두는 게 좋을 수도 있다는……."

일찍 일을 시작하기도 했지만 많은 사람이 함께 일한 덕분에 첫날 16그루에서 올리브를 딸 수 있었다. 가족들은 다음 날 쓰기 위해 필요한 장비들을 중앙에 있는 단의 나무 아래에 놓았다. 다들 허리가 아픈 건 기본이고 손가락까지 감각을 잃었다고 야단이었다.

아마니는 동굴에서 요구르트와 치즈를 가져오면서 가족들을 먹일 음식이 있다는 사실에 기분이 좋았다.

다음 날 일찍 양들의 목을 축인 뒤 올리브 과수원으로 가던 아마니가 아부 나더를 만났다.

"지금은 양들을 어디서 먹이는 거냐?"

아부 나더가 눈으로 양떼를 훑으며 물었다. 그동안 퍼두스에서 풀을 양껏 뜯은 덕분에 양들은 살이 쪘을 뿐 아니라 더 튼튼해진 것 같았다. 그래도 혹시 몰라서 아마니는 정착촌이 생긴 후 양떼를 키우기가 어렵다는 투로 이야기했다.

"갈 수 있는 곳이라면 어디든 가요."

아부 나더가 한숨을 쉬었다.

"몇 년 전에는 내 양떼도 네 할아버지 것만큼 많았지만 이제 내게 남은 건 숫양 한 마리와 새끼 양 두 마리뿐이구나. 그마저도 라마단이 끝나기 전에 새끼를 한두 마리 먹어 치울 생각이다. 네 할아버지가 널 얼마나 자랑스러워할꼬. 넌 양치기의 손녀로서 조금도 손색이 없어. 천하의 바보라도 그건 알 수 있겠구나."

아부 나더의 칭찬 덕분에 아마니는 온종일 올리브를 따는 힘든 하루를 견딜 수 있었다. 라자의 아름다운 노랫소리 역시 큰 도움이 되었다. 누군가가 노래를 시작하면 라자가 선창을 하고 나머지 가족들이 다 함께 따라 불렀다. 노래가 사기를 북돋우는 것은 물론 꾀를 부리려는 근육의 고통을 잊게 했다.

첫날에 비해 속도가 조금 느려지긴 했지만 다들 쉬지 않고 올리브를 땄다. 아침 먹기 전에 두 그루를 따고 마지막 단에 이르기 전에 여섯 그루를 텅 비웠다. 씨도의 봉우리를 두른 철조망이 이제 눈에 보일 정도로 가까워졌다. 그때부터 아무도 노래를 부르지 않더니 늦은 점심을 먹을 때까지 다들 조용히 일을 마쳤다.

배 불리 먹은 다음 어린아이들과 할머니는 아픈 허리를 좀 쉬게 하느라 바닥에 등을 대고 누워 있다가 다시 일을 시작했다.

이제 해가 질 때까지 몇 시간밖에 남지 않았다. 아마니만 산봉우리의 울타리 쪽을 힐끔힐끔 쳐다보는 건 아니었다.

그때 씨도의 봉우리에서 개 한 마리가 컹컹 짖더니 이내 더 많은 개들이 따라 짖었다. 그 뒤로 화가 잔뜩 난 목소리가 들려왔다.

아마니는 울타리 쪽을 쳐다보려고 몸을 심하게 틀었다. 정착민들이 담장 뒤로 몰려들었다. 여자며 어린아이들, 총을 든 남자들까지. 정착민의 개들도 계속 앞뒤로 뛰어다니며 사납게 짖어댔다. 그들이 소리를 질렀다.

"꺼져! 여긴 우리 땅이야!"

아마니는 그 무리 속에 조너선이 있는지 살펴봤다. 다행히 조너선은 보이지 않았다. 남자 몇이 봉우리의 서쪽 끝에 나타나는가 싶더니 울타리 아래쪽으로 아주 빠르게 내려왔다. 어깨에 총을 멘 남자들은 산 위쪽을 구불구불 휘감고 도는 매우 좁은 양들의 길에 도착한 뒤부터 아예 미끄럼을 탔다. 그들 중 누군가가 올리브나무를 향해 총을 쐈다.

공포에 질린 아마니는 나무에 걸쳐 놓은 사다리를 꽉 붙잡고 아래로 내려가려 했지만 발을 헛딛고 말았다.

아빠가 소리쳤다.

"어서 가! 애들 데리고!"

모두 소리를 지르며 내달렸다.

아마니는 사다리에서 뛰어내려 나무 아래 몸을 웅크렸다. 나흘라의 큰아들 사미르가 나무둥치에 꼭 붙어 숨어 있었다.

아마니가 팔을 내밀었다.

"자, 내 등에 업혀. 엄마한테 데려다 줄게."

"저 사람들이 쏘면 어떡해?"

"그러지 않을 거야."

아마니는 자신 있게 대답했지만 사미르의 말대로 될지 모른다는 생각이 들었다. 사미르가 자기 등에 업히면 아이가 목표물이 될 수도 있다.

"캥거루 사진 본 적 있어?"

사미르가 고개를 끄덕였다.

"그럼 앞에 매달리면 되겠다. 할 수 있지? 네가 캥거루인 것처럼, 그렇지?"

그 말에 얼굴이 환해진 사미르가 나무둥치에서 미끄러져 내려와 아마니의 목을 두 팔로 꼭 안고 아마니의 허리에 두 다리를 감았다.

아마니는 가족 중 가장 뒤처져서 과수원 아래쪽으로 달렸다. 양 우리를 지나고 장미 정원을 통과했다. 그리고 마침내 베란다에 기대서서 사미르가 자기 품에서 빠져나가 나흘라가 쭉 내민 두 팔에 안기는 모습을 지켜보았다.

그때 군용 지프 두 대가 집 앞에 와 멎었다. 아빠가 군인들과 이야기를 나누는 모습을 본 아마니의 심장이 쿵 내려앉았다. 그 군인은 고속도로에서 시위할 때 팔레스타인 사람들의 분통을 터지게 했던 작달막한 장교였다. 아마니는 그때 함께했던 이스라엘 랍비가 여기에 있으면 얼마나 좋을까 생각했다.

"당신네들 집이 정착촌과 너무 가깝소. 올리브 과수원엔 이제부터 출입금지요."

아빠는 장교에게 그곳에 있었던 이유를 대려고 애썼다. 그곳은 대대로 내려온 자기 집안의 땅이고, 자기들은 평화롭게 농사만 짓는 사람들이며, 아까는 추수를 하고 있었던 것이라고.

갑작스런 고함 소리에 모두의 시선이 올리브 과수원으로 쏠렸다.

정착민 셋이 베란다를 향해 총구를 겨눈 채 다가오고 있었다. 그중 하나가 장교에게 다가가 화를 내면서 봉우리와 과수원, 그리고 베란다에 있던 아마니의 아빠와 가족들을 가리키며 히브리 말로 떠들어댔다. 그동안 장교의 시선은 아빠와 그 정착민 사이를 오갔다.

얼굴이 잔뜩 굳은 장교가 고개를 끄덕이더니 아마니에게 들리지 않을 만큼 나지막하게 말했다. 그게 무슨 말이었는지 모르지만 아빠가 듣기에 좋은 말은 아니었던 모양이다. 아빠가 간청하듯이 공중으로 손을 들어올린 다음 한 말이 아마니의 귀에 똑똑히 들렸다.

"……도대체 당신들이 무슨 권리로 이러는지 모르겠소."

그 장교가 냅다 소리를 질렀다.

"우리의 안전을 지킬 권리요. 우리의 모든 권리는 거기에서 나온다는 걸 모르겠소?"

그 정착민은 장교와 말을 조금 더 주고받은 뒤 정원을 통과해 성큼성큼 걸어가면서 같이 온 사람들에게 돌아가자는 신호를 보냈다. 그들이 양 우리를 지나칠 때 걸음을 멈추고 아마니의 양떼를 쳐다 본 순간 아마니의 몸이 싸늘해졌다. 하지만 다행히 그들은 아무 짓도 하지 않고 올리브 과수원을 거쳐 씨도의 봉우리 쪽으로 올라갔다.

장교가 큰 목소리로 베란다에 있는 가족 모두 들으라는 듯 지시사항을 전달했다.

"그 과수원에 다시는 발 디딜 생각일랑 마시오. 그렇지 않으면 당신네 트럭을 비롯해서 당신들이 가진 모든 걸 몰수하겠소. 정착민들은 당신들이 나무 뒤에 저격병을 숨겨 놓고 자기들을 쏠지도 모른다고 두려워하고 있소. 또 이곳은 정착촌에서 너무 가까우니 마을로 이사 가시오."

군인들이 차를 몰고 떠나는 모습을 지켜보는 아빠의 목에

핏대가 올랐다. 손가락으로 머리카락을 빗어 올리며 정신없이 정원을 서성거리던 아빠가 마침내 입을 열었다.

"집으로 가자. 과수원에 남아 있으려면 총에 맞을 각오를 해야 한다. 군인들은 당연히 정착민 편이고. 우리가 우리 과수원에서 아무 무기도 없이 과일을 따다 총에 맞아 죽는다고 해도 우릴 편들어 줄 사람은 아무도 없구나."

어른들이 오랫동안 이야기를 나눴지만 아마니는 듣고 싶지 않았다. 믿을 수 없었다. 더는 올리브 과수원에 갈 수 없다니! 생각하면 할수록 치가 떨렸다.

팔 하나가 쑥 내려오더니 아마니의 어깨를 감쌌다. 와르데를 비롯한 사촌 언니들이 아마니를 둘러싸고 둥글게 서 있었다.

"우리랑 마을로 가자, 아마니. 오늘 밤에 저 정착촌 가까이 머무는 건 위험할 것 같아. 네 양떼는 우리 이모부 우리에 넣으면 되지 뭐. 이모부가 자기 양을 치면서 네 양떼도 잘 돌봐 주실 거야."

와르데의 친절에 아마니는 하마터면 울음을 터트릴 뻔했다. 와르데가 자기뿐 아니라 양떼까지 걱정해 주는 게 고마웠다. 하지만 마을에는 아홉 마리나 되는 양떼가 먹을 게 없었다. 아마니는 무슨 말을 해야 할지 한참 망설였다.

"고마워. 나한테 생각할 시간 좀 줘. 언니는 나한테 친언니 같은 존재야."

아빠가 할머니를 수레에 앉히자 할머니의 사촌들도 다들 수레에 자리를 잡고 앉았다. 아마니는 아빠 곁에 서 있었다. 수레가 마을의 옛길을 따라 덜컹거리며 점점 멀어질 때까지 아빠와 아마니는 그곳에 서서 오래도록 손을 흔들었다. 이제 막 해가 지기 시작해 서쪽 하늘이 붉게 물들고 공기가 차디찼다.

"계속 손을 흔들어라. 정착민들이 우리가 뭘 하는지 일일이 감시하고 있을 테니까. 네가 그 위에서 우리를 감시하고 있다고 상상해 보렴. 뭐가 보이겠냐? 위험하기 짝이 없는 팔레스타인 테러리스트들 가운데 둘만 빼고 나머지는 다 떠났다고 생각할 것 아니냐?"

아마니는 손을 흔들면서 정착민이 위에서 자기 모습을 지켜보는 걸 상상했다. 그런데 아빠는 이제부터 뭘 할 생각인 거지?

"자, 이제 그들에게 보이지 않는 할아버지 집 앞으로 걸어가자. 난 이렇게 할 생각이다. 과수원 밑에 놔둔 트럭에는 어제 딴 올리브만 실려 있어. 이제 곧 날이 어두워지면 내가 가서 오늘 딴 올리브 자루들을 옮겨 트럭에 실을 생각이다. 위험을 무릅쓰면서까지 알칼릴 외곽에 있는 검문소를 지나갈 생각은 없구나. 아까 그 장교가 내 이름을 위험인물 명단에 올려놨을 테니까. 내가 형처럼 감옥에 가는 걸 보면 앓던 이가 빠진 것처럼 시원해할 텐데 그 꼴을 보고 싶진 않다. 난 트럭을 몰고 베들레헴으로 갈 테니 넌 나귀를 타고 양들을 마을로 데리고 가서……."

"안 돼요, 아빠! 나도 같이 갈래요!"

오마르나 큰아빠가 여기 있었다면 그들 역시 추수한 것을 구하기 위해 힘을 합쳤을 것이다. 그리고 조금도 두려워하지 않을 것이다.

"무거운 자루를 옮기려면 나귀가 필요해요. 게다가 전 동물을 잘 다루잖아요. 나귀를 조용히 시키는 건 저한테 맡겨 두세요."

"내 딸이 이렇게 용감한 줄 몰랐구나. 너마저 없었다면 내가 이 일을 할 수 있었을지 모르겠다."

순식간에 밤이 찾아왔다. 밤이 되자 정작 아마니의 용기도 빛과 함께 떠나 버렸다. 정착민들은 올리브 과수원에서 누군가를 발견하면 인정사정없이 총을 쏠 것이다. 아마니의 뱃속은 수많은 전갈들이 이리저리 움직이는 것처럼 요동쳤다. 어두워서 좋은 점이라곤 겁에 질린 얼굴을 아빠에게 들키지 않은 것뿐이었다.

24장

아빠는 점심을 먹은 다음 땄던 올리브 자루를 마지막 줄의 나무 밑 어디에 두었는지 정확히 기억했다. 아빠가 밤에 나다니는 박쥐처럼 아마니와 나귀를 이끌고 어두운 과수원 길을 능숙하게 걸어갔다. 손전등도 필요 없을 정도로 거침없는 걸음걸이였다.

정착민들이 비탈을 내려온다 해도 손전등을 들고 올 것이다. 그렇다면 도망갈 시간은 충분하다. 아빠가 자루들을 나귀 등에 얹는 동안 아마니는 아주 미세한 깜박거림도 놓치지 않으려고 온 신경을 곤두세웠다.

돌 위에서 뭔가가 움직이는 소리가 났다. 아마니는 깜짝 놀라 어두운 나무 뒤를 노려보았다. 나뭇가지에서 나는 소리였나? 아니면 정착민들이 긴 총으로 우리를 겨누는 소리일까?

"저게 무슨 소리예요?"

아마니가 나지막하게 속삭였다.

"정착민은 아닌 것 같다만."

아빠 역시 속삭이며 대답했다.

"내가 갈 때까지 넌 트럭에서 기다리는 게 좋겠다."

층층의 과수원 길을 나 혼자 내려가라고?

"싫어요. 여기서 나귀를 조용히 시키고 있을래요."

아마니는 나귀의 목에 착 달라붙어서 마지막 자루를 가지러 가는 아빠의 뒤를 쫓았다. 아무 소리도 내지 않고 조용히 있어 주는 나귀가 그저 고마울 따름이었다.

자루를 다 옮긴 뒤 두 사람은 조심조심 트럭으로 내려갔다. 아마니도 너무 느리다고 느낄 정도였다. 트럭에 도착하자마자 아마니는 트럭 옆에 붙어 서서 최대한 조용히 토했다. 아빠가 토하는 소리를 들었는지 어쨌는지 모르지만 그는 아무 말도 하지 않았다.

어두운 밤 덕분에 두 사람은 들키지 않고 베들레헴까지 갈 수 있었다. 아빠는 가는 길 내내 전조등을 끈 채 운전했다. 반달과 별들로 가득 찬 하늘이 땅에 스산한 빛을 던졌다.

아빠는 포도밭을 지나 정착민의 고속도로 막다른 길로 이어지는 마을길을 따라갔다. 아빠의 팔을 꽉 붙잡은 아마니는 큰아빠가 끌려갈 때 그의 장화가 어딘가로 사라지고 포도가 도로에 나뒹굴었던 끔찍한 장면을 떠올렸다.

"손 좀 놔라, 아마니. 네가 내 팔을 이렇게 꽉 붙들고 있으니 생각도 할 수 없고 운전도 잘 못하겠구나. 네가 무슨 생각을 하는지 다 안다. 하지만 그 고속도로로는 안 갈 테니 안심해."

"지금 남쪽으로 가고 있는 거 맞죠? 베들레헴은 북쪽 아니에요?"

"이 길이 보통 다녔던 직통 코스는 아니란다."

아빠가 말하면서 운전대를 홱 틀자 차가 거친 땅 위로 올라섰다.

"하지만 아빠, 앞에는 산과 사막뿐이잖아요."

"지금은 지리를 가르쳐 줄 여유가 없구나. 하지만 작은 길이나 골짜기, 옛날 길을 통해서도 얼마든지 베들레헴에 갈 수 있다는 걸 알아 두렴. 그 점에 관해선 날 믿어라, 아마니. 베들레헴으로 가는 길은 쫙 꿰고 있으니까."

아빠가 기어를 최고 속력으로 바꿨지만 급경사진 비탈을 오르기에 힘이 부친 트럭이 신음소리를 냈다.

"제가 내려서 걸을까요?"

"그럼 올리브 자루 20개도 들고 가지 그러냐?"

아빠가 아마니를 놀렸다.

"걱정 좀 그만해라. 계속 그러면 널 집에 두고 갈 거야. 크리스마스 때마다 네 할머니를 베들레헴에 모시고 갔기 때문에 이 길이라면 훤하단다."

"언제 적 얘기예요?"

"이스라엘이 분리장벽(팔레스타인 무장 세력의 테러를 차단한다는 목적으로 이스라엘이 2002년부터 예루살렘 외곽에 쌓은 벽. 지금도 팔레스타인 주민 소유의 토지를 가로지르거나 마을과 마을, 집과 일터 사이를 갈라놓으면서 건설하고 있는데 현재 그 길이가 700km에 달하는 것으로 알려졌다—옮긴이)을 쌓기 전 이야기다. 벽과 검문소가 설치된 다음부터 베들레헴이 감옥처럼 변했더구나."

"그럼 우린 어떻게 들어가요?"

"뒷문으로."

아빠의 휴대전화 벨이 울렸다.

"우리도 방금 당신 얘기를 하고 있었는데, 무슨 일 있는 거요?"

아빠가 가만히 상대방의 이야기를 듣다가 고개를 흔들었다.

"아마니도 여기 있는데 당신이 직접 얘기하는 게 좋겠구려."

아마니가 전화를 받아 들었다. 엄마는 국경에 있던 여자 군인이 엄마의 표정이 위험하다면서 입국을 막았다고 했다.

"그래서 어떻게 했어요?"

"그 여자의 뺨을 한 대 갈기려다 관뒀지. 라자처럼 어리고 예쁜 군인이더라. 자기 눈에는 내 얼굴이 위험해 보였나 보지. 내일은 화장도 하고 치마도 좀 짧게 입은 다음 남자 군인 앞에 줄을 설 생각이다. 미친 듯이 미소를 지으면 통과시켜 주겠지 뭐."

그 대목에서 엄마가 깔깔대고 웃었다.

"내일도 내 얼굴에서 위험한 표정을 찾아내지 않는다면 어스름 무렵엔 집에 도착할 것 같구나."

"엄마한테 짧은 치마가 어디 있어요?"

"단을 접어 올리면 되지."

서로 잘 자라고 인사한 뒤 전화를 끊었다. 지금 어디를 지나고 있는지 알아내는 걸 포기한 아마니는 트럭 안의 온기를 느끼며 일정한 속도의 흔들림에 몸을 맡기고 곯아떨어졌다. 그러다 아빠가 올리브기름 짜는 곳을 묻기 위해 창을 내릴 때에야 잠에서 깼다. 차가운 밤공기에 화들짝 놀란 탓이다.

트럭은 낮은 건물 사이로 난 좁은 도로를 지나가는 중이었다. 아마니는 거대한 장벽을 얼핏 본 것 같았다. 철조망도, 번뜩이는 불빛도. 드디어 베들레헴에 도착한 것이다.

늦은 시간인데도 올리브기름 짜는 곳에는 터질 것 같이 꽉 찬 자루들을 들고 줄을 선 사람들로 북적거렸다. 아마니는 아빠가 줄 끝에 자루를 내려놓는 일을 도왔다. 두 사람은 이곳에서 이방인이었지만 아빠가 거기 있는 모든 사람들과 말을 트는 데 그리 오랜 시간이 걸리지 않았다.

아빠의 이야기를 듣고 커피를 내오는 사람이 있는가 하면 빵과 펠라펠을 가져오는 사람도 있었다. 몇몇 여자들은 아마니를 둘러싸고 아마니의 큰아빠와 엄마, 마을에 건설된 정착촌에 관해 물었다.

길게 늘어선 줄이 둥그렇게 바뀌더니 다들 안에서 들리는 요란한 기계 소리에도 아랑곳하지 않고 큰 소리로 떠들며 먹을 걸 나눠 먹었다. 누구에게나 남편이나 아들, 혹은 조카를 이스라엘 감옥에 보낸 경험이 있었다. 가족 중에 누군가가 국경을 통과하지 못하고 거부당한 사람도 꽤 됐다.

어떤 사람이 아빠에게 시간이 그리 많지 않다는 사실을 상기시켰다. 아빠는 어두운 밤길을 운전해서 다시 집으로 돌아가야 하는 처지였다. 그 얘기를 들은 사람들이 아빠가 줄의 맨 앞에 설 수 있도록 기꺼이 자리를 내주었다.

기름을 다 짠 아빠는 두 병만 집에서 쓸 용도로 남기고 나머지를 꽤 괜찮은 가격에 팔았다. 집에 오는 차 안에서 아빠는 내내 콧노래를 불렀다. 심지어는 골짜기로 내려가는 험한 길에서조차 아빠의 콧노래는 그치지 않았다.

아마니는 초조하게 창밖을 내다보았다. 골짜기는 은빛 안개로 뒤덮여 있었다. 아빠가 할아버지 집 옆에 주차하고 전조등을 끌 때까지 아마니는 한순간도 마음을 놓을 수 없었다.

두 사람은 올리브기름 병 하나를 동굴 속에 넣었다.

"아빠, 뭔가 좀 이상하지 않아요? 들어 보세요."

양들이 아마니가 온 걸 눈치 채고 이틀 동안 굶긴 것에 항의하며 매 울고, 큰아빠 집에서는 수탉들이 요란하게 암탉들을 깨우고 있었다.

아빠가 시계를 쳐다보았다.

"이상하다. 기도하라는 소리가 들리질 않아. 라마단 첫날인데 왜 이렇게 조용한 거지?"

무에진이 아프기라도 한 걸까? 양들의 애처로운 울음소리가 계속 이어졌다. 지금 먹을 걸 주지 않으면 양들이 병에 걸릴 수 있다.

"아침 먹기에 너무 늦은 시간인가요?"

아마니가 아빠를 따라 할머니의 부엌으로 들어가면서 물었다.

"아직 해도 뜨지 않았는데?"

아빠가 커피 주전자에 물을 채우고 불 위에 올려놓았다.

"바쁘냐? 오늘 학교 안 가지?"

"안 가요. 하지만 양들을 먹여야 해요. 배가 고파 죽기 일보 직전일 거예요."

"우리도 먹지 않으면 죽을지도 몰라. 아침 먹고 나서 이슬라에게 올리브기름을 한 병 가져다줘야겠다. 넌 양떼를 어디로 데리고 갈 생각이냐?"

"할아버지가 급할 때 가라고 가르쳐 준 곳이 있어요."

아빠는 길게 하품을 하더니 더 이상 묻지 않았다. 너무 피곤해 보였다.

아빠가 커피를 타는 사이 아마니는 남은 음식을 꺼내 약간

상한 빵과 차가운 찐 달걀을 억지로 배 속에 밀어 넣었다. 금식 첫날은 대개 몹시 힘들다. 아마니는 이 음식으로 해질 때까지 버텨야 한다는 생각에 이를 악물고 삼켰다.

아마니는 양 우리로 달려가 아빠가 떠나기를 기다렸다. 마침내 덜컹덜컹 아빠가 트럭을 몰고 가는 소리가 들렸다.

됐다! 아마니는 우리 문을 열고 퍼두스로 가는 게 얼마나 위험할지 따져 보았다. 설령 울타리에 정착민이 서 있다 해도 안개 속에서 자기네를 발견하기란 쉽지 않을 것이다. 하지만 양들이 우는 소리를 들을 수 있으므로 빨리, 최대한 조용히 다녀와야 한다.

축축한 나무 냄새를 맡고 따지 못한 올리브의 무게 때문에 축 처진 마지막 단의 올리브나무들을 보니 화가 부글부글 끓어올랐다. 아마니는 분노에서 용기를 끌어냈다.

그러나 양떼는 아마니가 원하는 대로 빨리, 조용히 걷지 않았다. 굶주림에 지쳐 약해진 양들은 계속 울며 올리브 과수원의 높은 단을 천천히 걸었다. 사헴도 컹컹 짖어댔다. 그 소리가 이른 아침의 정적을 흔들었다.

제발 서둘러. 아마니는 마음속으로 양떼를 재촉했다. 곧 비밀의 통로가 담 어디쯤 있었는지 가늠하며 앞서 달렸다. 양들이 그 뒤를 따랐다.

퍼두스로 가자!

25장

차가운 바람이 고원을 휩쓸자 먼지가 바람에 풀풀 날렸다. 천천히 걷는 아마니의 정강이를 희망이가 머리로 살짝살짝 밀었다.

아마니가 희망이 검은 이마를 톡톡 두들겼다.

"거의 다 왔어. 너무 피곤해서 널 안아 줄 수가 없구나. 미안."

아마니와 양떼는 널따란 바위 위로 난 울퉁불퉁한 계단의 마지막 단을 올랐다. 바로 거기, 자그마한 풀밭이 나타났다. 늑대는 눈에 띄지 않았다.

그곳에 이르자 사헴이 긴장을 풀고 양들이 저쪽 끝에서 풀을 뜯는 걸 봐도 내버려뒀다. 이곳이 안전하다는 표시다.

아마니는 지팡이를 옆에 두고 풀밭에 몸을 구부리고 앉았다. 피곤이 몰려왔다. 널따란 바위가 차가운 바람을 막아 주고 떠오르는 해가 풀밭의 공기를 따뜻하게 데웠다.

몸이 이틀 동안 바삐 올리브를 따고 그 다음 날 밤새 베들레헴에 다녀온 일에 대한 대가를 요구했다. 아마니는 정신없이 곯아떨어졌다.

아마니가 잠에서 깼을 때는 해가 거의 중천에 떠올라 있었다. 느닷없이 사헴이 짖더니 양들을 다른 편 끝의 내리막길로 몰며 퍼두스에서 몰아냈다. 아마니는 벌떡 일어나 불안한 눈빛으로 비탈길 주변을 둘러봤다.

늑대 두 마리가 땅에 납작 엎드린 채 은밀하게 풀밭으로 접근하고 있었다. 그 뒤에 새끼 두 마리가 보였다. 바람의 방향이 바뀐 덕분에 사헴이 그들의 늑대를 먼저 맡은 게 천만다행이었다.

무슨 계획이었는지 모르지만 앞장 선 늑대가 갑자기 마음을 바꾼 것 같았다. 옆에 있던 늑대와 새끼들도 즉시 그의 명령에 따랐다. 회색 늑대들이 바위로 된 비탈길에서 몸을 곧추세웠다.

천연 계단 위 통로에 조너선이 서 있었다. 그는 손가락으로 늑대들이 방금 있었던 산 위를 가리켰다. 조너선의 얼굴에 두려움과 경외감이 뒤섞여 나타났다.

"믿을 수 없어. 늑대 무리가 한 몸처럼 재빨리 움직이는 거 너도 봤지? 여러 마리가 어쩜 저렇게 민첩하게 움직일 수 있는 거지?"

"너 때문에 도망갔잖아. 난 아니야."

조너선이 고개를 갸웃하더니 당황스럽다는 표정을 지었다.

"고마워해야 할 일 아닌가? 늑대가 네 양들을 잡아먹을 뻔했는데……."

조너선이 장난을 쳤다. 아마니는 남자애들이 장난을 치는 이유가 무엇인지 알 수 없었다. 아마니는 지팡이를 집어 들고 계단 쪽으로 급히 움직였다.

"양들을 집으로 데려가야 해."

"여긴 우리 둘밖에 없어. 아, 네 개도 있지? 늑대는 사람을 무서워하기 때문에 더는 가까이 오지 못할 거야. 너도 알잖아."

두 사람은 낙타의 혹에 도착할 때까지 말없이 걸었다. 그곳은 여전히 햇빛으로 충만했다. 조너선은 망원경으로 앞에 있는 비탈길과 뒤에 있는 고원을 자세히 들여다보고 말했다.

"안전해."

아마니는 양들이 바위 사이로 난 길을 따라 움직이게 한 다음 그 뒤를 따랐다. 등 뒤에 조너선의 시선이 느껴졌다.

"새끼 늑대를 본 건 처음이야."

아마니가 편치 않은 기분으로 말을 꺼냈다.

"영어로 새끼 늑대를 뭐라고 하지?"

"펍(pup)이라고 해. 학교에서 영어를 배우는 거야? 끔찍하게 좋겠다. 난 뉴욕에 있는 히브리 학교에서 히브리 말을 배웠는데 그건 정말로 끔찍했어."

"끔찍해? 좋아? 좀 천천히 말해 줘."

"너…… 학교에…… 다니냐?"

조너선이 큰 소리로 또박또박 물었다.

뭐라고? 내가 바본 줄 아나? 아니면 귀머거린 줄 아나?

"맞아…… 학교에…… 다녀."

그 말에 조너선이 웃음을 터트렸다.

"미안해. 이제부터 천천히 얘기할게. 네 등에 대고 대화하는 건 쉽지 않아. 끔찍하다는 건 나쁘다는 말이야. 하지만 그걸 좋다는 말과 함께 쓰면 굉장하다는 뜻이 돼. 내가 보기에 네 영어 선생님은 끔찍하게 좋은 분 같아."

"아부시 선생님? 선생님은 팔레스타인 사람인데 미국에서 자랐어. 맞아, 선생님은 끔찍하게 좋은 분이셔."

"난 율법서로 히브리 말을 배워서 그런지 기도문은 끝내주게 읽을 수 있어. 그런데도 텔아비브로 가는 버스를 탈 정도의 일상적인 회화는 못 해. 우습지?"

앞서 가던 양떼가 담 위쪽에 있는 길 끝에 도착했다.

"아부시 선생님은 미국인은 누구나 낚시 게임이라는 카드놀이를 즐긴다고 하시던데 그게 사실이야?"

조너선이 웃으며 대답했다.

"어렸을 땐 그 게임을 거의 매일 했어. 엄마가 뉴욕에서 선생님으로 일하시거든. 그래서 그런지 교육적인 게임이라면 물불 안 가리고 하는 편이지. 한때는 테라스에 나무를 심기도 했다니까?"

나무라고? 나무 생각을 하자 올리브 과수원에서 자기 가족을 몰아내던 무장한 정착민의 모습이 선명하게 떠올랐다. 아마니는 주먹을 불끈 쥐고 몸을 돌렸다.

아마니의 얼굴을 본 조너선이 방어하려는 듯 두 손을 들어 올렸다.

"왜? 왜 그러는 건데?"

"어제 너희 이스라엘 사람들이 우리에게 고함을 막 지르고 사나운 개를 몰고 총을 들고 왔어. 군인들도 왔어. 우리가 올리브를 따지 못하게 막았어!"

"어제?"

무슨 말인지 이해하려고 안간힘을 쓰는 듯 조너선의 목소리가 높아졌다.

"올리브 과수원에서 일어난 일을 말하는 거야? 너희라는 말 좀 안 쓰면 좋겠다. 난 거기에 없었으니까. 그 일을 막으려다 아버지랑 엄청 크게 싸웠거든. 내 생각에도 그런 식으로 땅을 차지하는 건 옳지 않은 것 같아서 말이야."

"우린 너희와 싸울 거야. 우리 올리브나무를 지키기 위해 싸울 거라고. 우리 땅을 위해 싸울 거란 말이야."

조너선의 얼굴이 잔뜩 구겨졌다.

"나하고 싸울 필요는 없어. 네가 이 땅을 사랑하는 건 잘 알겠어. 하지만 정착민들은 하나님이 이 땅을 자기에게 줬다고 믿고 있어. 그들은 이 거룩한 땅을 남과 공유하지 않을 거야. 정착민들과 싸우지 마. 이스라엘 군인은 정착민을 보호하는 게 임무야. 너희한테 나쁜 결과만 가져올 거야."

아마니가 상상의 총을 들어 올렸다.

"너희 하나님이 우리를 쏘아 죽이라고 했어? 이 땅을 훔치라고?"

"그들은 훔친다고 생각하지 않아. 자기들의 땅을 돌려받기 위해서라면 너희를 자극하고 죽이는 일도 서슴지 않을 거야. 사람들이 장벽을 아래쪽으로 옮길 계획이라던데 난 그걸 막을 힘이 없어. 열여섯 살밖에 되지 않은 아이에게 무슨 힘이 있겠어?"

아마니가 주먹을 흔들었다.

"그럼 누구 말을 듣는데? 내 말도 안 들을 거잖아. 너! 네가 말해야 해!"

아마니 뒤에서 양들이 울고 사헴도 컹컹 짖었다.

아마니가 돌아서니 심술이가 길을 벗어나 담을 뛰어내린 후 물통이 있는 오아시스 쪽으로 전속력을 다해 달리는 것이 보였다. 나머지 양들이 그 뒤를 따라 뛰고 사헴도 뒤쫓았다. 오직 희망이만 양치기의 명령을 기다렸다.

아마니는 희망이를 안고 바위 사이를 기어 내려갔다.

아마니 머릿속의 반은 조너선과의 논쟁에 머물고, 나머지 반은 희망이가 양들을 따라가는 걸 지켜보는 데 집중했다. 양들이 작은 물통 주변으로 몰려들자 사헴이 계속 짖으면서 아마니를 불렀다.

뭔가가 잘못되었다.

물통 주변을 주의 깊게 살펴보던 아마니는 갑자기 오싹한 기분이 들었다. 양치기로서의 본능이 어서 서두르라고 외쳐댔다.

정신없이 뛰는 아마니의 발에 청록색 공 모양의 플라스틱이 밟혔다. 그런 플라스틱 공이 오아시스 전체에 흩어져 있었다. 이게 어디서 왔지? 물통에 물을 집어넣은 사람이 누굴까? 오늘 아침에는 물통을 채우지 않았는데…….

아마니는 양들을 물통에서 몰아내려고 지팡이를 휘두르며 소리를 질렀다.

"그만!"

그래도 양들이 말을 듣지 않자 양들 사이를 비집고 들어가 몸 전체로 물통을 밀었다. 하지만 물통은 약간 흔들릴 뿐 꿈쩍도 하지 않았다. 물이 이쪽저쪽으로 출렁거렸지만 도저히 쏟아 버릴 수가 없었다.

몇 초 뒤 따라온 조너선이 아마니 반대쪽으로 가 외쳤다.

"통이 너무 무거워. 이쪽에서 밀게 좀 도와줘. 이쪽이 비탈

길이잖아."

아마니는 양들을 밀치고 조너선 곁으로 가서 어깨로 물통을 밀었다. 그러자 마침내 통이 뒤집어지고 물이 사방으로 튀면서 주변을 적셨다. 양들은 이리저리 흩어져서 고개를 숙이고 먹이를 찾아 나섰다.

아, 안 돼! 아마니는 실망한 눈빛으로 양들을 쳐다보았다. 얼마나 마셨을까? 양들이 먹은 게 도대체 뭘까?

"저 초록색! 저걸 못 먹게 해야 해!"

아마니는 지팡이를 휘두르며 양떼를 오아시스에서 올리브 과수원 쪽으로 몰아냈다. 사헴과 조너선이 양쪽에서 아마니를 도왔다.

올리브나무 아래에는 플라스틱 공이 없었다. 조너선은 올리브나무들이 줄지어 있는 첫 번째 줄에서 발걸음을 멈췄다.

"너희 중 누구도 안전하지 않아."

조너선이 착 가라앉은 목소리로 말했다.

"저들은 너희가 정착촌 가까이 사는 걸 용납할 수 없는 거야. 저들이 이런 짓을 했다는 걸 믿을 수 없어. 어떻게 이런 짓을 할 수 있지? 정말 무섭다."

아마니는 독이 영어로 뭔지 몰랐다. 설령 안다 해도 너무 겁나 말할 수 없었을 것이다.

"난 더 가면 안 돼."

조너선이 무척 괴로운 얼굴로 말했다.

"정착민들이 지켜보고 있을지도 몰라. 내가 너희 올리브 과수원 안으로 사라지는 걸 보면 총을 갖고 달려올 거야."

아마니가 고개를 끄덕였다.

"난 양떼 곁에 있어야 해."

둘 중 누구도 진실을 말할 수 없었다. 물에 독이 들어 있었다면 이미 양들의 내장을 통과했을 것이다. 아마니는 아빠를 찾으러 뛰었다. 아빠의 전화가 필요하다. 정부 수의사에게 전화를 해야 한다. 설령 수의사가 무슨 말을 할지 짐작이 가더라도 말이다.

하지만 너무 늦었다. 알라조차 손을 쓸 수 없을 정도로…….

26장

몇 시간이 지나서야 아마니는 아빠의 휴대전화로 수의사와 통화할 수 있었다. 양들이 이상할 정도로 조용했다. 아마니가 수의사에게 보고할 변화는 그것뿐이었다.

"지금으로선 그게 뭔지 또 얼마나 농도가 진한지, 그리고 양들이 그걸 얼마나 먹었는지 알 길이 없구나. 우선 깨끗한 물을 충분히 마시게 하고 이틀 정도 기다려 보자. 지금은 그것밖에 할 일이 없어."

아빠는 아마니가 우물에서 양 우리로 물을 나르는 걸 거들고는 잠을 자야 한다며 아마니를 집으로 데려갔다. 하지만 다음 날 아마니를 깨운 아빠의 얼굴이 잿빛이었다. 밤사이 심술이와 양 다섯 마리가 죽었다는 것이다.

"어떤 녀석들이 죽었어요?"

이상할 정도로 정적이 흐르는 골짜기를 지나면서 울음보가 터진 아마니가 물었다. 오늘도 역시 기도 시간을 알리는 무에진의 외침이 없었다. 게다가 밖으로 내보내 달라고 떼를 쓰는 양들의 울음소리도 들려오지 않았다. 양들의 이름을 알 리 없는 아빠는 아마니 옆에서 단지 고개를 흔들 뿐이었다.

뭐가 잘못된 거지? 아마니가 아끼고 사랑하지 않은 양은 단 한 마리도 없었다.

죽은 양들은 팔다리가 뻣뻣해져서 밤사이 쓰러졌던 그곳에 그대로 누워 있었다. 죽은 양들 주변에 파리떼가 극성을 부렸다. 꼼짝 않고 서 있는 루마니아의 엉덩이에 설사기가 남아 있었다. 문 옆에서 아마니를 기다리던 희망이는 또 다른 새끼 양 옆에 바싹 붙어 있었다. 양들의 울음소리는 끊어질 듯 가냘프기 그지없었다. 그 모습을 본 아마니의 가슴도 찢어지는 것 같았다.

아마니는 우리 문을 활짝 열어 젖히고 새끼 양 두 마리를 품에 꼭 안은 채 할아버지가 이런 일을 당했다면 무슨 말을 했을까 상상해 보려 했다.

'시체 만지기가 겁나지? 힘을 합쳐서 끌고 나가자. 그러고 나서 오늘 일은 깡그리 잊어버리는 거야. 괜찮을 거다.'

새끼 양들이 아빠와 아마니를 따라 우물로 갔다. 루마니아는 옆에 깨끗한 물을 갖다 놨는데도 너무 아픈지 마시기는커녕 움직이지도 못했다. 아마니가 루마니아를 부드럽게 안아

주었는데도 루마니아는 두 눈을 반짝였을 뿐 별다른 반응이 없었다.

아마니는 새끼 양 두 마리를 젖 짜는 우리에 격리시킨 다음 죽은 양들의 시체와 죽어 가는 양들을 보지 못하게 나무도막과 양철통 따위로 담을 쌓았다. 양 우리로 돌아가 보니 옆으로 드러누운 루마니아의 숨소리가 거의 들리지 않았다. 순간 그처럼 강하고 튼튼했던 암양의 몸이 사정없이 흔들렸다.

"발작이다."

아빠가 중얼거렸다.

아마니는 루마니아의 하얀 등 위에 손을 올려놓았다. 경련이 끝남과 동시에 루마니아의 숨도 멎었다.

"이제까지 본 암양 중 최고였는데……."

아마니는 울지 않으려고 이를 악물었다.

"루마니아가 낳은 새끼는 하나같이 튼튼하고 건강했어요. 게다가 루마니아가 얼마나 좋은 엄마였는지 몰라요."

아마니는 루마니아의 엉킨 털 속에 손을 깊이 집어넣은 다음 천천히 루마니아를 어루만졌다. 양털 냄새가 코를 찔렀다. 아마니는 손에 얼굴을 묻고 울었다.

아빠는 아무 말도 하지 않고 기다렸다. 아마니가 슬픔을 극복할 시간을 주려는 것이다.

새끼 양들의 힘없는 울음소리를 듣고서야 비로소 할 일이 있다는 사실을 기억한 아마니가 눈물을 닦고 자리에서 일어섰다.

"저 새끼 양들은 물이랑 플라스틱 공 안에 든 걸 먹지 않았어요."

아마니가 아빠에게 말했다.

아빠는 먼 곳을 바라보며 대답했다.

"글쎄…… 그랬을 수도 있지. 하지만 확실한 건 내일이나 돼야 알 수 있겠구나."

우선 양 우리에서 시체를 빨리 치우는 일이 급했다.

"죽은 양들을 옮기는 걸 좀 도와주시겠어요? 지금 당장 옮기는 게 좋겠어요."

그 말에 아빠의 몸이 뻣뻣해졌다.

"아부 나더에게 전화했다. 아마니, 와르데와 라자가 집에 들른다고 했으니 넌 학교에 가는 게 좋겠다. 둘한테는 네가 양 우리에서 시간을 보내야 해서 좀 늦을 거라고 얘기해 뒀으니까 걱정 말고. 아부 나더가 자기 형제들을 데리고 와서 도와주기로 했으니까 아무 염려 말고 학교에 갔다 와."

아마니가 고개를 저었다.

"양치기는 저예요. 제가 양들을 묻어 줘야 한단 말예요."

"마음은 알겠다만 이번엔 말고."

아빠의 목소리가 슬픔으로 갈라졌다. 아마니는 왠지 아빠가 엄마와 이미 통화했다는 느낌을 받았다.

"이번엔 내가 하마. 넌 학교 다녀와서 새끼 양들을 돌보면 돼. 아빠는 오늘 알칼릴에 가야 할 것 같구나. 한 친구가 엄마가 국경을 통과할 통행증을 발급받도록 도와주기로 했거든. 그 친구를 만나 일이 잘되면 오늘 밤 네 엄마와 오마르를 집에서 볼 수 있지 싶다."

학교에 늦게 도착한 아마니는 교실 뒤쪽에 말없이 앉아 있었다. 오아시스에서 본 장면이 머릿속을 떠나지 않았다. 양들이 담에서 뛰어내려 물통을 향해 죽을힘을 다해 돌진하던 모습이…….

영어 시간, 아부시 선생님이 칠판에 라마단이라는 단어를 썼다. 아마니 주변에 앉아 있던 여자애들이 책상 위에 몸을 숙이고 시를 썼다. 빈 종이를 쳐다보던 아마니는 하얀 종이에서 양의 흰 뒷모습을 떠올렸다.

"아마니? 무슨 일 있니, 아마니?"

선생님의 목소리가 점점 더 커지는데도 아마니는 자기 이름이 먼 곳에서 들려오는 것 같았다. 아부시 선생님이 아마니의 책상 옆에 무릎을 굽히자 반 친구들 모두 아마니를 둘러쌌다.

다들 왜 나를 쳐다보는 거지? 그때 문득 선생님의 질문이 아마니의 머릿속에서 메아리쳤다. 무슨 일 있냐고 물었지?

"내 양이요."

"그래?"

아부시 선생님이 고개를 끄덕이며 다시 물었다.

"네 양한테 무슨 일이 일어났는지 말해 주겠니?"

아마니가 자초지종을 털어놓자 다이알라까지 울음을 터트렸다. 그때 아마니는 머릿속에서 누군가가 자기를 부르는 소리를 들었다.

'서둘러.'

아마니가 자리에서 일어나자 의자가 바닥에 미끄러지며 끼이익 소리를 냈다. 아마니가 심하게 몸을 떨었다. 친구들이 양쪽으로 갈라져서 길을 내주자 아마니가 그 사이를 걸어 코트를 걸어둔 곳으로 향했다.

"왜 그러니, 아마니?"

"저도 잘 모르겠어요. 어쨌든 집에 가야 해요."

27장

아마니는 인도가 흙길로 변하는 지점에 도착할 때까지 계속 달렸다. 몇 걸음만 더 가면 눈앞에 골짜기가 드러날 것이다. 아마니는 씨도의 봉우리를 본 다음 그 반대편을 쳐다보았다. 상당수의 정착민들이 담장 뒤에 서 있었다.

아마니의 무릎이 팍 꺾였다.

완만한 씨도의 산기슭에 자라던 올리브나무들이 모조리 베어지고 없었다. 올리브나무를 베고 남은 그루터기만 여기저기 남아 계단식 과수원의 위쪽 단들은 마치 나무 그루터기의 무덤처럼 보였다. 베어 낸 나무들을 가득 실은 트럭 두 대가 고속도로를 이용해 서쪽으로 달리고 있었다. 올리브 과수원의 맨 아래에서는 굴착기가 뿌리가 그대로 붙은 자그마한 나무 하나를 옮겨서 트럭 뒤에 싣는 중이었다.

아마니는 팔로 배를 감싼 채 엉엉 울면서도 현장에서 눈을 뗄 수가 없었다.

과수원 옆에 있던 할아버지의 무화과나무도 전부 옆으로 넘어지고 지금은 거대한 노란 굴착기가 할아버지 집 벽의 마지막 부분을 깔아뭉개고 있었다. 나머지 부분은 이미 폐허가 된 상태였다. 앞베란다에서 남은 부분이라곤 산산조각 난 시멘트 블록과 돌멩이들과 맞닿아 있던 두세 개의 계단뿐이었다. 큰아빠 집은 그 길 반대편에 아직 그대로 서 있었지만 순서가 되지 않았을 뿐이다.

새끼 양들은 어떻게 됐을까?

아마니는 너무 무서워서 양 우리 쪽을 쳐다볼 수 없었다. 안 그래도 쓰러진 나무들 때문에 우리가 제대로 보이지 않았다. 학교 갈 때 새끼 양들을 우리 뒤쪽에 넣고 문을 닫은 기억이 났다. 불도저가 설마 텅텅 빈데다 볼품없는 양 우리까지 무너뜨렸을까? 그대로 달려가서 확인하고 싶은 마음이 굴뚝같았다. 그때 아마니의 바로 오른쪽, 골짜기 이편에서 큰 불도저가 엄마의 과일 나무 쪽으로 이동하는 게 보였다. 고속도로 갓길에는 군용 지프들이 주차돼 있었다. 아마니는 전에 보았던 키 작은 장교가 자기 집 앞길에 서 있는 걸 발견했다.

거대한 삽으로 구아버나무 두 그루를 쓰러뜨린 노란 불도저의 운전석이 180도로 빙 돌더니 아마니의 집으로 향했다. 긴 쟁기가 앞으로 죽 뻗어 있었다.

"그만해요!"

아마니의 심장이 쿵 내려앉았다.

불도저의 육중한 이빨이 아마니의 집 안으로 사라지는 순간 번갯불처럼 빠르게 지붕이 짝 갈라졌다. 지붕이 내려앉기 전 불도저의 이빨에 찢긴 들쭉날쭉한 지붕의 어두운 선들이 아주 잠깐 드러났다. 곧이어 허연 먼지가 사방으로 날렸다. 허연 먼지 구름 사이로 불도저의 노란색 팔이 쑥 나타났다. 불도저는 후진을 하더니 두 그루의 레몬나무를 쓰러뜨린 다음 집의 나머지 부분을 공격하기 위해 앞으로 천천히 기어갔다.

아마니의 핏속에서 엄청난 아드레날린이 솟구치며 아마니를 흥분시켰다. 생각해, 생각해야 해. 지금 내가 뭘 해야 할까? 아빠는 어디 계신 거지? 알칼릴에 가신다고 했지? 그건 지금 이곳에 아마니 말고 아무도 없다는 뜻이다. 엄마의 피아노는 옆문 바로 곁에 놓여 있었다. 아마니가 집의 나머지 부분을 허무는 걸 막으면 피아노만이라도 구할 수 있을지 모른다.

아마니는 등에 멘 책가방이 엄청나게 무겁게 느껴졌다. 아마니가 뛰는 통에 가방이 마구 흔들렸다. 아마니는 늑대가 달리던 모습을 상상했다. 늑대가 얼마나 잽싸고 자신 있게 산을 뛰어 내려갔던가. 늑대의 움직임에는 한 치의 흔들림도 없었다. 한시가 급했다. 뭐든 깔아뭉개는 불도저 엔진 소리가 아마니의 귀를 가득 채웠다. 시멘트 먼지가 아마니의 귀와 입으로 몰려들었다. 아마니는 심하게 기침을 하면서 한 손으로 얼굴을 가리고 다른 한 손은 공중에 흔들며 집의 동쪽으로 달렸다.

외부와 차단된 운전석에 앉아 있던 운전수가 고개를 돌려 아마니를 쳐다보더니 뭐라고 하면서 불도저를 빙 돌려 아마니 쪽을 향했다. 아마니는 펄펄 뛰면서 집과 자신을 번갈아 가리킨 다음 팔짱을 끼고 그 자리에 떡 버티고 섰다. 제발, 제발 그만해요!

날카로운 톱니 모양 이빨이 달린 불도저의 거대한 팔이 아마니를 향해 뻗는가 싶더니 점점 더 가까이 다가왔다. 이번엔 아마니를 공격할 태세였다.

아마니는 진입로를 내려다보았다. 군인 네 명이 아마니를 향해 달려오고 있었다. 내가 집으로 들어가면 불도저가 설마 집을 허물기야 하겠어?

아마니는 서너 번 뛰어 집으로 오르는 계단에 도착한 뒤 손잡이를 돌리면서 문을 밀었다. 하지만 문은 집을 허물 때의 충격 때문인지 틀에 꽉 끼어 움직일 기미가 없었다. 몸 전체로 온 힘을 다해 밀어 보았지만 문에 못을 박기라도 한 듯 꼼짝도 하지 않았다.

이때 억센 손들이 아마니의 어깨를 붙잡았다. 아마니가 몸부림을 쳤지만 또 다른 손들이 아마니의 발꿈치마저 잡았다.

군인 네 명이 아마니를 계단에서 진입로로 끌어내렸다.

아마니가 자기 왼쪽 무릎을 잡고 있는 군인에게서 몸을 빼내려고 죽기 살기로 버둥거리며 뒤꿈치로 땅을 치자 군인들이 히브리 말을 홍수처럼 퍼부어댔다. 군인들은 아마니가 몸을 빼내기도 전에 아마니를 옴짝달싹 못하게 땅에 찍어 눌렀다. 아마니가 고개를 겨우 들어 봤더니 들쭉날쭉한 불도저의 이빨이 집의 현관 유리창 안으로 들어가고 있었다.

"안 돼!"

아마니가 비명을 질렀다.

불도저가 팔을 쭉 펴고 위로 올리자 창을 둘러싼 벽이 맥없이 허물어졌다. 엄청난 먼지 구름이 일었다. 불도저의 팔이 지붕을 뚫고 올라가자 이번에는 집 앞부분이 무너졌다.

"안 돼요! 우리 집이란 말예요!"

어떤 군인이 아랍 말로 말했다.

"집 가까이 오지 마. 그러면 다칠 일은 없을 테니까."

군인들의 시선이 느닷없이 집에서 고속도로 쪽으로 옮겨갔다. 아마니도 그쪽으로 고개를 돌렸다. 나귀를 탄 아빠가 고속도로의 갓길을 따라 군인들 쪽으로 돌진하고 있었다. 아빠는 한 손을 마구 흔들면서 고래고래 소리를 지르며 달려왔다.

진입로 초입에 있던 장교가 총을 겨누고 있던 군인에게 고개를 돌리자 이내 총알이 발사되었다. 탕!

"아빠!"

군인들이 아마니를 더 단단히 붙잡는 바람에 아마니는 아빠에게 갈 수 없었다.

총에 맞아 쓰러진 나귀가 피를 흘렸다. 나귀에서 떨어져 무릎을 꿇고 있던 아빠가 일어서려고 안간힘을 쓰는 게 보였지만 곧 군인들이 에워싸서 아빠의 모습이 더 보이지 않았다.

군인들은 군홧발로 아빠를 차더니 아빠에게 총을 겨누었다. 얼마 뒤 카키색 군복의 커튼이 걷힌 다음에야 아마니는 금방이라도 쓰러질 듯 휘청이는 아빠의 모습을 얼핏 볼 수 있었다. 군인들은 무장한 차량 뒤로 아빠를 질질 끌고 갔다. 잠시 뒤 차 문이 꽝 닫히는 소리가 들렸다.

불도저가 요란한 소리를 내며 길을 가로지르자 군인들이 아마니를 놔 주었다. 아마니는 겨우 몸을 일으켜 무릎을 꿇었다. 모든 생각이 잡혀간 아빠에게 쏠렸다. 아빠를 감금한 군용차가 고속도로로 진입하는 중이었다.

아마니는 비틀비틀 몸을 일으켰다. 군인들은 이제 아마니가 무슨 일을 하든 내버려두고 지프에 올랐다. 아마니는 절룩거리며 진입로를 내려갔다. 군인들이 아빠를 감옥으로 데려간 게 분명하지만 당장 아빠를 도울 방법이 없었다. 아니야, 지금 당장 할 수 있는 일이 있을 거야. 그게 뭘까? 내 양!

할아버지 집은 흔적도 없이 허물어지고, 큰아빠 집도 벽 2

개가 무너지고 지붕이 거의 폭삭 주저앉은 상태였다.

아마니의 집을 파괴한 불도저가 올리브 과수원 쪽으로 향했다. 아마니는 오아시스 쪽을 쳐다보았다. 이스라엘 정착민들이 자기 마을을 둘러친 담의 위치를 좀 더 낮은 곳까지 넓히려 한다는 조너선의 말이 생각났다.

정착민들이 펴두스로 가는 비밀 통로를 발견해서 그곳에 무슨 짓을 저지르면 어떻게 하지?

고속도로를 건넌 아마니는 할아버지 집으로 가는 진입로를 오르는 대신 조심조심 고속도로 갓길을 따라 기어가기 시작했다.

큰엄마 파티마의 장미 정원이 처참하게 짓밟혔다. 아마니는 땅에 바짝 웅크리고 장미 정원을 지나 양 우리로 몰래 움직였다. 쓰러진 무화과나무 뒤의 담도 허물어진 상태였다. 아마니는 나무토막과 양철 조각을 쌓아 놓은 곳과 연결된 철문을 넘어갔다. 오늘 아침까지만 해도 양젖을 짜던 우리가 있던 곳이다.

아마니는 임시로 대충 막아 놓은 장애물을 치웠다. 다행히 양 두 마리가 그 아래에 바싹 붙어 웅크리고 있었다. 살아 있다! 그 뒤로 할아버지의 지팡이가 보였다. 희망이가 아마니에게 달려들자 다른 새끼 양도 천천히 그 뒤를 따랐다.

아마니가 양들을 껴안았다.

"나한테 꼭 붙어 있어. 할 수 있지? 자, 가자."

아마니는 지팡이를 집어 들고 양 우리를 빠져나와 달렸다. 큰엄마의 장미 정원이 있던 자리의 끝, 테라스 근처에 또 한 그루의 무화가나무가 넘어져 있었는데, 질펀한 피 웅덩이 속에 자그마한 갈색의 뭔가가 놓여 있었다.

아마니는 그 자리에 멈춰 섰다. 한 걸음도 뗄 수 없었다. 사헴이었다. 총에 맞은 사헴.

지난 몇 달 동안 잔인한 일을 겪으면서 아마니의 마음은 소중한 것을 잃은 아픔으로 딱딱하게 굳어 갔다. 자기 집 포도원 사이로 고속도로가 나고, 할아버지의 산봉우리 위로 정착촌이 들어서고, 큰아빠는 감옥에 가고, 양들은 독살당하고, 아버지도 잡혀가고, 집은 무너지고, 올리브 과수원은 흔적도 없이 사라져 버렸다.

지금까지의 일만으로도 아마니의 가슴은 금방이라도 터질 화약고처럼 감당할 수 없을 만큼 끓어올랐다. 사헴의 사체가 그런 아마니의 가슴에 불을 지폈다. 마음속에서 분노가 폭발하면서 두려움이 사라졌다. 남은 건 단 하나, 퍼두스뿐이다.

'숨을 쉬어라.'

할아버지의 목소리가 일렀다.

새끼 양들이 아마니가 돌을 집어서 주머니에 넣는 모습을 지켜보았다.

"나한테 꼭 붙어 있어."

아마니는 무너진 올리브 과수원으로 들어섰다.

위쪽 비탈길에는 벌써 나무뿌리와 가지들이 깨끗하게 치워진 상태였다. 위쪽 단들은 여기저기 흩어진 그루터기의 무덤처럼 보였다. 언덕 아래쪽에는 굴착기 두 대가 아직도 작은 나무들을 뿌리째 뽑는 중이었다.

아마니의 바로 아래쪽에서는 아마니의 집을 무너뜨렸던 거대한 노란 기계가 홀로 그 언덕의 아래쪽 절반을 맡아 정리하고 있었다. 거대한 무한궤도(차바퀴의 둘레에 강판으로 만든 벨트를 걸어놓은 장치—옮긴이)를 이용해 움직이는 불도저의 거대한 쇠삽이 땅을 스치는가 싶더니 오래된 나무가 옆으로 넘어졌다.

아마니는 주머니에서 돌을 꺼낸 다음 운전석을 향해 던졌다. 돌이 기계의 모퉁이에 맞고 튀어 나왔다. 운전수가 차를 몰다 말고 비탈 아래를 쳐다봤다.

아마니는 두 번째 돌도 세게 던졌다. 이번에는 창에 맞았다. 고개를 돌린 운전수가 아마니를 발견했다.

아마니가 세 번째 돌을 던지자 운전수가 엔진의 회전속도를 높이고 불도저를 아마니 쪽으로 돌렸다. 아마니는 그를 향해 지팡이를 흔들면서 기다렸다. 거대한 쇠턱이 자기를 뒤따라 온다는 확신이 들자 마침내 양들을 데리고 언덕 위로 올라갔다. 무시무시한 기계가 괴성을 질렀다.

언덕 꼭대기에 도착한 아마니는 돌아서서 돌을 하나 더 꺼내 온 힘을 다해 던지고는 주먹을 들어 올렸다. 운전수가 몸을 흔드는 게 보였다.

이제 누구도 후퇴할 수 없는 상황에 이르렀다. 긴 담장 쪽으로 새끼 양들을 몰고 간 아마니는 딱 한 번 뒤를 돌아보았다. 거대한 블레이드(불도저에서 흙을 밀거나 다지는 부분—옮긴이)가 뒤따라오고 있었다.

아마니가 새끼 양들을 담장 위로 들어 올렸다. 바위를 기어올라가던 양들이 멈춰 섰다.

"가자!"

아마니가 소리를 지르자 양들이 몸을 앞으로 구부렸다가 펄쩍 뛴 다음 모퉁이 쪽으로 모습을 감췄다. 비밀 통로에 접어든 양들은 전에 맛보았던 샘물과 풀밭을 기대하고 부지런히 위로 올라갔다.

불도저가 육중한 몸을 움직여 오아시스를 지나 자신에게 다가오는 걸 본 아마니도 담장 위로 올라갔다. 바로 그때 아마니는 얼핏 청바지를 보았다. 조너선이 물통이 있는 곳에서부터 오아시스를 달려 내려가고 있었다. 군인들을 향해서였다. 조너선이 손을 흔들면서 운전수에게 뭐라고 소리쳤다. 조너선에게 자기가 뭘 하고 있는지, 왜 그러고 있는지 설명할 시간도 없었다.

아마니는 그 거대한 불도저가 자기에게 도달할 시간을 계산하며 돌을 하나 더 던졌다. 5초. 얼굴이 벌게진 운전수가 뭐라고 말하는 게 보였다. 높은 운전석에 앉은 운전수는 그 기계가 짓뭉개고 산산조각 내는 게 무엇인지 모를 것이다. 담장은 물론이고 아마니의 계획이 실패할 경우 아마니의 살과 뼈까지도…….

아마니는 늑대가 공중으로 뛰어오르는 장면을 상상했다.

3초. 거대한 삽날이 죽음처럼 아마니 위로 그늘을 드리웠다. 2초. 아마니는 쇳덩어리 냄새를 맡으면서 뒤로 돌아섰다. 1초. 아마니가 위로 힘차게 뛰었다.

28장

도약은 아마니가 계획했던 것과는 완전히 달랐다. 두 번째 바위 위를 넘어간 게 아니라 그 위에 내렸던 것이다. 아마니는 재빨리 다시 뛰어 길 위를 질주했다. 발꿈치가 땅에 닿을 틈도 없이 정신없이 달렸다.

아마니 뒤에서 땅이 격렬하게 흔들렸다. 아마니는 불도저와의 거리를 넓히면서 만약에 일어날지도 모를 산사태에 대비해 달리기를 멈추지 않았다. 잔뜩 겁에 질린 아마니는 낙타의 혹 가장자리 주변으로 몸을 숨길 수 있을 때까지 날다시피 달리고 달리고 또 달렸다.

이제 안심해도 좋을 만큼 멀어졌을까? 아마니가 뒤를 돌아다보았다. 뿌연 먼지구름도, 불도저도 시야에서 사라지고 없었다. 아마니는 그걸 확인하자마자 걸음을 늦추고 할아버지의 지팡이에 몸을 가눈 채 거친 숨을 골랐다.

오래지 않아 아마니는 새끼 양들을 따라잡았다. 둘 중 약한 녀석이 더 가지 못하고 서 있었다. 희망이는 계속해서 그 양을 밀며 매 울었다.

아마니가 한쪽 팔로 그 양을 안아 올렸는데 일곱 달이나 된 양이라 몸집이 제법 커서 다루기가 쉽지 않았다. 아마니는 고원의 평평한 땅에 도착할 때까지 이 팔에서 저 팔로 양을 번갈아 안았다.

아마니는 눈으로 고원을 훑었다. 지금 퍼두스까지 갈 힘이 남아 있는지 의문이었다. 아마니는 약한 새끼 양을 어깨에 걸치고 지팡이에 몸을 기댔다. 손가락 사이에 낀 올리브나무의 감촉이 따뜻했다. 아마니는 천천히 걸었다. 희망이가 혼자 움직이는 것만도 천만다행이었다.

바위로 된 천연 계단이 고비였다. 아마니는 지팡이를 먼저 내디딘 다음 그 힘에 의지해서 계단을 한 번에 하나씩 올랐다. 한 계단을 오른 뒤 심호흡을 크게 몇 번 한 뒤에야 다음 계단을 오르는 식이었다. 계단을 다 오르니 눈앞에 햇볕이 강하게 내리쬐는 푸른 풀밭이 펼쳐졌다. 아마니는 늑대가 가족들과 함께 언덕 위 높은 곳에 서 있는 것을 목격했다.

희망이가 개울로 달려갔다. 아마니는 늑대가 무슨 짓을 할지 불안했지만 희망이를 그냥 내버려 두었다. 늑대들은 그저 보고만 있었다.

아마니도 개울로 걸어가서 물 옆에 약한 새끼 양을 내려놓았다. 최소한 물이라도 마시기를 바랐지만 새끼 양은 그러지 않았다.

아마니는 엄청난 갈증 때문에 땅에 무릎을 꿇고 감사 기도를 올렸다.

"비슴 알라 알라흐만 알라힘."

아마니는 오른손과 왼손을 번갈아 씻은 뒤 물을 마셨다. 차고 달콤하고 신선했다. 물을 마시니 좀 살 것 같았다. 배가 너무 고파서 아무것도 안중에 없는 희망이가 풀밭으로 향할 때까지 아마니는 물만 자꾸 들이켰다.

물을 마음껏 마신 아마니는 희망이의 뒤를 쫓아갔다가 너무 대담하다 싶을 정도로 희망이가 마음껏 풀을 뜯도록 그냥 내버려 두었다. 개울가에 있던 약한 양을 바라보던 아마니는 고개를 돌려 늑대들을 향해 외쳤다.

"너희를 위해 한 마리를 남겨 둘게!"

이윽고 아마니가 희망이를 풀밭에서 몰아냈다.

29장

아마니는 낙타의 혹을 빙 돌아 바윗돌 사이를 내려갔다. 서쪽 하늘에서 태양이 자그마한 깜부기불처럼 사위어 갔다. 아마니가 걸음을 멈췄을 때 희망이가 아마니의 뒤꿈치에 바짝 붙어 있어서 자칫하면 넘어질 뻔했다. 아까 불도저의 공격으로 바윗돌들이 이리저리 움직였는지 길이 막혀 있었다.

아마니의 계산이 맞다면 담에 도달하려면 바윗돌들을 타고 20미터쯤 올라가야 한다. 그런데 그게 안전할까?

아래쪽, 오아시스에 울퉁불퉁한 그림자가 보였다. 그 옆에 총처럼 보이는 긴 물건이 놓여 있었다.

정착민?

한층 신중해진 아마니는 아무 말 없이 희망이와 함께 바위 무더기를 올랐다. 그래도 그 형체는 변하지 않았다.

아마니는 바윗돌의 가운데를 밟으면서 다른 바윗돌로 조심

조심 걸음을 옮겼다. 바윗돌이 움직이지 않아 다행이었다. 아마니는 아까까지 축대였던 곳에 쌓인 돌무더기 위에 올라 걸음을 멈췄다.

오아시스 옆의 그림자는 조너선이었다. 그는 몸을 앞으로 푹 숙인 채 다리를 꼬고 앉아 있었는데 축축한 냉기 속에서 오래 기다리다 잠이 든 것 같았다.

아마니가 조너선을 보고 반갑게 외쳤다.

"조너선!"

조너선이 몸을 꼿꼿이 세우더니 신음소리를 내뱉으며 벌떡 일어났다.

"세상에! 팔레스타인, 너 살아 있었구나?"

조너선이 아마니 쪽으로 걸어오면서 말했다.

아마니는 지팡이로 중심을 잡으면서 엉망진창으로 무너진 돌무더기 위를 내려왔다. 조너선은 깔깔 웃으며 아마니를 도와주려고 손을 내밀었다.

"네가 이 길로 몸을 피했기를 얼마나 기도했는지 알아? 아까는 먼지 때문에 아무것도 보이지 않았거든. 왜 혼자 도망갔어?"

"우리 할아버지는 양치기였어. 할아버지가 이 길을 혼자서만 알고 있었던 것처럼 나도 그래야 했거든. 혹시 정착민들이 이 길에 대해 알고 있는 거야?"

“나 말고는 아무도 몰라.”

“그럼 이 길을 쉽게 찾아내진 못하겠구나.”

조너선이 아마니 쪽으로 길고 부피가 큰 보따리를 하나 내밀면서 그제야 아마니의 손을 놓아 주었다. 아마니는 좀 미안하긴 했지만 마음이 놓였다.

“담요를 가져왔어. 양을 데리고 갈 수 있어? 주변엔 아직도 독 천지야. 어디로 갈 건데?”

“그들이 지켜보고 있을까?”

“아니, 다들 축하 파티를 벌이느라 정신이 없더라고.”

둘은 아침까지만 해도 올리브 과수원이었던 곳을 말없이 걸었다. 날이 어두워지는데 땅에서는 아직도 불도저의 디젤 냄새가 강하게 피어올랐다. 언덕배기에는 나무를 베고 남은 그루터기 외에는 아무것도 없어 황량했다. 정원도, 길도 남지 않았지만 아마니의 발은 옛길을 기억했다.

돌에서 나는 곰팡내를 맡던 아마니가 느닷없이 빙그레 웃었다. 그래, 동굴! 다행히 조상의 고향인 동굴은 파괴되지 않았다. 그 동굴을 기억해 낸 것이 아마니에게는 자그마한 축복처럼 여겨졌다. 그때 아마니가 뭔가에 걸려 넘어졌다.

“괜찮아?”

조너선이 손전등을 켠 뒤 아마니를 발견할 때까지 불빛을 여기저기 비추었다.

아마니는 옆에 놓인 할머니의 오븐을 물끄러미 쳐다보며 속삭였다.

"이게 아직도 여기에 있네. 우리 할머니가 보시면 좋아하시겠다. 손전등을 꺼야 되지 않을까?"

"언덕에 가려서 보이지 않아. 여기선 불을 피워도 괜찮을 거야. 내가 먹을 걸 좀 가져왔어."

음식 이야기를 듣고 보니 아마니는 자기가 하루 종일, 어쩌면 더 오랫동안 아무것도 입에 대지 않았다는 사실이 떠올랐다. 그 순간 먹고 싶은 욕구가 걷잡을 수 없이 치밀어 올랐다. 하지만 먼저 해야 할 일이 있다.

"불 좀 빌릴 수 있어?"

조너선이 아마니에게 손전등을 넘겨주었다. 동굴 안으로 들어가 삽을 가지고 나온 아마니는 조너선의 도움을 받아 사헴을 묻었다. 그리 오랜 시간이 걸리지 않았다. 아마니는 조너선이 아무 말 없이 옆에 있어 준 것에 고마움을 느끼며 일을 끝낸 것에 안도의 한숨을 내쉬었다.

두 사람은 나뭇가지를 모아 불을 피우고 부서진 의자에 앉아 펠라펠을 먹었다. 조너선이 종이팩을 뜯더니 치켜든 입 안으로 액체를 밀어 넣고 아마니에게 건넸다.

"위하여! 초콜릿 우유야!"

아마니도 걸쭉하고 달콤한 액체를 마셨다. 샘물만큼 맛있는 건 아니었지만 조너선이 그걸 가져올 생각을 했다는 것만으로도 충분히 달콤했다.

"가족들은 어디 있어?"

조너선이 물었다.

"오늘 밤 동굴에서 자고 날이 밝으면 마을로 돌아갈 생각이야. 그런 다음 아빠를 찾아야 해."

조너선이 말없이 불꽃을 응시하면서 양손으로 나뭇가지들을 부러뜨리고는 하나씩 불에 집어 던졌다.

"난 뉴욕으로 돌아갈 생각이야."

아마니는 조너선이 돌아간다는 게 그리 달갑지 않았다.

"왜? 그렇게 겁나?"

조너선이 몸을 움찔했다.

"우리 아버지도 똑같은 소릴 했는데……. 아버진 진짜 유대인이라면 거룩한 땅을 지켜야 된다고 했어. 하지만 난 이제 진짜 유대인이 뭔지 잘 모르겠어. 우리 할아버지는 유대인 수용소에서 유대인들이 수없이 죽어 나가는 걸 목격하셨대. 그래서 고향땅에 가면 안전할 거라고 믿으셨다는 거야. 하지만 그게 이런 걸 의미할 줄은 정말 몰랐어."

머리를 저으며 말을 잇는 조너선의 목소리가 갈라졌다.

"불도저가 널 쫓아가는 걸 봤을 때……."

아마니는 조너선이 불도저를 멈추게 하려고 달려가던 모습이 생각났다. 게다가 조너선은 자기가 돌아올 때까지 추위에 떨며 오아시스 옆에 앉아 기다렸다. 모든 정착민이 조너선이나 아빠가 아는 랍비 같다면 두 민족이 해결책을 찾을 수 있을 텐데…….

“넌 겁쟁이가 아니야. 아깐 네가 가는 게 싫어서 한 말이었어. 난 정착민이 두렵지 않아. 네가 거기에 있다는 걸 알면 그렇게 무섭지 않을 거야.”

“이제 정착촌에 머물기가 힘들어. 날이면 날마다 과거에 네 생활이 어땠을까 생각하게 되거든. 널 처음 봤던 날처럼 네가 양에게 평화롭게 풀을 뜯기던 모습을 상상하게 돼. 장벽도 없고 군인도 없고 너희 땅에 고속도로도 없는 그런 날 말이야. 정착촌이 네 삶을 망쳐 버렸다는 생각 때문에 견딜 수가 없어. 뉴욕으로 돌아가면 내가 직접 본 일들과 너에 관해서 이야기할 작정이야. 뉴욕에서 내가 뭘 할지 상상해 봐.”

조너선이 아마니를 물끄러미 바라보았다.

“앞으로 너처럼 대단한 여자애는 만나지 못할 거야. 난 바라는 게 있어. 바라는 게 아주 많아.”

아마니는 자기가 그를 얼마나 좋아하는지 말해 주고 싶었다.

“언제 떠날 건대?”

“내일. 오늘 밤엔 너랑 있고 싶어. 하지만 마을로 빨리 돌아가지 않으면 정착민들이 네가 날 죽인 줄 알고 마을을 수색하러 군대를 보낼지도 몰라."

"동굴 안에 있으면 난 문제 없어. 우리 할아버진 어렸을 때 양들을 데리고 여기서 살기도 했는걸? 담요와 먹을 걸 가져다줘서 정말 고마워."

아마니는 가만히 조너선의 얼굴을 바라보았다. 그의 얼굴을 마음에 담아 둘 시간이 그리 길지 않다는 걸 잘 알고 있었다.

"가기 전에 알고 싶은 거 없어?"

아마니는 간절한 열망이 담긴 그의 눈빛을 마음에 새겼다. 앞으로 조너선을 기억할 때면 이 모습이 떠오를 것이다. 귀를 덮은 긴 머리, 환한 미소, 앞으로 기운 넓은 어깨…….

"내 이름은 아마니야. 여러 가지 소원이라는 뜻이지. 하지만 내겐 한 가지 소원밖에 없어."

아마니는 영어 시간에 쓴 시, 즉 자기가 태어난 날에 관한 시를 암송했다. 그 시를 들은 건 조너선만이 아니었다. 그 시간 하늘에는 무수히 많은 별들이 떠 있었으니까.

30장

묵직하게 안겨오는 희망이의 온기에 파묻힌 아마니는 웃으면서 잠에서 깼다. 음악소리. 아마니는 분명히 음악소리를 들었다고 생각했지만 눈을 떴더니 사방이 고요했다.

보통 때는 기도 시간을 알리는 외침에 잠에서 깨곤 했다. 그럼 그 소린 뭐였지? 피아노 소리 같았는데…….

아마니는 담요를 홱 집어 던지고 벌떡 일어섰다. 혼란스러웠다. 아마니가 잠을 깬 곳은 어두운 동굴 입구였다. 엄마가 피아노를 치는 황홀한 꿈을 꾸었는데…….

등을 내리쬐는 뜨거운 햇살이 아마니를 현실로 데려다 주었다. 아마니는 폐허가 된 할아버지 집과 부러진 나뭇가지, 허연 시멘트 먼지로 뒤덮인 것들을 내려다보았다. 고속도로 맞은편에 위치한 자기 집도 사정은 매한가지였다. 완전히 부서져 들쭉날쭉 깨진 시멘트 벽돌만 남았다.

희망이가 아마니를 보고 매 울었다. 배고프고 목마르다는 소리다. 아마니는 양동이를 찾아 우물에서 물을 채운 다음 희망이와 함께 고속도로를 가로질러 푸른 빛이 어른거리는 곳으로 향했다.

"아마니!"

무너진 집터에서 누군가가 소리쳤다. 아마니는 어렴풋한 직사각형 모양을 바라보았다. 한쪽 끝이 다른 쪽 끝보다 더 높아 보였다.

집터 중간에서 머리 하나가 쑥 튀어 나왔다. 손을 흔들고 있는 건가?

"아마니!"

그 머리가 사라지는가 싶더니 이내 무너진 집의 다른 장소에서 불쑥 나타났다. 두 사람이 산산조각 난 집의 껍질을 뚫고 부화하는 것 같았다. 고개를 숙인 어떤 여자가 무너진 지붕의 잔해 사이를 조심스럽게 올라갔다. 아마니는 머리카락에 금발이 섞인 걸 알아보고 그들을 향해 뛰어가며 소리쳤다.

"엄마! 오마르 오빠!"

정착촌으로 가는 고속도로 갓길에서 다시 만난 세 사람은 서로를 팔로 꼭 껴안고 몸을 흔들며 울었다. 아마니는 엄마와 오빠에게 번갈아 입을 맞추면서 믿을 수 없다는 듯이 자꾸 그들의 얼굴을 뚫어져라 쳐다보았다.

"언제 왔어요?"

아마니는 눈물을 닦기 위해 껴안았던 팔을 풀고 물었다. 엄마는 너무 심하게 우느라 말을 할 수 있는 상태가 아니어서 오마르가 대신 대답했다.

"어제 오후에. 마을 사람들도 대부분 우리랑 함께 와서 이곳을 둘러보고 갔어. 우리가 왔을 땐 이스라엘 사람들이 트럭 한 가득 나무들을 싣고 텔아비브로 가고 있더라. 거기서 팔 거래. 어떤 군인이 아빠가 나귀를 타고 군인들을 공격하는 바람에 끌려갔고, 새끼 양 두 마리를 데리고 있던 어떤 여자애는……."

오마르가 아마니의 손목을 잡았다. 아마니는 어제 군인들과 실랑이하다 잡힌 손목이 아파 소리를 꽥 질렀다.

"아야! 아파!"

오마르가 손목을 놓아 주었다.

"그 군인은 네가 미쳐서 불도저를 공격한 줄 알더라고. 그 사람이 네가 죽었을 거라고 했어."

엄마가 계속 흐느끼며 말을 덧붙였다.

"누군가가 산으로 가는 길 위에서 네 책가방을 찾아왔지 뭐니. 이슬라 덕분에 마을로 돌아올 수 있었어. 하지만 걱정이 돼서 잠을 잘 수가 있어야지. 도대체 넌 어디 있었던 거야?"

"죄송해요, 엄마. 산에 양들을 숨기느라고요. 그런 다음에는 날이 어두워져서 마을로 내려오는 것보다 동굴에서 자는 게 더 안전할 것 같아 거기 있었어요."

엄마가 팔을 뻗어 아마니를 안아 주었다.

"그래, 잘 했다."

아마니는 오늘 아침 들었던 소리가 떠올라 엄마 품에서 빠져나왔다.

"오늘 아침에 피아노 소리를 듣고 잠에서 깼어요. 혹시 엄마가 피아노 친 거 아니에요?"

엄마가 눈물을 닦더니 미소를 지으며 무너진 집의 높은 곳을 가리켰다.

"우린 널 찾고 있었어. 그런데 지붕의 큰 널빤지 하나가 옆문 곁에 있는 복도 위로 떨어져 있지 뭐니. 불도저가 어떻게 거기를 놓쳤는지 모르겠지만 아무튼 기적 같은 일이 일어난 거지. 복도의 양쪽에 있던 건 모두 부서졌는데 피아노만 살아남았으니 말이다. 불도저가 문 앞에 있는 계단 때문에 들어가지 못했는지 어쨌는지……."

"아빠가 엄마를 집으로 불러오려면 피아노가 필요하다고 하셨는데 그 말대로 된 거네요."

"정말로 그런 셈이구나! 날 봐라. 집에 왔잖니? 이젠 절대로 이 골짜기를 떠나지 않을 테니 두고 보렴."

잠시 뒤 아마니는 아빠에게 일어난 일을 이야기하면서 다시 울었다.

“군인들이 큰아빠처럼 아빠를 질질 끌고 갔어요. 아빠가 아는 이스라엘 친구나 다른 나라 친구들에게 연락해야 해요. 큰아빠가 끌려갔을 때 아빠가 그렇게 하셨잖아요.”

“그런데 어떻게 연락하지?”

엄마가 물었다.

“전화번호와 이름이 적힌 아빠의 수첩을 찾을 수만 있다면…….”

그때 오마르가 큰소리로 외쳤다.

“친구라면 나도 라말라에 많아. 아빠 수첩을 찾는 것보다 감옥에 갇힌 사람들의 석방을 요구할 다른 방법을 찾는 게 더 나아.”

아마니가 가만히 오빠의 눈을 들여다봤다. 오마르가 의미한 것은 폭력이다. 아마니는 오빠의 마음속에 들끓는 분노를 읽었다.

“그런 방식은 결국 우리 모두에게 사형선고를 내리는 거나 다름없어.”

엄마가 고개를 저으면서 말했다. 엄마와 오빠 사이에 언쟁이 벌어질 것 같아 아마니는 두 사람을 진정시키려고 애썼다.

“그런 방법으로 아빠를 도울 순 없어, 오빠. 아빠가 주소를 적은 수첩을 어디다 뒀지? 아빠 친구들에게 전화하는 게 먼저야. 그런 다음 감옥에 가 볼 거야. 큰아빠가 끌려갔을 때 아빠도 그렇게 했잖아. 날 데려가 줄 거지, 오빠?"

오마르가 잔뜩 부은 얼굴로 마지못해 고개를 끄덕였다.

"아빠가 그 수첩을 책상 속에 보관하시는 거 봤어. 내가 가서 찾아볼게."

"어떤 땐 코트 주머니에 넣던데?"

엄마가 오마르와 함께 집으로 걸어가면서 말했다.

희망이가 먹을 걸 찾아 여기저기를 수색하다 말고 울었다. 차 한 대가 쌩 지나갔다. 아마니는 길에서 그렇게 가까운 곳에 희망이를 놔두고 떠날 수 없어서 고속도로 갓길을 헤매고 있는 희망이에게 걸어갔다.

별안간 아마니는 목 뒤쪽이 쿡쿡 쑤시는 듯한 통증을 느꼈다. 마지막으로 아빠를 봤던 그 장소에 점점 가까워졌다. 누군가가 나귀의 시체는 치웠지만 부서진 돌멩이 위에 흩뿌려진 검붉은 핏자국을 본 아마니는 자리에 털썩 주저앉고 말았다.

아마니는 손가락으로 돌무더기를 더듬었다. 거기에 뭔가가 있었다. 먼지가 손톱 속으로 파고들었지만 아마니는 아랑곳하지 않고 계속 그 주위를 기어 다녔다. 얼마 뒤 손가락 끝에 매끄러운 금속재질이 닿았다. 아마니는 그걸 손에 쥐고 먼지를 털었다. 아빠의 휴대전화였다.

아마니가 아빠의 전화 위에 침을 뱉은 다음 셔츠 안쪽으로 깨끗이 닦고 작은 버튼을 눌렀더니 전화기가 탁 열렸다.

다음엔 어떻게 하더라? 아빠가 전화하는 걸 수백 번도 더 본 아마니였다. 아마니는 왼쪽 꼭대기에 있는 버튼을 눌렀다. 화면이 환하게 켜졌다. 메뉴, 주소록, 번호 찾기……. 아마니는 항목 하나하나를 신중하게 읽었다. 마침내 눈에 띄는 이름을 누르자 전화번호가 화면을 가득 채웠다. 다시 누르니 수신음이 들렸다. 찰칵.

"샬롬."

어떤 남자의 목소리가 들렸지만 말을 알아들을 수가 없었다.

"안녕하세요."

아마니가 영어로 큰 소리로 말했다.

"저는 아마니 라힘인데요, 혹시 우리 아빠를 아시나 해서요. 우리 아빠랑 친구신 것 같은데요."

그 남자가 영어로 대답했다.

"라힘이라고? 그럼 네가 아레프의 딸이냐?"

"네, 랍비 아저씨. 군인들이 왔어요. 우리 집을 무너뜨렸어요. 아빠를 잡아갔어요. 아빠를 찾게 도와주실 수 있어요?"

랍비는 아마니가 알아들을 수 있게 천천히 말했다. 아마니는 낯선 말들을 머릿속에서 되뇌었지만 유독 단어 하나를 이해하기 어려웠다.

인사를 한 뒤 전화를 끊은 아마니는 희망이를 안고 엄마와 오빠에게 이 일을 알려 주기 위해 집으로 갔다.

"랍비가 올 거예요. 아빠 친구요. 우리를 도와주러 온대요."

"랍비라고?"

엄마의 눈이 휘둥그레졌다.

"그 아저씨가 오늘 오겠다고 했어요. 아저씨 말로는 우리가 감옥으로 직접 갈 필요는 없대요. 자기한테 무슨 계획이 있대요."

"우리더러 랍비를 믿으란 얘기야?"

오마르의 얼굴에 자기는 절대로 그럴 수 없다는 단호함이 드러났다.

"맞아. 그 아저씨가 우리는 여기서 기다리래. 다른 친구들에게도 전화해서 다들 함께 올 거라고 했어."

아마니는 랍비에게서 생전 처음 들은 단어를 꺼냈다.

"이스라엘 로-이-어(lawyer)?"

오마르가 큰아빠가 평소 하던 것처럼 주먹을 흔들며 말했다.

"싫어! 필요하면 팔레스타인 변호사를 구하면 되지 왜 하필 이스라엘 변호사야? 세상이 어떻게 돌아가는지 알고 하는 소리냐, 아마니? 안 돼! 이스라엘 사람한테 도움을 청하다니 그런 말도 안 되는 소리 좀 작작해!"

돌아선 오마르가 집 쪽으로 가면서 돌멩이를 힘껏 찼다. 그 모습을 본 엄마가 말했다.

"오빠한테 시간을 좀 주자, 아마니. 오마르는 일주일 내내 불안에 떨며 지냈단다. 검문소에서 수색을 당하질 않나 입국을 거절당하질 않나. 네가 말한 대로 그 사람들이 친구라는 게 증명되면 오빠도 마음을 고쳐먹을 거야. 자, 이제 집에 쓸 만한 게 남아 있나 좀 찾아보자."

두 사람은 집의 한쪽 끝에서부터 시작해 무너진 집 안 구석구석을 뒤지면서 잔해 속에서 잡히는 대로 물건을 건져 냈다. 냄비 몇 개와 접시가 찬장 속에 고스란히 남아 있었다. 수건과 부서진 서랍장 속에서 옷가지도 꺼냈다. 찬장 속에 보관한 난방기는 다행히 어디 하나 깨진 구석 없이 멀쩡했다. 아마니는 쓸 만한 매트리스도 몇 개 찾아 끄집어냈다.

오마르는 아마니와 눈도 마주치지 않고 한마디 말도 없이 묵묵히 아마니를 도왔다. 둘 중 하나가 크고 흔들리는 매트리스를 들면 다른 하나가 그걸 빗자루로 때려 먼지를 털었다. 아마니도 오빠만큼이나 얼굴이 무표정했다. 시멘트 먼지가 풀풀 날아올랐다. 그때 아마니 머릿속에서 할아버지가 평소 늘 하던 말이 울렸다.

'마음속에서 분노를 몰아내라.'

아마니는 빗자루로 매트리스의 먼지를 털고 있는 오빠를 힐끗 쳐다보면서 오빠가 일을 끝내기도 전에 매트리스를 놔버렸다. 매트리스가 넘어가면서 오마르를 덮쳤다.

"너 이제 죽었어!"

오마르가 한 바퀴 굴러 일어서면서 외쳤다.

아마니가 입이 찢어져라 웃으면서 오마르를 가리켰다.

"라말라에서 늙은이가 돼서 온 주제에! 머리가 할아버지처럼 허옇게 변했잖아!"

허옇게 먼지를 뒤집어 쓴 오마르의 얼굴에서 보이는 건 동그런 눈뿐이었다. 오마르가 입을 벌리더니 아마니를 보고 헤벌쭉 웃었다.

"그렇게 좋아? 내가 그렇게 늙었다 이거지? 너도 멋있게 보이고 싶지? 어때, 할머니처럼 변신하고 싶지 않아?"

어, 어! 아마니는 오빠의 미소가 뭘 의미하는지 알았다. 도망가려고 몸을 돌렸지만 이미 오마르에게 붙잡힌 뒤였다. 오마르가 먼지투성이의 매트리스에 아마니를 던지려는 순간 길고 하얀 밴이 경적을 울리면서 고속도로를 달려왔다.

오마르가 아마니를 얌전히 내려놓았다. 밴이 진입로 입구의 차단막 앞에 멈추자 오마르가 얼굴과 옷의 먼지를 털면서 차 쪽으로 걸어갔다. 네 개의 문이 열리고 차 안에서 여섯 명이 나왔다. 빨간 야구 모자를 쓴 운전수가 쾌활하게 손을 흔들었다. 차에서 나온 사람들이 트렁크에서 상자를 내리더니 한 사람이 올리브나무 묘목 두 그루를 오마르에게 건넸다.

"네가 책임자냐?"

오마르가 고개를 끄덕였다.

"이걸 어디에 심을까?"

오마르가 고속도로 맞은편에 있는 빈 과수원을 가리키며 말했다.

"따라오세요. 삽을 찾아 드릴게요."

31장

여기저기 찌그러진 노란색 번호판을 단 은색 차가 오후 내내 밴이 머물었던 곳에 차를 댔다. 오마르는 둥그런 빵모자를 쓴 랍비와 어두운 바지 정장을 입은 여자를 맞으러 진입로를 성큼성큼 걸어갔다. 오빠가 새로운 방문객들을 어떤 식으로 대할지 걱정이 된 아마니가 얼른 뒤를 쫓았다. 아마니는 갈색 곱슬머리에 키가 큰 랍비를 알아봤다. 그가 오마르에게 미소를 지었지만 오마르는 그 미소에 답하지 않았다.

아마니가 얼른 손을 내밀었다.

"어서 오세요."

랍비가 아마니가 내민 손을 잡으며 말했다.

"네가 아까 전화한 아마니로구나? 시위하러 왔을 때 널 본 기억이 난다. 무슨 일이 있었는지부터 이야기해 주마. 오다가 정착촌 안에 있는 감옥에 들렀단다. 너희 아버지가 그곳으로 끌려갔거든. 방금 너희 아버지를 만나고 오는 길이다."

랍비는 아랍 말 실력이 뛰어났는데 단지 미국식 억양이 강한 게 흠이었다. 아마니는 그의 말투에서 아부시 선생님을 떠올렸다. 오마르의 꽉 다문 입이 약간 벌어졌다.

"우리 아버지를 만났다고요?"

랍비가 고개를 끄덕이면서 변호사를 소개했다. 그녀가 아랍 말을 거의 못해서 랍비와 변호사는 영어로 이야기를 나눴다. 변호사는 다음 날 아침 법정에 심리를 신청해 놓았다고 설명했다.

"너희 아버지가 다른 감옥으로 이송되거나 국경 밖으로 추방되기 전에 손을 써야 해. 그렇게 되면 돌아오는 건 거의 불가능하거든. 그래야 팔레스타인 사람들이 다시는 그런 짓을 하지 못할 거라고 생각하니까."

변호사는 아마니에게 존경과 정감이 가득 찬 표정을 지어 보였다.

"그렇게 빨리 조처를 취한 걸 보니 아주 똑똑한 아이로구나. 영어 실력도 대단하고."

아마니가 얼굴을 붉혔다.

"아버지는 어떻던가요?"

오마르가 물었다.

"그다지 나쁘진 않았어. 갈비뼈가 몇 개 부러지긴 했지만 기분은 아주 좋아 보이더구나. 변호사를 찾게 됐다고 얼마나 좋아 하던지……."

랍비가 대답했다.

"아버지를 풀어 줄까요?"

"어떤 혐의로 기소되었는지에 따라 다르지만, 네 아버지에게 무기도 없었을 뿐더러 혼자였다는 점이 중요해. 느닷없이 파괴되는 자기 집을 보고 뛰어간 남자에게 자기 집으로 서둘러 간 죄 말고 무슨 죄를 덮어씌우겠니?"

변호사의 대답에 랍비가 고개를 끄덕이며 덧붙였다.

"하나님이 내일 법정에 계시고 정착민들이 나타나지만 않으면 여기 있는 이분이 네 아버지에게 죄가 없다는 사실을 판사에게 납득시킬 거야. 하지만 너희 아버지가 전에 시위를 주도했다는 게 문제구나. 지도자라는 건 주목의 대상이 되게 마련이거든. 설상가상으로 너희 집과 오아시스가 새 정착촌과 너무 붙어 있잖니. 너희 집이 파괴되고 올리브 과수원이 파헤쳐져서 얼마나 미안한지 모르겠다. 우리가 여기 있었다면 말렸을지도 몰라. 가끔은 그럴 수도 있거든."

엄마가 영어를 알아듣지 못해 답답한지 오마르를 쿡쿡 찔렀다. 오마르가 엄마에게 설명하는 동안 아마니는 변호사를 찬찬히 뜯어보았다. 흰 머리 때문에 엄마보다 나이가 더 들어 보였지만 피부는 맑고 탱탱했다. 아마니는 권위 있고 똑똑한 그녀의 태도가 존경스러웠다. 생각 같아선 내일 자기도 법정에 가서 그녀가 변론하는 모습을 보고 싶었다.

"와 주셔서 감사합니다. 꼭 식사하고 가세요. 기독교인 평화주의자도 함께 드실 거예요. 우린 아직 식사 전이고 음식은 충분하니까요, 인샬라. 배가 부르면 이야기하는 게 한결 쉬워지는 법이죠."

그들이 감사의 뜻으로 고개를 끄덕였다.

그날 오후, 파괴된 집 아래쪽으로 국제 적십자사가 제공한 큰 텐트가 펼쳐졌다. 오마르가 빨간 야구모자를 쓴 남자를 도와 텐트를 치는 사이 아마니는 등유 등잔 2개에 불을 붙이고 히터를 켰다. 준비를 끝내자 다 함께 저녁 식사를 하기 위해 좁은 원을 그리며 붙어 앉았다.

오마르 옆에 앉은 아마니는 입맛이 별로 없어서 손님들이 먹는 모습을 살짝살짝 훔쳐보았다. 손님들은 서로 잘 아는 사이인지 음식을 먹으면서 쉴 새 없이 이야기를 주고받았다. 엄마의 요리솜씨를 칭찬하는 말을 오빠가 통역해 주자 엄마가 소녀처럼 얼굴을 붉혔다.

오마르가 이것저것 물은 덕분에 그들에 관해 여러 가지를 알 수 있었다. 기독교인은 미국 출신이고 랍비는 예루살렘에서 왔다. 변호사는 텔아비브에 살면서 인권변호사로 활동 중인데 아빠가 그들과 알게 된 것은 이동진료소와 고속도로 건

설 반대 시위를 계획하면서였다.

"그러면 다들 함께 일하신단 말인가요?"

그들은 서로 쳐다보며 웃었다.

"가끔. 우린 나름대로 최선을 다하고 있어. 그러는 게 하나님을 기쁘게 하는 일이라고 믿고 있으니까."

"우리 큰아빠도 풀어 주려고 노력해 보셨어요?"

"그랬지. 아직도 노력 중이다."

"우리 집을 다시 짓는 것도 도와주실 수 있어요?"

"지금은 허가를 받지 않고 너희가 할 수 있는 일은 없단다. 허가를 받지 않으면 그들이 몰려와서 너희가 다시 지은 게 뭐든 다 부숴 버릴 거야."

"그럼 허가를 어떻게 받나요?"

"허가를 받으려면 돈이 많이 들어. 우리가 돈을 모아 보마."

그 말을 듣고 오마르가 입을 다물었다.

아마니가 목청을 다듬자 변호사가 눈치 채고 물었다.

"그래, 아마니, 말해 보렴."

"우리 마을의 무에진에게 무슨 일이 일어났는지 알고 싶어요. 이틀 동안 기도하라는 외침을 듣지 못했거든요."

세 손님들이 눈짓을 주고받다가 랍비가 대답했다.

"아마 군인들이 못하게 명령을 내린 모양이야. 정착민들이 그 소리 때문에 잠을 잘 수 없다고 불평하는 소리를 들었으니까."

그때 변호사가 재빨리 다들 잘 시간이 된 것 같다고 말했다. 내일 법정에서 심리하려면 모든 지식과 에너지를 끌어 모아야 했다.

모두 시멘트 먼지가 풀썩이는 매트리스를 바닥에 깔았다. 아마니는 전혀 신경 쓰지 않았다. 그저 차가운 바닥을 벗어난 것만도 감지덕지할 일이었다.

밤사이 누군가가 두 번쯤 일어나서 텐트 자락을 단단히 묶었다. 텐트 안으로 차가운 겨울 공기가 스멀스멀 기어 들어왔다. 아마니는 담요 아래로 고개를 깊이 묻었다. 발밑에서 희망이의 온기가 느껴졌다. 친구들과 가족들에게 둘러싸인 이 순간이 아마니는 그저 행복할 뿐이었다.

다음 날 아침, 식사를 마친 손님들이 떠났다. 엄마는 영어를 못해 무척 속상해했다. 그들에게 하고 싶은 말이 너무 많았던 것이다.

엄마가 피아노를 연주하는 사이 오마르와 아마니는 손님들을 배웅했다. 오마르가 그 난리가 난 틈에서도 피아노가 살아남은 이유를 이야기하자 모두 감동한 얼굴이었다.

"아, 그거야말로 기적이구나."

기독교인 평화주의자가 이렇게 말하면서 휘파람을 불었다.

32장

"잘 생각해 봐."

아부시 선생님이 말했다.

아마니가 세상에서 가장 존경하는 선생님이 산을 내려와 아마니를 찾아왔다. 아마니는 선생님이 방문한 진짜 목적이 자기에게 주고 간 얇은 꾸러미에 있다는 사실을 선생님이 떠난 다음에야 깨달았다.

"라말라에 교육 프로그램이 훌륭한 국제학교가 있어. 그곳에 계신 선생님을 몇 사람 아는데 얼마나 좋은 학교인지 몰라. 난 네가 내년에 그 학교로 가면 좋겠구나."

"전 이 골짜기를 떠날 수 없어요. 아시잖아요, 선생님. 제가 양치기라는 거."

"네가 양치기라는 건 나도 알아. 그 설명서를 읽고 좀 더 생각해 보겠다고 약속할래?"

아부 나더도 들러서 제안을 하나 했다. 전에 사 간 기적이를 비롯해서 그가 지금 거느린 모든 새끼 양을 아마니에게 주겠다는 것이다. 아마니가 새로운 양떼를 거느릴 수 있도록 말이다. 물론 한 가지 조건이 붙었다. 다음 4년 동안 매해 아마니가 그에게 새끼를 한 마리씩 줘야 한다는 거였다.

아마니는 할아버지가 얼마나 대단한 흥정꾼이었는지 기억하곤 즉시 네 마리는 너무 많다고 이야기했다. 그러자 아부 나더가 곧바로 세 마리로 줄여 주었지만 아마니는 확실한 대답을 나중으로 미루었다.

"생각할 시간을 좀 주세요."

오후가 되자 아마니는 희망이를 데리고 집 위쪽 언덕으로 풀을 뜯기러 갔다. 아마니는 마음의 평정을 되찾고 생각할 준비가 될 때까지 오래도록 걸었다. 그러다 마을이 잘 보이는 곳에 자리를 잡고 앉았다. 마을 사람들이 무너진 집터에 들러 텐트도 점검해 주고 차도 함께 마시며 아마니의 가족들을 위로하는 게 보였다.

아마니는 학교 소개서를 두 번 읽은 다음 이 골짜기를 떠나는 게 어떨지 상상해 보려고 애썼다. 희망이가 아마니의 발밑에 자리 잡고 쉬었다. 아마니는 검은 양의 머리를 쓰다듬으며 그 긴 속눈썹을 황홀한 듯 바라보았다.

"네 할머니가 얼마나 대단한 양이었는지 넌 모르지? 내년 여름엔 너도 쌍둥이를 낳을 테니 내가 없어도 별로 외롭지 않을 거야, 인샬라. 그러면 날 많이 그리워하지도 않을 거고. 양치기에겐 양이 필요하고 양에게는 풀밭이 필요한데, 상황이 점점 더 복잡해지고 있어. 공부를 더 하고 싶어. 내가 없는 동안 아부 나더 아저씨가 널 잘 돌봐 줄 거야."

마을 너머 서쪽 하늘이 주황색과 보라색으로 변했다.

골짜기 건너편은 큰아빠의 집과 할아버지 집이 부서진 잔해로 가득 차 있었다. 무너진 가족들의 집과 오아시스 아래 나무 하나 없는 텅 빈 언덕을 바라보는 것만으로도 아마니는 가슴이 쓰렸다.

종일 친척과 이웃들이 찾아와서 새로운 올리브 과수원으로 쓸 석조 테라스를 지을 때 도와주겠다고 약속했다. 기독교인 평화주의자가 가져다준 올리브나무 묘목 두 그루도 이미 땅속에 뿌리를 내렸다.

아마니의 골짜기, 아마니의 고향.

고속도로를 질주하는 자동차 소리에 아마니는 자기도 모르게 서쪽으로 눈을 돌렸다. 자동차 불빛이 보였다. 속도를 늦추고 고속도로 갓길에 깔린 작은 자갈돌 위로 들어선 차는 텐트 아래 차단막 옆에서 시동을 껐다.

아마니는 자리에서 벌떡 일어났다. 은색 차의 불빛이 꺼졌다. 목발을 짚어 친구 둘에게 부축을 받으며 차에서 내린 어떤 남자가 아마니를 보고 손을 흔들었다.

아마니는 고개를 높이 쳐들고 사랑하는 사람이 집으로 돌아오는 걸 환영하는 긴 트릴 소리를 냈다.

"아아아아아……."